W0348380

Der Teufel von Heiligendamm

Fiona Limar

Impressum

Der Teufel von Heiligendamm
von Fiona Limar
© 2016 Fiona Limar.
Alle Rechte vorbehalten.

ISBN-13: 978-1532916557
ISBN-10: 1532916558

1. Version

Verlegt von:
David Salz, Niederbarnimer Str. 10, 16540 Hohen Neuendorf, Deutschland

Buchcover: David Salz
Foto: "Wooden bridge into the sea" © Phattana (fotolia.de)
Font: "Jacques Parizeau" © CloutierFontes

Dieses Buch, einschließlich seiner Teile, ist urheberrechtlich geschützt und darf ohne Zustimmung des Autors nicht vervielfältigt werden.

Die schönste List des Teufels ist es,

uns zu überzeugen, dass es ihn nicht gibt.

Charles Baudelaire

franz. Schriftsteller, 1821-1867

1.

Die Möwe flog direkt auf sie zu, es wirkte wie ein Angriff. Erschrocken riss Lara die Arme nach oben, um so ihr Gesicht zu schützen. Mit einem lauten Schrei glitt der Vogel knapp an ihr vorüber, deutlich spürte sie den Luftzug seines Flügelschlages auf ihrer Haut. Hinter ihr war ein meckerndes Lachen zu vernehmen. „Also wenn Sie derart schreckhaft sind, dann ist dieses Haus definitiv nichts für Sie“, verkündete eine ölige Stimme. Lara drehte sich um und musterte den noch immer amüsiert dreinschauenden Mann kühl. „Dieses Haus ist genau das, wonach ich gesucht habe. Ich werde hier einziehen“, sagte sie entschlossen. Sie standen auf dem Balkon eines einstöckigen Gebäudes direkt an der Steilküste. Nur dreißig Meter entfernt brachen sich die Wellen der Ostsee am Strand. Die Enttäuschung über ihren Entschluss stand dem Mann ins Gesicht geschrieben. Seine merkwürdig farblosen Augen starrten sie fassungslos an, sein kleiner

Mund, der von wabbligen Hängewangen geradezu erdrückt wurde, wirkte noch verkniffener als sonst. Doch noch wollte er sich nicht geschlagen geben. „Ich meine es nur gut mit Ihnen, Fräulein“, säuselte er. „Hier haben sich Dinge zugetragen, die einem wirklich Angst machen können.“ Das hatte Lara gerade noch gefehlt, dass er es jetzt auf diese Tour versuchte. Sie war inzwischen allergisch gegen Menschen, die sie zu manipulieren versuchten und dabei angeblich nur ihr Bestes wollten. „Sehr freundlich von Ihnen, Herr Gollert, aber abergläubisch bin ich nun wirklich nicht.“ Er wollte etwas erwidern, doch sie schnitt ihm das Wort ab. „Ich bin spät dran, wir sollten es für heute dabei belassen. Ich werde mich spätestens in der kommenden Woche bei Ihnen melden, um die restlichen Formalitäten zu regeln.“

„Wie Sie wünschen“, murmelte er und drehte sich abrupt um. Während er ihr auf der Treppe nach unten voranging, musterte sie seinen schwammigen Körper, der sie an eine Qualle denken ließ. *Der Mann sollte Gallert statt Gollert heißen*, schoss es ihr durch den Kopf. Das würde auch zu seiner schleimigen Art passen. Er war ihr vom ersten Moment an unsympathisch gewesen. Nun ja, das beruhte wohl auf Gegenseitigkeit. Offenkundig war er sauer darüber, nun seinen langjährigen Nebenerwerb, der in der Verwaltung und Instandhaltung des leerstehenden Hauses bestanden hatte, zu verlieren. Außerdem hatte er sich angeblich im Auftrag ihres verstorbenen Onkels um einen Käufer bemüht. Allzu intensiv konnten seine Bemühungen allerdings nicht gewesen sein. Wenn er potentiellen Käufern ebenfalls Schauergeschichten aufgetischt hatte, war es kein Wunder, dass bisher niemand zugegriffen hatte.

Vor dem Haus schwang sich Lara auf ihr geliehenes Fahrrad und trat energisch in die Pedale. Zweieinhalb

Kilometer waren es bis Heiligendamm, eine Entfernung, die sie problemlos auch zu Fuß zurücklegen könnte. Nur ging es mit dem Rad wesentlich schneller, und sie wollte den Beginn der Gruppentherapie nicht versäumen. Völlig mit ihren Gedanken beschäftigt, war ihr nicht aufgefallen, dass Herr Gollert ihr die ganze Zeit gefolgt war. Nun blieb er ein Stück zurück und suchte Deckung hinter einem Gebüsch. Ein triumphierendes Lächeln breitete sich auf seinem Gesicht aus, als er Lara im Eingang der psychosomatischen Klinik verschwinden sah. Hatte er doch richtig vermutet! Dieses zarte, zerbrechliche Persönchen weilte als Patientin hier. Sie war jetzt schon da gelandet, wo die dunklen Geheimnisse des Hauses andere erst hingetrieben hatten. Bald würde sie auf Knien zu ihm gerutscht kommen und ihn bitten, die Verwaltung wieder zu übernehmen. Die Erfahrung hätte sie sich ersparen können, wenn sie nur bereit gewesen wäre, auf ihn zu hören. Aber wer nicht hören wollte, der musste fühlen.

2.

Auf der Seebrücke blies ein frischer Wind. Lara raffte ihr langes, rotblondes Haar mit einem Band zusammen, um zu verhindern, dass es ihr immer wieder ins Gesicht geweht wurde. „Komm, ich helfe dir.“ Anke befestigte zwei Strähnen, die sich gelöst hatten. „Manchmal ist kurzes Haar eben doch praktischer“, lachte sie und fuhr sich mit der Hand durch die kurzen dunklen Stoppeln. Wer Anke so erlebte, lachend, hilfsbereit und unkompliziert, der würde nie vermuten, wie schlecht es ihr zeitweise ging. Sie zeigte es auch nicht unbedingt, neigte vielmehr dazu, sich bis zur völligen Erschöpfung für andere zu verausgaben. Ein solcher Zustand hatte sie letztendlich hierher in die Klinik geführt. Inzwischen ging es ihr deutlich besser. Sie und Lara hatten sich schnell angefreundet und verbrachten die Zeit zwischen den Therapien meistens miteinander. Lara hatte Anke Dinge über sich anvertraut, die sie zuvor noch niemandem erzählt hatte. Vielleicht war das ganz einfach deshalb so, weil ihr vieles bisher selbst noch nicht klar gewesen war.

„Du willst also tatsächlich nicht nach Hause zurückkehren? Willst hierbleiben und allein in dieses einsame Haus ziehen?“, fragte Anke jetzt.

„So einsam ist es gar nicht“, wiegelte Lara ab. „Dieser Weg entlang der Steilküste zwischen Kühlungsborn und Heiligendamm ist sehr beliebt. Da sind ständig Leute unterwegs, entweder unten am Strand entlang oder oben auf dem Rad- und Wanderweg. Und was die Entfernungen angeht: Die zweieinhalb Kilometer bis Heiligendamm beziehungsweise die knapp vier Kilometer bis Kühlungsborn sind doch ein Klacks. Da bekomme ich wenigstens ausreichend Bewegung.“ Anke nickte nachdenklich und ließ ihren Blick über die weite Wasserfläche schweifen. „Du hast dich sehr schnell entschieden“, sagte sie dann. Obwohl es bei ihr lediglich wie eine Feststellung und nicht wie ein Vorwurf klang, hatte Lara das Gefühl, sich verteidigen zu müssen. „Es ist meine einzige Chance, mein Leben wirklich zu ändern“, sagte sie. Mit einer heftigen Geste warf sie ihr Haar zurück. „Wenn ich nach Hause zurückkehre, dann schaffe ich es garantiert nicht. Innerhalb kürzester Zeit wäre ich wieder im alten Trott gefangen und könnte meine Träume vergessen. Ich weiß, wovon ich rede. Auch früher habe ich immer wieder mal Ansätze gemacht, etwas Neues, Eigenes anzufangen. Sie sind stets im Sande verlaufen. Ich war viel zu eingespannt, und meine Mutter hat so eine unnachahmliche Art, mich auf ganz subtile Weise zu entmutigen und immer wieder in die von ihr gewünschte Richtung zu lenken. Nein“, sagte sie entschieden, „ich denke, wenn man wirklich etwas ändern will, sollte man es sofort und mit aller Konsequenz machen. Weißt du, das ist so ähnlich wie bei einem Trinker. Der kriegt sein Laster auch nicht in den Griff, indem er versucht, schrittweise weniger zu trinken. Er schafft es nur, wenn er schlagartig aufhört und allen Versuchungen konsequent aus dem Weg geht."

„Und welchen Versuchungen willst du aus dem Weg gehen?" Anke bedachte Lara mit einem schiefen Lächeln. Hektische rote Flecken zeigten sich auf deren Wangen. Mit einem Ausdruck von Verärgerung zog sie die Brauen zusammen.

„Also wenn du jetzt auf Francesco anspielen willst, dann liegst du gewaltig schief. Mit der Sache bin ich endgültig durch. Aber ich könnte der Versuchung erliegen, meiner Mutter gefallen zu wollen. Wieder ihr liebes, braves Töchterchen zu sein wie bisher. Wenn ich weiterhin auf engstem Raum mit ihr zusammenleben muss, dann werde ich den Kampf um meine Eigenständigkeit nicht gewinnen können. Nur durch die räumliche Entfernung habe ich eine Chance."

„Ich verstehe dich sehr gut." Anke legte ihr versöhnlich den Arm um die Schulter. „Nur dass es gerade dieses Haus sein muss." Lara zuckt mit den Schultern.

„Es ist nun mal da, fix und fertig eingerichtet und bezugsfertig. Außerdem gehört es mir auch noch. Das ist doch ein einmaliger Glücksfall. Ich meine natürlich das Haus und nicht die Erbschaft", setzte sie leicht verlegen hinzu. „Die Todesfälle waren natürlich tragisch."

„Wenn ich es richtig verstanden habe, ist zuerst dein Onkel verstorben und hat es seinem Bruder, also deinem Vater vererbt. Als der kurz darauf ebenfalls starb, fiel es an dich." Lara nickte.

„Mein Onkel war kinderlos. Zwar war er einmal verheiratet, doch die Frau soll jung gestorben sein und er blieb danach allein. Er war ein umtriebiger Mensch und sehr tüchtiger Geschäftsmann. Seine Baufirma war ziemlich erfolgreich und in die Gegend hier hat es ihn verschlagen, weil er Immobilien aufkaufte und sanieren ließ. Außerdem war er als Unternehmensberater tätig. Seine letzten Lebensjahre verbrachte er allerdings in den Staaten. Er starb ganz plötzlich. Herzinfarkt.“

„Und dein Vater?“

„Er war schon lange krank, Leberzirrhose. Daran ist er dann auch gestorben.“

„Das tut mir leid.“

„Wirklich traurig ist, dass ich ihn überhaupt nicht gekannt habe. Meine Eltern ließen sich scheiden, als ich zwei Jahre alt war. Meine Mutter wünschte keinen Kontakt und er hat das akzeptiert. Er hat nie wieder geheiratet und ich glaube, dass er zum Schluss sehr einsam war.“ Sie konnte nicht verhindern, dass ihr Tränen in die Augen stiegen. Hastig wischte sie sie fort. Ihr Vater hatte ihr einen Brief hinterlassen, den er kurz vor seinem Tod geschrieben hatte. Darin beschwor er sie, ihre Träume niemals aufzugeben. Doch sie solle auch auf sich Acht geben und nicht letztendlich an ihnen zerbrechen, wie es ihm leider ergangen war. Es war ein guter, kluger Brief, den Lara immer bei sich trug. Anke merkte, dass die Freundin tief in Gedanken versunken war. „Komm, es ist Zeit“, sagte sie. Arm in Arm gingen sie zur Klinik zurück.

3.

Sie hatte sich vor diesem Tag gefürchtet, und nun war er angebrochen. Lara betrachtete ihr bleiches Gesicht im Spiegel. Ein leichtes Make-up ließ sie zwar besser aussehen, doch an ihren Gefühlen änderte es nichts. Morgen sollte ihr Aufenthalt in der psychosomatischen Klinik enden. Deshalb würde heute ihre Mutter anreisen, um sich gemeinsam mit ihr das ererbte Haus anzusehen und über das weitere Vorgehen hinsichtlich der Verwaltung und des Verkaufs zu entscheiden. Denn verkauft werden sollte es auf jeden Fall, daran hatte Marga Liebig keinen Zweifel aufkommen lassen. Und wie immer wollte sie die Angelegenheiten ihrer Tochter energisch in die Hand nehmen. Dass diese nun eigenmächtig und völlig anders entschieden hatte, würde auf jeden Fall ein Schock für sie sein. Lara seufzte, zwinkerte dann aber ihrem Spiegelbild aufmunternd zu. Es nützte nichts, einmal musste sie sich schließlich abnabeln. Mit siebenundzwanzig war es höchste Zeit dafür.

Am Haltepunkt „Steilküste“ wartete Lara auf die Ankunft der Kleinbahn „Molli“. Von hier aus war es nicht weit bis zum Haus. Ihre Mutter hatte es abgelehnt, von Heiligendamm aus zu laufen, weshalb sie nun hier verabredet waren. Mit stampfenden Geräuschen näherte sich die kleine Dampflok, mehrere Wagen hinter sich herziehend. Die Steilküste war keine reguläre Haltestelle, sondern ein Bedarfshaltepunkt, den man bei der Abfahrt ansagen musste. Diesmal stieg gleich eine ganze Gruppe von Personen aus, unter denen Marga Liebig jedoch sofort auffiel. Ihr in einem hellen Blond gefärbtes Haar trug sie zu einem hohen Lockendutt aufgetürmt. Leuchtend rot war ihr Kleid mit dem weit schwingenden Rock und dem tiefen Dekolleté, in dem sich eine dreireihige Perlenkette mit einem protzigen Medaillon an ihren üppigen Busen schmiegte. Dazu trug sie völlig ungeeignete Schuhe mit halsbrecherisch hohen Absätzen. „Ja Sissi, mein Schatz, gut schaust du aus!“ Die Arme weit ausgebreitet, kam sie auf Lara zu. Der entging nicht, wie sich mehrere Personen neugierig nach ihnen umdrehten, und fühlte heiße Scham in sich aufsteigen. Sissi! Diese peinliche Anrede hatte sie völlig verdrängt, hier, wo sie seit Wochen von allen wunschgemäß nur Lara genannt wurde. Ihr vollständiger Name lautete Larissa Elisabeth Liebig. Auf Elisabeth hatte ihre Mutter bestanden, die eine glühende Verehrerin der unglücklichen Kaiserin war. Larissa hatte ihr Vater durchgesetzt, gegen den Willen seiner Frau. Schließlich hatte die ihn als Zweitnamen gebilligt, doch als sie nach der schweren Geburt matt und teilnahmslos im Bett gelegen hatte, war ihr von ihrem Gatten ein übler Streich gespielt worden. Er hatte die Reihenfolge der Namen einfach in seinem Sinne vertauscht, wofür ihm Lara im Stillen dankbar war. Für ihre

Mutter hieß sie jedoch Elisabeth, noch übertroffen von dem unsäglichen Sissi, bei dem ihr inzwischen fast die Ohren bluteten. Ein wenig verdrängt hatte sie auch, wie anstrengend ihre Mutter sein konnte. Im Moment überschwemmte sie sie mit Fragen und Vorschlägen, denen sie wegen des Tempos, in dem sie auf sie einprasselten, kaum folgen konnte. „Du hast den Schlüssel zum Haus schon geholt? Das ist gut, da können wir uns in Ruhe dort umsehen. Den Verwalter brauchen wir nicht dazu, der würde uns seine Schlamperei nur schönreden wollen. Wie ist er denn so? Ach lass, ist ja unwichtig, der wird eh entlassen. Hat sich ja kein Bein ausgerissen, der Gute. Nur gut, dass wir den Hansi haben, der wird sich um den Verkauf kümmern. Der kennt sich schließlich damit aus." Die Erwähnung des Lebensgefährten ihrer Mutter, gegen den Lara seit jeher eine diffuse Abneigung empfand, steigerte ihr Unbehagen noch. Sie gab kaum Antworten, was ihre Mutter nicht zu stören schien, da sie das Einverständnis der Tochter wie immer voraussetzte. Die aber presste die Lippen zusammen und nahm sich vor, keinen Streit anzufangen, bevor sie sich nicht in der Sicherheit des Hauses befanden. Im Sitzen, bei einer Tasse Kaffee, würden sie hoffentlich vernünftig miteinander reden können.

Tatsächlich fühlte sich Lara innerlich bereits so sehr mit dem Haus verbunden, dass ihr aus seinen Mauern Sicherheit zuzuströmen schien. Der Weg dorthin dauerte wegen Margas ungeeignetem Schuhwerk länger als sonst, was die auch entsprechend monierte. „Mein Gott, gibt es hier denn wirklich keine Möglichkeit, mit dem Auto heranzufahren?"

„Die gibt es schon, allerdings nur für den Besitzer und für Versorgungsfahrzeuge. Dazu muss man allerdings eine Schranke passieren, die sich nur mit einer Chipkarte öffnen lässt. Die muss der Verwalter haben.“ Lara hatte nicht daran gedacht, ihn danach zu fragen. Schließlich hatte sie ohnehin kein Auto. Also schimpfe ihre Mutter weiter über den schlechten Weg, und Lara bemühte sich nach Kräften, sie abzulenken.

„Schau mal, wie bizarr die Bäume hier aussehen. Der Wind und das Wasser haben sie so geformt. Weiter östlich bei Nienhagen gibt es einen größeren Forst, der nur aus solchen Bäumen besteht. Er wird der Gespensterwald genannt. Diese Bäume hier sehen aber in der Dämmerung nicht weniger gespenstisch aus. Direkt an der Steilküste sind einige völlig abgestorben. Findest du nicht auch, dass sie wie Skulpturen wirken?“ Marga schien mäßig interessiert, doch als das Gebäude schließlich zwischen den dunklen Buchenstämmen sichtbar wurde, hob sich ihre Stimmung augenblicklich. Sichtlich beeindruckt musterte sie die schmucke Fassade des in typischer Bäderarchitektur errichteten Hauses. Es wurde zur Seeseite hin links und rechts von zwei Türmchen flankiert. Das Obergeschoss war mit großformatigen Fenstern und einer Glastür ausgestattet, vor denen sich ein Balkon erstreckte, dessen filigranes Geländer wie zarte Spitze wirkte. „Ganz reizend“, befand sie. „Die Farbe sagt mir allerdings nicht so zu. Es sollte ganz weiß sein, so wie die Villen in Heiligendamm. Das würde mehr hermachen.“ Lara fand die matte graublaue Farbe zu den weiß abgesetzten Fensterrahmen und Geländern sehr passend, äußerte sich aber nicht. Sie wollte nicht bereits bei Belanglosigkeiten damit beginnen, ihrer Mutter zu widersprechen. Die widmete sich auch schon der nächsten Frage. „Es gibt hier doch hoffentlich einen direkten Zugang zum Meer?“ Sie trat nahe an den Rand der Steilküste heran und registrierte mit Befriedigung die abwärts führenden Stufen aus massiven Holzbohlen. „Stabil scheint die Treppe ja zu sein“, murmelte sie. Lara nickte.

„Nur bei Nässe muss man aufpassen. Dann sind die Bohlen glitschig." Plötzlich trat ein leicht irritierter Ausdruck auf Margas Gesicht. Offenbar war ihr aufgefallen, wie gut sich ihre Tochter hier bereits auskannte. „Warst du etwa schon einmal hier?" „Ja, sogar schon mehrmals." Sie schien das hinterfragen zu wollen, doch inzwischen hatte ihre Tochter die schwere Eingangstür aufgeschlossen und der Eindruck, der sich ihr gleich darauf bot, ließ ihr plötzlich erwachtes Misstrauen erst einmal in den Hintergrund treten. Die geräumige Diele war lichtdurchflutet, die Marmorfliesen, in denen sich ein funkelnder Kronleuchter spiegelte, glänzten mit zwei mannshohen Spiegeln um die Wette. „Ja schau her, das ist freilich chic!" Marga war begeistert. Ihre Tochter lotste sie nach rechts in den Wohnbereich. Der bestand aus zwei miteinander verbundenen Räumen. Im vorderen, mit einem großen Fenster zum Meer, standen nur ein zierliches, mit blau-weiß gemustertem Damast bezogenes Sofa, zwei passende Sessel und eine hübsche Kommode. Der Kamin hatte eine klassizistische Stuckumrandung, war allerdings nicht mehr in Betrieb. Doch der moderne Elektrokamin war so geschickt eingebaut worden, dass der Stilbruch dem Betrachter nicht auffiel. Das Zimmer hinter dem Durchgang war mit einem Esstisch, um den sechs hochlehnige Stühle gruppiert waren sowie einer Vitrine ausgestattet. Lara fand die Einrichtung sehr stilvoll, widersprach allerdings nicht, als ihre Mutter sie „eher karg" fand. Dafür war sie dann von der Küche sehr angetan, deren Zweckmäßigkeit sie lobte. „Das ist ja alles recht modern", bemerkte sie, „von wann die Einrichtung des Hauses wohl stammt?" Lara konnte ihr Auskunft darüber geben.

„Vor acht Jahren, als er sich entschloss, das Haus zu verkaufen, hat Onkel Leo es neu herrichten lassen."

„Für den Zweck hat er es natürlich ausgezeichnet gemacht. Man muss so ein Haus herausputzen wie eine Braut, wenn man einen Käufer dafür finden will. Das sagt Hansi auch immer. Ich verstehe nicht, weshalb es bisher nicht geklappt hat. Der Verwalter muss ein ausgemachter Depp sein. Oder ein Betrüger. Dein Onkel hätte einen Makler beauftragen sollen. Aber wir haben ja zum Glück den Hansi."

Lara war wortlos vorausgegangen, um nun das auf der anderen Seite des Hauses gelegene Schlafzimmer vorzuführen. Es war der Raum, den sie selbst am wenigsten mochte, er wirkte kalt und abweisend auf sie. Möbliert war er lediglich mit einem französischen Doppelbett, zwei Nachttischen aus Rauchglas und einem großen Spiegelschrank. Eine Tür verband ihn mit einem Ankleidezimmer und einem geräumigen Bad. Das Fenster des Schlafzimmers ging zur Seite hinaus, so dass man von diesem Raum aus keinen direkten Blick auf die Ostsee hatte. Außerdem ließen die Bäume vor dem Fenster nur wenig Sonnenlicht durch. Deshalb hatte Lara längst für sich entschieden, den oberen Raum zum Schlafen zu nutzen. Ihr erster Blick am Morgen und ihr letzter am Abend sollten direkt auf das Meer fallen. Sie empfand Besitzerstolz, als sie ihrer Mutter das Obergeschoss zeigte. Vom größten, in der Mitte gelegenen Raum, reichte der Blick weit über die See. Das Wetter war freundlich an diesem Septembertag, und draußen auf den Wellen waren mehrere Segelboote zu erkennen. Eine voluminöse Couchlandschaft, die von Laura bereits auf ihre Tauglichkeit zum Übernachten geprüft worden war, nahm die Mitte des Zimmers ein. Ansonsten gab es hier nur zwei zierliche Tischchen mit stilvollen Lampen darauf sowie einen Lehnsessel direkt vor dem Fenster. Marga nickte zufrieden, sie schien angetan zu sein. Nun blieben nur noch die beiden Turmzimmer zu besichtigen.

Das etwas größere wurde von einem Schreibtisch mit passendem Stuhl und zwei Bücherregalen vollständig ausgefüllt. Als Lara es zum ersten Mal betreten hatte, glaubte sie darin fast so etwas wie eine Fügung des Schicksals, eine Bestätigung ihrer Pläne zu erkennen. Ihre Mutter hatte nur einen kurzen Blick hineingeworfen. Nun wandten sie sich dem letzten Raum zu, der, verkürzt durch das Treppenhaus, deutlich kleiner ausfiel. Hier waren eine Toilette und eine Dusche untergebracht. In einem Vorraum befanden sich ein Waschbecken und ein Jugendstil-Schminktisch, der sofort Margas Aufmerksamkeit erregte. „Ja, mein Gott, ist der schön", seufzte sie begeistert und ließ ihre Hand behutsam über den silbernen Rahmen des Spiegels gleiten. Auf ihm waren zwei nymphenhafte Wesen dargestellt, deren grazile Leiber aus einem Meer von Blumen herauszuwachsen schienen. Anmutig rankten sie sich um den Spiegel. Das Unterteil wies zwei große und vier kleine Schubfächer auf. Es war in einem zarten Hellgrün gehalten und ebenfalls mit floralen Elementen geschmückt. „Der ist ja einer Kaiserin würdig", schwärmte Marga. „Den solltest du hier auf keinen Fall stehenlassen. Er gehört dir doch jetzt, so wie alles hier im Haus. Nimm den auf jeden Fall mit. Hansi kann sich um den Transport kümmern." Lara atmete tief durch. „Ja, ich werde ihn behalten. Aber ein Transport ist nicht nötig. Denn ich werde das ganze Haus behalten und hier einziehen." Der Blick ihrer Mutter drückte Unglauben aus. „Du machst Witze, Kind!" Lara ging in das große Zimmer zurück und ließ sich auf einer Ecke der Couch nieder.

„Nein, mache ich nicht. Ich habe beschlossen hierzubleiben und noch einmal ganz von vorn anzufangen." Marga setzte sich zu ihr und legte den Arm um sie.

„Oh Gott, Sissi! Ich hatte ja keine Ahnung, dass es immer noch so wehtut. Das ist er doch nicht wert, dass du dich hier vor ihm in der Einsamkeit verkriechen und alles aufgeben willst. Hab keine Angst, wir finden eine andere Lösung. Spätestens in einem Monat ist er fort. Er hatte wenigstens so viel Anstand, von sich aus zu kündigen. Anderenfalls hätte ich ihn rausgeworfen. Mit der kleinen Schlampe Sabrina habe ich das übrigens sofort gemacht, da war das kein Problem."

„Mama, es geht nicht um Francesco. Mit der Sache bin ich durch. Meinetwegen hättest du ihn nicht entlassen müssen. Damit schadest du dir letztendlich nur selbst. Schließlich ist er ein ausgezeichneter Koch."

„Ich hätte ihn sogar rausgeworfen, wenn er Johann Lafer persönlich wäre. Wie schamlos er dich betrogen hat, verzeihe ich ihm nie. Er hat dir entsetzlich wehgetan."

„Natürlich war das verletzend. Aber weißt du, auf Dauer wäre es mit uns sowieso nicht gutgegangen. Wir sind einfach zu verschieden. Vielleicht ist es ganz gut so, wie es gekommen ist."

„Kind, vor mir musst du nicht die Starke herauskehren. Schließlich hast du seinetwegen einen Zusammenbruch erlitten." Lara schüttelte den Kopf.

„Nein, so war es nicht. Ich hatte schon vorher eine ständige Erschöpfung gespürt. Zusammengebrochen bin ich schließlich, weil ich schon lange das falsche Leben gelebt hatte. Bis ich es nicht mehr ausgehalten habe." Marga erhob sich von der Couch und nahm gegenüber im Sessel Platz. Von dort aus fixierte sie ihre Tochter mit leicht zusammengekniffenen Augen.

„Wie soll ich das bitte verstehen? Von welchem falschen Leben sprichst du?"

„Du weißt es genau, Mama. Ich habe öfter als einmal gesagt, dass mir die Arbeit im Hotel nicht liegt. Du selbst hast mich kritisiert, ich wäre im Umgang mit den Gästen nicht locker genug. Du hast mir sogar Sabrina als Vorbild hingestellt."

„Ach komm, ich wollte dich nur ein wenig aufrütteln. Du hast keinen Grund, an dir zu zweifeln. Deinen Abschluss als Hotelfachfrau hast du immerhin mit Bravour gemeistert. Das Praktische wirst du mit der Zeit schon besser auf die Reihe kriegen. Natürlich ist die Arbeit oft anstrengend, aber glaube mir, man gewöhnt sich daran."

„Nein, ich bin mir sicher, dass ich mich nicht daran gewöhnen werde. Ich weiß, wie viel dir unser Betrieb bedeutet und es tut mir leid, dich so zu enttäuschen. Aber das würde ich über kurz oder lang ohnehin nicht vermeiden können. Die Arbeit ist mir zunehmend schwerer gefallen, zum Schluss habe ich sie manchmal regelrecht gehasst. Ich bin siebenundzwanzig, das bedeutet, ich habe noch vierzig Arbeitsjahre vor mir. Wie soll ich die durchhalten, wenn ich schon jetzt nicht mehr kann?" Marga Liebigs Augen wurden noch eine Idee schmaler. „Und was gedenkst du stattdessen zu tun?", fragte sie gedehnt.

„Ich möchte mich an der Universität für Germanistik einschreiben und außerdem Kurse für kreatives Schreiben besuchen. Und natürlich selbst schreiben. Das war immer mein Traum."

„Vor allem ist es eine brotlose Kunst. Bildest du dir wirklich ein, von der Schriftstellerei leben zu können? Glaubst du, man wartet schon auf deine Ergüsse, nur weil du mal in der Schulzeit ein paar Schreibwettbewerbe gewonnen hast? Ich dachte, du wärst inzwischen erwachsen geworden und hättest solche Flausen längst aufgegeben. Aber hier hat man sie dir anscheinend erst so richtig in den Kopf gesetzt. Was haben sie in dieser Klinik mit dir gemacht? Eine Gehirnwäsche?“ Marga war laut geworden. Lara bemühte sich, ruhig zu bleiben.

„Niemand hat mir etwas eingeredet, im Gegenteil. Während der Therapie wurden wir immer wieder aufgefordert, uns selbst zu befragen und nach Lösungen zu suchen. Ich habe mich ernst genommen und respektiert gefühlt.“

„Und von mir hast du dich wohl unterdrückt gefühlt?“ Lara zögerte ein paar Sekunden zu lange mit der Antwort und löste damit einen Wutanfall ihrer Mutter aus.

„Natürlich, das kennt man ja von den Psycho-Heinis, an allem sind die Mütter schuld. Deshalb begibst du dich jetzt lieber auf die Spuren deines Vaters, der ebenfalls seinem Traum von der Schauspielerei gefolgt ist. Vergiss dabei aber bitte nicht, dass dieser Traum für ihn in der Gosse endete.“

„Jetzt bist du ungerecht. Er war ein guter Schauspieler, zu Beginn seiner Karriere hat er ein paar bedeutende Rollen gespielt. Wäre seine Krankheit nicht dazwischen gekommen...“

„Du meinst wohl den Suff. Er wurde unzuverlässig, bekam keine Angebote mehr und stürzte völlig ab.“

„Alkoholismus ist eine Krankheit. Er hätte Hilfe gebraucht.“

„Was soll das jetzt werden? Willst du mir Vorwürfe machen? Ich hätte seine Hilfe gebraucht, aber er hat mich mit dem Hotel allein sitzen gelassen. Wieso verteidigst du ihn plötzlich so? Wegen des Geldes, das er dir vermacht hat? Das gesamte Vermögen, das dir in den Schoß gefallen ist, hat dein Onkel Leo erwirtschaftet. Er und dein Vater waren zwei ungleiche Brüder, von denen ich leider den Falschen geheiratet habe. Es war dein Glück, dass dein Vater, der zuerst von Leo erbte, selbst schon mit einem Bein im Grabe stand. Sonst hätte er alles durchgebracht und du hättest keinen roten Heller davon gesehen."

„Mir ist das Geld nicht wichtig. Ich habe nicht vor, es für mich allein zu behalten. Es bleibt bei unserer Absprache, einen großen Teil in die Modernisierung des Hotels zu stecken." Marga hörte kaum noch zu. In ihr kochte und schäumte die Wut wie die Gicht in der Brandung.

„Unterstelle mir nicht, hinter deinem Geld her zu sein. Ich will es nicht haben. Und bevor du nicht wieder zur Vernunft gekommen bist, habe ich auch keine Tochter mehr." Sie sprang auf und polterte so hastig die Treppe hinab, wie es ihre Absätze erlaubten. Lara blieb wie versteinert sitzen. Erst als sie die Haustür klappen hörte, lief sie ihrer Mutter nach. Doch kaum war sie ihr ein paar Schritte gefolgt, hörte sie laute Stimmen. Eine Wandergruppe näherte sich ihnen. Nein, unter diesen Umständen musste sie die Verfolgung aufgeben. Ihre Mutter würde keine Scheu haben, selbst vor diesen Fremden eine Szene machen. Lara kehrte resigniert ins Haus zurück.

„Du hast Recht, wenden wir uns lieber der Gegenwart zu. Du wolltest mir noch etwas über dieses Haus erzählen, darüber, weshalb dich dieser merkwürdige Verwalter davor warnen wollte. Ich finde jedenfalls nichts daran auszusetzen, es ist wunderschön."

„Ja, das ist es, nicht wahr?" Lara lächelte zufrieden. Sie saßen im Wohnzimmer, hatten einen Tisch und die beiden Sessel vor das Fenster gerückt und genossen den Ausblick auf die See. „Die Warnungen hängen mit der Geschichte des Hauses zusammen. In der Klinik hat mir eine der Schwestern einiges darüber erzählen können, sodass ich im Bilde war. Mit dem unangenehmen Herrn Gollert habe ich mich auf keine Diskussion eingelassen. Der war richtig enttäuscht, mich nicht erschrecken zu können."

„Weshalb hatte er das deiner Ansicht nach vor?" Lara zuckte mit den Schultern.

„Der wollte seinen Job nicht verlieren. Hat das Haus vielleicht auch heimlich für private Zwecke genutzt."

„Als heimliches Liebesnest? Das wäre doch eine Möglichkeit." Anke schien es Spaß zu machen, über diese Möglichkeit zu spekulieren.

„Du wirst lachen, zu diesem Zweck wurde es ursprünglich errichtet", erwiderte Lara. „Ein reicher Industrieller ließ es um 1920 für seine Geliebte bauen. Hier besuchte er sie heimlich, wenn er angeblich zum Reiten ging. Schön doppeldeutig, nicht wahr? Seine Pferde hatte er in Arendsee zu stehen, das heute ein Ortsteil von Kühlungsborn ist. Hoch zu Ross begab er sich dann zu der Dame. Allerdings endete die Affäre tragisch. Als er sich von ihr trennte, vergiftete sie sich. Da sie äußerst zurückgezogen lebte, wurde ihre Leiche erst nach Wochen gefunden."

„Hier im Haus?" Anke riss entsetzt die Augen auf.

„Ja, hier im Haus. Aber das ist schließlich hundert Jahre her. Die Räume wurden zwischenzeitlich viele Male renoviert und umgestaltet."

„Trotzdem, es gibt Menschen, die nicht in einem Haus leben wollen, in dem sich so etwas zugetragen hat." Lara winkte gelassen ab.

„Dann sollten sie sich gleich ein neues bauen lassen. Jedes alte Haus hat seine Geschichte. Natürlich gibt es Leute, die sofort Legenden um jedes tragische Ereignis spinnen müssen. Angeblich ist das Haus seitdem verflucht und die tote Geliebte soll noch ruhelos darin umhergehen. Aber von solchem Quatsch halte ich nichts. Weißt du, unser Hotel wurde schon von den Eltern meiner Mutter betrieben. Da ist es auch schon vorgekommen, dass ein Gast dort starb, genaugenommen zweimal. Einmal war es ein Mann, der zu heftig gefeiert hatte und danach einen Schlaganfall erlitt, einmal eine junge Frau, die sich umbrachte. Die Zimmer wurden weiterhin genutzt und in keinem hat es gespukt."

„Gut, dass du das so rational betrachtest."

„Ja, das tue ich, obwohl es später noch einen Vorfall gegeben haben soll. In den dreißiger Jahren wurde das Haus von einer jungen Schauspielerin bewohnt. Angeblich hatte sie ein Verhältnis mit Goebbels, der sie hier oft aufgesucht haben soll."

„Was, der Propagandaminister, der Bock von Babelsberg? Der war auch hier?"

„Sogar ziemlich oft. Er machte regelmäßig mit seiner Familie Urlaub in Heiligendamm. Manchmal traf er sich hier mit Hitler. Die wussten schon, wo es schön ist."

„Und was passierte mit der Frau?"

„Sie ist beim Schwimmen in der Ostsee ertrunken. Ich würde sagen, es war ein gewöhnlicher Unfall. Aber man brachte ihren Tod mit dem Fluch, der auf dem Haus lastet, in Verbindung.“ Anke nickte.

„Wenn da jemand die Hand im Spiel hatte, dann mit Sicherheit kein Geist, eher wohl ihr prominenter Liebhaber.“

„Das sehe ich genauso. Also kein Grund zur Beunruhigung.“

„Was wirst du jetzt als nächstes tun?“

„Erst einmal in Ruhe richtig ankommen. Mich einrichten, Erkundigungen an der Uni in Rostock einholen, welche Studiengänge für mich in Frage kommen, ein paar Verbindungen knüpfen. Ich will mir Zeit damit lassen und erst zum Frühjahrssemester richtig durchstarten.“

„Klingt vernünftig. Wenn dir zwischendurch langweilig wird, kommst du mich in Lübeck besuchen. Das ist schließlich nicht weit von hier.“

„Das mache ich auf jeden Fall. Es ist schön, dass wir uns kennengelernt haben.“

Sie brachte die Freundin noch zum Zug. Als sie fort war, kam sie sich einen Moment lang ziemlich verlassen vor.

5.

Es war ein perfekter Morgen. Vorangetrieben von einem frischen Wind, der landeinwärts blies, hatten sich die Wellen mit zarten weißen Schaumkronen geschmückt. Man hörte das Rauschen der Brandung, nur durchbrochen von den scharfen Schreien der Möwen. Noch im Schlafanzug saß Lara auf der Couch im oberen Zimmer. Die Arme um die angezogenen Knie geschlungen, genoss sie den Anblick, der sich ihr vor dem Fenster bot. So würde es jetzt immer sein, sie würde das Meer im Wechsel der Jahreszeiten erleben, im Sommer in seine erfrischenden Fluten eintauchen und im Winter gut eingepackt lange Strandspaziergänge unternehmen. Dazwischen würde sie viel lernen und schreiben. Und wenn ihr der Kopf davon brummen sollte, würde sie in der herrlichen Natur neue Kraft tanken. Eigentlich sollte sie glücklich sein, stattdessen war sie von Unruhe erfüllt und hatte einen bitteren Geschmack im Mund. Natürlich, der Streit mit ihrer

Mutter belastete sie. Ihr war klar, dass sie nicht zur Ruhe kommen würde, solange zwischen ihnen diese Anspannung herrschte. Kurz überlegte sie, ob sie anrufen sollte, verwarf den Gedanken aber gleich wieder. Marga würde nicht an den Apparat gehen, wenn sie ihre Nummer erkannte, sie würde sie schmoren lassen, bis sie sich auf der ganzen Linie geschlagen gab. Dazu war sie diesmal nicht bereit, doch eine Versöhnung wollte sie möglichst trotzdem herbeiführen. Nach kurzem Überlegen setzte sie sich an ihren Computer und tippte eine Mail ein. „Es tut mir leid, dass wir uns im Streit getrennt haben“, schrieb sie. „Lass uns bitte noch einmal in Ruhe über alles sprechen. Teile mir bitte eine Zeit mit, wann ich dich anrufen darf.“ Nachdem sie die Nachricht abgeschickt hatte, fühlte sie sich etwas besser. In dem kleinen Bad im Nebenraum duschte sie ausgiebig. Beim Abtrocknen fiel ihr Blick auf den Jugendstil-Schminktisch. Die hohe Luftfeuchtigkeit in diesem Raum tat ihm auf die Dauer sicher nicht gut. Da sie oben schlief, wollte sie das kleine Bad dauerhaft nutzen. Also würde sie ein paar Umgestaltungen vornehmen müssen. Aber erst einmal hatte sie Wichtigeres zu tun. Zuerst würde sie sich ummelden müssen. Das Einwohnermeldeamt befand sich in Kröpelin, fünfzehn Autominuten von Heiligendamm entfernt. Auch mit dem Fahrrad war die Strecke bei schönem Wetter kein Problem. Heute würde sie noch einmal ein geliehenes Fahrrad benutzen, sich aber so bald wie möglich ein eigenes anschaffen. Langfristig wollte sie über den Kauf eines Autos nachdenken, spätestens dann, wenn sie ihr Studium in Rostock aufnehmen würde. Außerdem musste sie Strom und Wasser ummelden und sich um den Heizölvorrat für den Winter kümmern.

Um all das realisieren zu können, war es unvermeidlich, den unsympathischen Verwalter aufzusuchen. Aber bevor sie das in Angriff nahm, würde sie zum Meer hinuntergehen. Eine Viertelstunde später stieg sie vorsichtig die feuchten Bohlen hinab. Der Strand war an dieser Stelle ein Naturstrand, der Sand mit Steinen und feinen Muschelschalen durchsetzt. Große, vom Wasser rund geschliffene Steine bildeten einen Wall entlang der Steilküste. Auch im Wasser lagen gewaltige Steinbrocken, einer hatte eine flache Oberseite und ragte ein Stück in den Strand hinein. Lara balancierte darauf in Richtung Wasser, an seinem Ende angekommen, ging sie in die Hocke. Nun befand sie sich mitten in der Brandung. Etwas klatschte gegen den Stein und erregte ihre Aufmerksamkeit. Zu ihrem Erstaunen stellte sie fest, dass es sich um rote und weiße Rosen handelte, zu einem runden Gebinde auf einer Unterlage drapiert, die auf dem Wasser schwamm. „Wie schön“, war ihr erster Gedanke, „das Meer schickt mir Blumen zum Einzug in mein neues Heim.“ Doch gleich darauf stutzte sie. Das Gesteck wirkte wie ein Grabschmuck. Konnte es von einer Seebestattung stammen? Nein, das war wohl eher unwahrscheinlich. Seebestattungen fanden nur außerhalb der Dreimeilenzone statt. Die Blumen waren ganz frisch, sie dürften kaum einen derart langen Weg zurückgelegt haben. Falls es überhaupt möglich war, dass etwas von so weit her angespült wurde. Von Meeresströmungen hatte sie keine Ahnung. Plötzlich war da ein lauter Schrei, der sie zusammenzucken ließ. Es klang unheimlich. Sie schaute sich nach allen Seiten um, konnte aber nichts entdecken. Nachdenklich ging sie zum Haus zurück.

Der Termin auf dem Einwohnermeldeamt ließ sich erfreulich zügig erledigen, doch als sie wieder in Heiligendamm ankam, war es bereits 14.00 Uhr. Die Fahrt hatte sie hungrig gemacht. An der Strandpromenade gab es einen kleinen Imbissladen, den sie deshalb aufsuchte. Oft standen ganze Menschentrauben vor dem reetgedeckten, roten Klinkerbau, doch im Moment war sie die einzige Kundin. Die Inhaberin, eine pummelige, rothaarige Frau mittleren Alters, deren rundes Gesicht mit Sommersprossen gesprenkelt war, lehnte sich aus dem Verkaufsfenster. „Können Sie sich nicht entscheiden, junge Frau?“, sprach sie Lara an, die ausgiebig die Tafel mit dem Angebot studierte. „Unsere scharfe Currywurst ist Spitze, die kann ich Ihnen empfehlen.“

„Gut, dann nehme ich die.“ Lara hatte zwar Hunger, aber keinen rechten Appetit auf etwas Bestimmtes.

„Ich mache Ihnen eine extragroße Portion zurecht, Sie sehen aus, als könnten Sie es gebrauchen. So schmal wie Sie sind, könnte Sie der Wind glatt weg pusten. Es soll heute noch stürmisch werden, wissen Sie.“ Tatsächlich hatte sich der Himmel verdunkelt. Lara nahm ihre Currywurst-Portion dankend entgegen. Ihr fiel auf, dass die Frau sie weiter höchst aufmerksam musterte. Stimmte etwas nicht mit ihr? War vielleicht ihre Wimperntusche verlaufen? Jetzt lehnte sie sich noch weiter aus dem Fenster und brachte die Frage an, die sie offenbar die ganze Zeit beschäftigt hatte.

„Sagen Sie, sind Sie etwa die junge Frau, die ins Möwennest einziehen will?“

„Wo bitte?“, fragte Lara verwirrt.

„Na, in das Haus an der Steilküste, ein gutes Stück westlich von hier aus.“

„Ja, da will ich einziehen. Ich wusste allerdings nicht, dass es Möwennest heißt.“

„So heißt es offiziell auch schon lange nicht mehr. Der erste Besitzer hatte ihm diesen Namen gegeben, es gab einen entsprechenden Schriftzug am Haus. Der ist nicht mehr da, aber im Gedächtnis der Einwohner hat sich der alte Name gehalten. Meine Oma nannte es nie anders, und ich nenne es nun auch so.“

„Das ist sehr interessant, das wusste ich nicht. Es freut mich natürlich, das über mein Haus zu erfahren.“

„Tatsächlich? Was wissen Sie denn sonst noch so darüber?“ Der Gesichtsausdruck der Frau hatte plötzlich etwas Lauerndes. Lara winkte lässig ab.

„Die alten Geschichten von den beiden früheren Bewohnerinnen, die ums Leben gekommen sind.“

„Und Sie fürchten sich nicht?“

„Weshalb sollte ich? Das ist lange her. Ich habe nicht vor, das dritte Opfer zu werden. Und jetzt muss ich mich beeilen, wenn ich nicht nass werden will. Einen schönen Tag noch.“ Das Gespräch behagte ihr nicht mehr. Sie wies auf die von Westen heranziehenden Wolkenberge und schwang sich auf ihr Fahrrad. Die Frau schaute ihr nach. „Du kannst tatsächlich nicht das dritte Opfer werden“, murmelte sie. „Weil du nämlich das fünfte wärst. Aber ich kann dich nicht warnen, ich habe mir schon einmal den Mund verbrannt, das hat mir gereicht.“

6.

Der Schock sitzt mir immer noch in den Gliedern. Ich habe sie gesehen, auferstanden von den Toten, und so schön wie eh und je. Sie hat auf dem langen Stein in der Brandung gehockt und irgendetwas im Wasser beobachtet. Wie eine Nixe hat sie ausgesehen, mit ihrem langen, rotblonden Haar und der biegsamen Gestalt. Eine Nixe war sie auch, als ich ihr zum ersten Mal begegnet bin. Es war auf einem Faschingsball im Europahotel. Wie lange ist das jetzt her? Ich habe neuerdings Probleme mit dem Rechnen, mein Kopf machte nicht mehr so recht mit. Aber Zeit hat keine Bedeutung, seit ich weiß, dass Leo nicht mehr am Leben ist. Auf ihn zu warten war mein Lebensinhalt. So wie er mein Lebensinhalt war, seit ich denken kann. Auf dem Gymnasium habe ich mich ihn verliebt, wir gingen in eine Klasse, er, der Mädchenschwarm, und ich, das Mauerblümchen. Trotzdem hat er mir Beachtung geschenkt, denn ich war die Intelligenzbestie der Klasse. Er sei ein Mensch, der die Ressourcen anderer zu nutzen verstehe, hatte ein Lehrer einmal im Scherz zu ihm gesagt. Mir hat das nur recht sein können. Ich habe ihm zu einem annehmbaren Abitur verholfen. Nicht nur, dass ich die Hausaufgaben für ihn erledigte, wir hatten ein geniales System des Spickens bei Klassenarbeiten entwickelt. Dass wir auch während der Studentenzeit in Verbindung blieben, war vor allem meinen Bemühungen zu verdanken. Später hatte er dann Probleme bei der Weiterführung der Firma seines Vaters. Ich hatte Betriebswirtschaft studiert, kannte mich bestens mit Buchhaltung und Steuerfragen aus. Bald wurde ich seine engste Mitarbeiterin. Er wusste gut, dass er mir einen großen Teil seines Erfolges verdankte. Inzwischen teilten wir auch so manches Geheimnis, das bei der Steuerfahndung auf großes Interesse gestoßen wäre. Hat er sich nur deshalb schließlich näher mit mir eingelassen? Um sich meine Loyalität zu sichern? Ich will es gar nicht so genau wissen, will die Erinnerung nicht zerstören. Für mich war es Liebe und die Erfüllung all meiner Träume. Natürlich wusste ich, dass er nebenher Affären hatte und ich litt darunter. Trotzdem habe ich geglaubt, dass es mit uns etwas anderes war, eine Beziehung, die über das Körperliche hinausging. Ich habe mich als seine Frau gefühlt und gehofft, er würde mich eines Tages heiraten. Bis zu jenem Tag… Als ich sie zum ersten Mal gesehen habe, habe ich gewusst, dass ich ihn verlieren würde. Der Fasching hatte unter einem maritimen Motto gestanden, irgendetwas mit Meeresleuchten, genau weiß ich es nicht mehr. Aber ich weiß genau, was ich angehabt habe, ein Matrosenkleid, weit geschnitten, das die Mängel meiner Figur geschickt kaschierte. Dazu ein kesses Hütchen im sorgfältig gelockten Haar. Beinahe schön habe ich mich gefühlt. Bis ich die Andere hereinschweben sah. Ja, sie schwebte tatsächlich an Leos Arm, ihre Füße schienen den Boden kaum zu berühren. Ein Hauch von Tüll, besetzt mit schimmernden grünen und blauen Pailletten, umwehte ihren schlanken Körper. Grün waren auch ihre großen, verträumten Augen, ihre Haut erinnerte an kostbares Porzellan und ihr langes Haar an flüssiges Gold. Es war mit funkelnden kleinen Seesternen durchwoben und mit großen, durchsichtigen Perlen, die Luftblasen darstellen sollten. Alle im Saal haben sie angestarrt. In Leos Augen war ein solcher Besitzerstolz zu erkennen, dass ich es nicht ausgehalten habe. Hals über Kopf bin ich davongelaufen.

Davongelaufen bin ich auch gestern, als ich sie auf dem Stein in der Brandung gesehen habe. Es kann nicht sein, die Toten kehren nicht wieder. War es nur eine Vision, eine Täuschung meines sich zunehmend verwirrenden Geistes? Ich muss es herausfinden. Vor allem will ich mich nicht von dem Ort vertreiben lassen, der meine kostbarsten Erinnerungen an Leo birgt. In jenem Haus, das anderen als verflucht gilt, haben wir uns zum letzten Mal geliebt. Dort lebt auch mein einziger Freund. Belial hat geschrien, als er mich flüchten sah, laut und verzweifelt. Schon seinetwegen werde ich zurückkehren müssen.

7.

Hinter dem Bedürfnis zu schreiben, können sich die unterschiedlichsten Motive verbergen. Manch einer will eine Botschaft verkünden, ein anderer seine Erfahrungen weitergeben. Es gibt Schriftsteller, die vor allem die Tiefen der eigenen Seele ausloten wollen und solche, die lieber phantastische Welten erschaffen, in die sie und ihre Leser entfliehen können. Lara wollte einfach nur Geschichten erzählen. Schon immer hatte sie gern andere Menschen beobachtet und sich dabei gefragt, welche Geheimnisse sie wohl mit sich herumtrugen. Das Hotel mit seinen wechselnden Gästen hatte ihr reichlich Stoff zum Nachdenken geboten: Was verband wohl den jungen Mann und die ältere Frau, die immer die Letzten beim Frühstück waren? Sie hätten Mutter und Sohn, aber ebenso gut ein Paar sein können. Und wie lange würde es mit dem Pärchen, das oft den Tisch in der Fensternische wählte, wohl noch gutgehen? Sie schien sehr verliebt zu sein und überhaupt nicht zu bemerken, wie gelangweilt er oft wirkte und wie gern er seine Blicke zu anderen Frauen schweifen ließ.

Oft hatte ihre Mutter sie gescholten, wenn sie Lara so in Gedanken dastehen sah. „Träume nicht! Das kommt bei den Gästen schlecht an. Du musst immer ein Lächeln und absolute Präsenz zeigen“, pflegte sie dann zu sagen. Sie mochte Recht damit haben, doch Lara konnte nicht aus ihrer Haut. Auch jetzt waren die Geschichten wieder da, und sie empfand ein wohliges Prickeln bei dem Gedanken, sie nun endlich in Ruhe verfolgen und aufschreiben zu dürfen. So musste sich jemand fühlen, der aus Krankheitsgründen lange auf kulinarische Genüsse verzichten musste und nun wieder richtig zulangen durfte. Ja, das Bild passte, ihr eintöniger Alltag, ohne die Möglichkeit geistiger Betätigung, war ihr wie eine Zeit des Darbens erschienen. Welchem Thema sollte sie sich nun zuerst zuwenden? Bereits während des Klinikaufenthaltes war ihr da eine Idee gekommen. Bei einem Ausflug nach Kühlungsborn war ihr ein imposantes Gebäude aufgefallen. Es stand am Ende der Ostseeallee, dort, wo sich die Straße mit der Strandpromenade zu einem Platz vereinte. Baltic-Platz wurde er genannt und das Haus Villa Baltic. Von weitem betrachtet sah es noch immer beeindruckend aus, doch beim Näherkommen zeigten sich Zeichen des Verfalls. Die Fenster waren vernagelt, die Fassade mit Graffiti besprüht. Wieso ließ man ein so schönes Gebäude derart verkommen? Sie hatte recherchiert und Interessantes erfahren. Von dem jüdischen Justizrat Hausmann für sich und seine Frau erbaut, war es 1929 von dem kinderlosen Ehepaar an die Hochschule für Wissenschaft des Judentums vererbt worden, die es unter dem Namen Hausmann-Stiftung betrieb. Doch nur bis 1935 fanden hier jüdische Wissenschaftler Erholung, bevor sie von zunehmender Hetze und mannigfachen Repressalien vertrieben wurden. Vielleicht ließ sich ja noch Material darüber auftreiben, welche Wissenschaftler sich hier aufgehalten hatten und was aus ihnen geworden war? Es war auf jeden Fall einen Versuch wert.

Doch vorher hatte Lara noch etwas anderes zu erledigen. Sie musste den Verwalter ihres Hauses aufsuchen und sich um die restlichen Formalitäten kümmern. Besondere Lust darauf verspürte sie nicht. Als sie aus der Haustür trat, fiel ihr Blick auf mehrere große rotbraune Flecke auf den Steinplatten vor dem Eingang. Sie sahen wie Bluttropfen aus. Lara ging in die Hocke, zog ein Zellstofftaschentuch aus ihrer Jacke und betupfte die Flecke vorsichtig damit. Sie schienen noch ganz frisch zu sein, denn das Tuch färbte sich rötlich. Es handelte sich offenbar tatsächlich um Blut. Jetzt nahm sie auch einen ekelerregenden Geruch wahr, es stank nach Verwesung. Im nächsten Moment kam ein Stein geflogen, er verfehlte sie nur knapp. Reflexartig sprang sie auf die Beine und schaute in die Richtung aus der der Stein gekommen war – direkt in die erschrockenen Gesichter von zwei Jungen, nicht älter als sieben oder acht Jahre.

„Was soll das?“, herrschte sie die beiden an.

„Entschuldigung, wir haben Sie nicht gesehen“, stammelte der eine. Sein rundes Gesicht unter dem strubbeligen Blondhaar war ganz rot vor Schreck.

„Ihr könnt hier nicht einfach mit Steinen um euch werfen. Hier kommen immer mal Leute vorbei. Was wäre, wenn ihr jemanden verletzt hättet?“ Der Blonde nickte zerknirscht, doch sein dicklicher Freund, der durch seine aufgeworfenen Lippen und eine Himmelfahrtsnase ausgesprochen keck wirkte, zeigte sich weniger einsichtig.

„Hier ist das Tor zur Hölle", verkündete er in gewichtigem Ton. „Wir müssen den Wächter vertreiben, damit wir hinein können." Lara verkniff sich ein Lachen.

„Es ist ja ganz prima, dass ihr eure Spiele an der frischen Luft und nicht nur am Computer spielt. Aber ihr müsst bei der Wahl eurer Waffen vorsichtig sein. Hier gibt es lebendige Menschen, die ihr böse verletzen könnt. Wenn das passiert, gibt es richtigen Ärger und keine Bonuspunkte. Habt ihr das verstanden?" Der Dicke schien etwas erwidern zu wollen, doch sein Freund knuffte ihn in die Seite und zog ihn mit sich fort. Lara kehrte ins Haus zurück, um Putzmittel zu holen. Sie wollte die Flecken beseitigen, bevor sie richtig antrockneten. Was da wohl passiert war? Ein Kampf unter Tieren? Hatte ein Marder hier seine Beute zerlegt? Nachdem sie die Spuren beseitigt hatte, konnte sie sich endlich auf den Weg zum Verwalter machen.

Obwohl sie sich telefonisch angemeldet hatte, schien er sich in keiner Weise auf ihren Besuch vorbereitet zu haben. In Jogginghose und Schlafanzugjacke hockte er unrasiert in der Küche. Als sie ihm die Hand reichte, verriet ihr sein Geruch, dass er wohl auch noch nicht geduscht hatte. Die Küche starrte vor Schmutz, in der Spüle stapelte sich Geschirr, der Tisch schien schon seit Tagen nicht mehr abgewischt worden zu sein, und es stank penetrant nach ranzigem Fett. Sie musste ihren Ekel unterdrücken, als er sie aufforderte, am Küchentisch Platz zu nehmen.

„Und? Wollen Sie tatsächlich in dem Haus bleiben?", eröffnete er übergangslos das Gespräch.

„Ja, das will ich. Deshalb möchte ich die restlichen Unterlagen abholen. Die Verträge mit dem Stromversorger, die Policen der Gebäudeversicherung und was sonst noch anliegt.“

„Muss ich erst suchen“, nuschelte er mürrisch. Lara war verärgert.

„Aber ich hatte mein Kommen doch angekündigt.“ Der Vorwurf in ihrer Stimme schien ihn überhaupt nicht zu berühren.

„Und was ist mit Saubermachen?“, fragte er stattdessen. Lara schaute ihn irritiert an. Er wirkte jetzt ungeduldig.

„Na, meine Frau hat doch einmal in der Woche in dem Haus saubergemacht. Soll sie das weitermachen?“

„Nein, danke!“, erwiderte sie schnell, zu schnell vielleicht. „Das mache ich jetzt selbst“, setzte sie in versöhnlichem Ton hinzu. Er brummte etwas Unverständliches und schlurfte aus der Küche. Als kurz darauf die Tür aufging, glaubte Lara schon, er käme zurück. Stattdessen betrat ein untersetzter Jugendlicher die Küche, den sie auf vierzehn bis fünfzehn schätzte. Die Ähnlichkeit mit seinem Vater war verblüffend, nur war er zusätzlich noch mit einer schlimmen Akne geschlagen. Seine Kleidung wirkte schmuddelig, das ursprüngliche Schwarz seiner Jeans und seines T-Shirts war einen grünlich schimmernden Grau gewichen. Er starrte Lara erstaunt an, ohne den Mund aufzukriegen.

„Guten Morgen“, sprach sie ihn an. Er erwiderte den Gruß nicht.

„Machen Sie Urlaub? In unserem Haus?“, wollte er stattdessen wissen.

„In welchem Haus denn?“, fragte sie, obwohl sie die Antwort bereits ahnte.

„Na, an der Steilküste.“

„Ja, aber ich mache dort nicht Urlaub, ich werde länger da wohnen.“ Er riss die Augen auf.

„Auch im Winter? Da ist doch hier nichts los.“

„Das finde ich nun überhaupt nicht. Die Landschaft ist auch im Winter sehr schön, und außerdem kann man hier eine Menge besichtigen.“

„Was denn?“, fragte er dümmlich.

„Interessante Gebäude zum Beispiel. Wie die Villa Baltic in Kühlungsborn.“

„Die hat früher dem Goebbels gehört“, erwiderte er eifrig.

„Hat sie eben nicht! Sie war jüdischer Besitz und die Nazis haben sie sich unrechtmäßig unter den Nagel gerissen.“ Tatsächlich war die Villa im Jahre 1938 der Goebbels-Stiftung für Bühnenschaffende zugeschlagen worden. Der damalige Geschäftsführer hatte sich damit gebrüstet, das Millionenobjekt für läppische zwanzigtausend Reichsmark übernommen zu haben. Lara ärgerte sich darüber, dass ein einheimischer Jugendlicher so wenig über die Geschichte, die sich in seiner unmittelbaren Umgebung abgespielt hatte, wusste. Sie überlegte, ob sie ihm mehr darüber erzählen sollte, doch er hatte bereits das Thema gewechselt.

„Warum wollen Sie länger in dem Haus wohnen? Sind Sie eine Geisterjägerin?“ Jetzt fing er auch davon an! Lara war amüsiert.

„Gibt es denn Geister in dem Haus?“

„Ja natürlich, wussten Sie das etwa nicht? Dort befindet sich ein Tor zur Hölle und Satan persönlich holt sich an dieser Stelle seine Opfer.“

„Weshalb sollte er sich ausgerechnet diesen Ort dafür aussuchen?“

„Weil er um den Lohn seiner Arbeit betrogen wurde, schließlich hat er den Damm errichtet. Dafür wollte er die Seele eines Schäfers haben, aber der hat ihn ausgetrickst. Dafür rächt er sich.“

Lara stutzte. Ihres Wissens war der Heilige Damm der Sage nach in einer Sturmnacht durch die Gebete der frommen Mönche im Doberaner Kloster entstanden. Doch der Junge fuhr bereits mit seiner Teufelsgeschichte fort. „Mehrere Leute haben ihn mit eigenen Augen gesehen. Er sieht schrecklich aus, leuchtende rote Augen hat er, schwarze Flügel und riesige Krallen. Die ihm begegnet sind...“ Weiter kam er nicht. Sein Vater betrat die Küche, einen Aktenordner in der Hand. Lara hatte sich erst geärgert, dass er so lange suchen musste, jetzt hätte er ihretwegen ruhig noch ein wenig fortbleiben können. Sie hätte die Unterhaltung mit seinem Sohn gern fortgesetzt. Um ihr Haus schien sich eine moderne Sage zu spinnen, und das Thema interessierte sie brennend. In nahezu jedem Menschen steckte das Bedürfnis nach geheimnisvollen Geschichten, was sich seit von Anbeginn der Menschheit in der Entstehung von Mythen und Legenden niederschlug. Das reichte bis in die Gegenwart hinein, immer wieder bildeten sich neue Sagen heraus. Beim Surfen im Internet war sie auf viele Beispiele dafür gestoßen, unter anderem auf die Geschichte vom Stockholmer Geisterzug. Dieser in den Sechzigerjahren als Testmodell gebaute silberfarbene U-Bahnzug war nie in Serie gegangen. Trotzdem wurde er bis 1995 im Bedarfsfalle ab und zu auf einigen Strecken eingesetzt. Das stieß bei vielen Fahrgästen auf Verwirrung, da er sich so augenfällig von den ansonsten einheitlich grünen Zügen unterschied. Manch einer scheute sich sogar, in den bald als „Silberpfeil“ bekannten Zug einzusteigen. Denn viele, die es taten, wussten bald Unheimliches zu berichten. Wie Tote hätten die darin befindlichen Fahrgäste gewirkt, mit leerem Blick und starren Gesichtern. Der Zug habe längst stillgelegte Gleise befahren, an nie in Betrieb genommenen Bahnhöfen gehalten, und einige seiner Fahrgäste seien einfach verschwunden. Obwohl sich keine dieser Geschichten belegen ließ, hielten sie sich hartnäckig. Lara war fasziniert von diesem Erfindungsreichtum menschlichen Geistes und dem Willen, dem gewöhnlichen Alltag das Besondere abzuringen. Wenn sie hier nun selbst auf so eine Sage stieß, würde sie gern ihren Ursprung herausfinden. Vielleicht wäre sie sogar die Erste, die sie aufschreiben könnte.

Ein klatschendes Geräusch riss sie aus ihren Gedanken. Herr Gollert schlug energisch mit der flachen Hand auf den Aktenordner, den er vor sich auf den Küchentisch gelegt hatte. „Hier ist alles drin, was Sie brauchen. Wasser und Strom wurden am Jahresanfang letztmalig abgebucht, der Heizöltank im Frühjahr aufgefüllt.“ Letzteres erleichterte Lara, sie mochte den muffigen Keller, in dem sich der Heizöltank befand und den man nur von außen betreten konnte, nicht. Darum brauchte sie sich erst einmal nicht zu kümmern.

„Ich bekomme noch mein Gehalt für zwei Monate und meine Auslagen für Reparaturen in dieser Zeit.“ Er schob ihr einen fleckigen Zettel mit ein paar unübersichtlichen Berechnungen zu. Die Endsumme war stattlich.

„Hatten Sie denn in den letzten Monaten keine Einnahmen aus Vermietungen?“, konnte sie sich nicht verkneifen zu fragen. Er lief rot an.

„Was für Vermietungen, es gab keine Mieter. Niemand hätte in diesem Haus wohnen wollen. Sie werden schon noch merken, warum.“ Das klang hämisch.

„Machen Sie sich keine Sorgen. Ich bin mindestens so unerschrocken wie die tapferen Leute, die Sie in der Vergangenheit dort auf eigene Rechnung untergebracht haben.“ Er schnappte sichtbar nach Luft.

„Das können Sie nicht beweisen!“

„Und wenn doch?“ Mit einer lässigen Geste schob sie den Zettel mit seinen Berechnungen zu ihm über den Tisch. Er ergriff ihn und zerknüllte ihn hastig mit einer Hand.

„Sie haben, was Sie wollten. Da ist die Tür! Wir sind fertig miteinander.“

„Glücklicherweise“, gab sie zurück. Draußen atmete sie tief durch. Die Szene war ihr unangenehm gewesen und hatte sie Kraft gekostet. Aber sie konnte stolz auf sich sein: Sie hatte sich nicht über den Tisch ziehen lassen.

Trotzdem: Den ersten Feind hatte sie sich hier gemacht, aber noch keinen einzigen Freund. Das war in ihren Augen kein guter Anfang.

8.

Der Tag fing nicht gut an. Dabei hatte sie sich zunächst gefreut, als ihr Handy geklingelt und sie die Nummer des heimischen Hotels erkannt hatte. Natürlich war sie überzeugt gewesen, dass ihre Mutter sie zurückrief. Auf ihr erfreutes: „Hallo Mama!“, folgte ein kurzes Schweigen. „Hier ist Hansi“, ließ sich dann eine Stimme vernehmen. Hansi! Der Mann war Ende 50 und hieß Hans-Joachim Dobeck. Aber im Gegensatz zu Lara hatte er nichts gegen die Verniedlichung seines Namens einzuwenden.

„Hallo“, sagte sie, die Anrede bewusst vermeidend, „ich hätte gern meine Mutter gesprochen.“

„Aber sie dich nicht! Ist dir überhaupt klar, wie sehr du sie mit deinem sturen, kindischen Verhalten verletzt hast?“, ging er sofort zum Angriff über.

„Das möchte ich mit dir nicht besprechen“, erwiderte sie kühl.

„Aber ich will mit dir darüber reden. Im Gegensatz zu dir fühle ich mich für deine Mutter verantwortlich und mache mir Sorgen um sie. Ich werde nicht zulassen, dass sie unter deinen Launen leiden muss, nach allem, was sie für dich getan hat. Sie hat dir eine solide Ausbildung finanziert, die du nun einfach wegwerfen willst. Für ein Hirngespinst." So ganz stimmte das nicht. Lara hatte bereits während ihrer Schulzeit regelmäßig im Hotel mitgearbeitet und danach erst recht. Natürlich hatte sie das unentgeltlich getan, wie es in einem Familienbetrieb üblich war. Nie hatte sie sich darüber beklagt und tat es auch jetzt nicht, doch ihr war klar, dass sie ihre Ausbildung zum großen Teil selbst finanziert hatte. Darüber wollte sie mit dem Lebensgefährten ihrer Mutter jedoch nicht streiten.

„Es ist mein Leben, ich bin alt genug, selbständige Entscheidungen zu treffen. Und gegebenenfalls auch mit den Konsequenzen dieser Entscheidungen klarzukommen."

„Hast du mal darüber nachgedacht, welche Konsequenzen das für deine Mutter hat? Ihr hattet Pläne für die Modernisierung des Hotels und die Schaffung eines modernen Wellnessbereichs. Es ist alles schon in die Wege geleitet. Wie soll deine Mutter jetzt die Kosten stemmen, wenn du abspringst?"

„Ich habe meine finanzielle Beteiligung zugesagt und dabei bleibt es."

„Eben nicht!" Er brüllte jetzt fast. „Sie wird unter diesen Umständen keinen Cent von dir annehmen. Sie trägt sich bereits mit dem Gedanken, das Hotel zu verkaufen. Wenn sie dazu gezwungen ist, geht sie seelisch kaputt! Durch deine Schuld!"

„Sag ihr, dass sie mich anrufen soll." Nachdem sie diesen Satz ausgesprochen hatte, beendete Lara das Gespräch. Ihr Herz raste, sie fühlte sich elend. Es war so verdammt ungerecht, was der Lebensgefährte ihrer Mutter da soeben behauptet hatte. Der Vorschlag mit der Sanierung und dem Wellnessbereich war von ihm gekommen. Ihre Mutter war natürlich begeistert gewesen, wie sie es von allem war, was er tat und vorschlug. Sie, Lara, war eigentlich gar nicht gefragt worden, obwohl es um das Geld aus ihrer Erbschaft ging. Allerdings hatte sie den Plänen nicht direkt widersprochen. Was die beiden offenbar als Zustimmung gewertet hatten. Wollte ihre Mutter tatsächlich verkaufen? Vielleicht wäre es sogar das Beste, da sie die Nachfolge definitiv nicht antreten wollte. In Grübeleien versunken, trat sie aus dem Haus. Kaum war sie ein paar Schritte gelaufen, hörte sie etwas rauschen und ein großer Schatten glitt über sie hinweg. Sie schrie erschrocken auf, im gleichen Moment fiel etwas auf ihre Schulter und plumpste von dort aus auf den Boden. Eine tote Ratte! Angeekelt entfuhr ihr ein zweiter Schrei. Jemand lachte leise, ein melodisches, glucksendes Lachen. Empört fuhr sie herum und schaute in die dunklen Augen eines großen Mannes im dunkelgrünen Parka. Sie schätzte ihn nicht älter als Ende zwanzig bis Mitte dreißig, er war sehr braungebrannt, hatte schwarzes Haar und markante Gesichtszüge. Um seinen Hals baumelte ein Feldstecher.

„Sie haben ihn erschreckt", sagt er.

„Wie bitte? Ich bin doch wohl diejenige, die erschreckt wurde. Was war das überhaupt?"

„Corvus corax, der Kolkrabe. Er hat seine Beute fallen lassen, als Sie geschrien haben. Lassen Sie sie liegen, er wird sie sich zurückholen."

„Ich hatte wirklich nicht vor, mir die Ratte anzueignen."

„Echt nicht?" Er grinste und plötzlich musste sie auch lachen. Sie traten gemeinsam ein Stück beiseite und beobachteten, wie ein schwarzer Vogel von beachtlicher Größe vor dem Haus landete und die Ratte im Schnabel davontrug.

„Wie groß der ist", sagte Lara beeindruckt.

„Kolkraben können Flügelspannweiten bis zu 1.30 Meter erreichen. Auf diesen könnte das zutreffen, er ist ein stattliches Exemplar." Ein Schrei ertönte, es klang wie eine heisere Möwe.

„Hören Sie? Er ahmt die Schreie der Möwen nach." Lara erinnerte sich, diesen Schrei schon einmal gehört zu haben. Damals hatte sie ihn nicht einordnen können.

„Sie scheinen sich gut auszukennen. Sind Sie Ornithologe?" Er lachte wieder.

„Na ja, nicht ganz. Darf ich mich vorstellen, Raul Södersen. Ich studiere Biologie und schreibe an einer Arbeit über Vogelarten an der Küste."

„Larissa Liebig." Sie mochte nicht erklären, was sie im Moment tat, beziehungsweise noch nicht tat. „Der Rabe ist doch aber kein typischer Küstenvogel?" fragte sie, um von sich abzulenken. Er schüttelte den Kopf.

„Er ist allerdings sehr anpassungsfähig und kommt in fast jedem Lebensraum zurecht. Durch starke Verfolgung war er 1940 nahezu ausgerottet. Zum Glück erholen sich die Bestände langsam."

„Weshalb wollte man sie ausrotten? Hing das mit abergläubischen Vorstellungen zusammen?"

„In erster Linie, weil sie als Jagd- und Weideschädlinge galten. Oft wird behauptet, sie würden Jungtiere wie Kälber und Lämmer töten, was so aber nicht stimmt. Sie sind Aasfresser und vergreifen sich nur an Tieren, die entweder bereits tot sind, oder so schwach, dass sie ohnehin nicht lebensfähig wären. Dabei sind sie außerordentlich intelligent. Bei einer Jagd reagieren sie auf den Schuss, weil sie wissen, dass dann Aas für sie anfallen wird."

„Das ist faszinierend."

„Diese Vögel haben noch mehr zu bieten. Sie müssten sie mal beim Rodeln beobachten."

„Wobei bitte? Sie meinen doch sicher nicht, dass sie Schlitten fahren würden."

„In gewisser Weise schon, nur ohne Schlitten. Sie rutschen die Sanddünen herunter, einfach nur so zum Spaß. Im Winter machen sie das im Schnee. Aber ich will Sie nicht langweilen mit meiner Raben-Begeisterung."

„Ich finde es sehr interessant. Mir waren die Vögel bisher noch nicht aufgefallen. Nun lerne ich endlich etwas über meine unmittelbaren Nachbarn."

„Wenn Sie es so sehen... Sind Sie ein Feriengast von Herrn Gollert?"

„Nein, ich wohne für ständig hier, das Haus gehört mir."

„Oh." Er wusste nichts darauf zu erwidern, konnte auch sein Erstaunen nicht rechtzeitig verbergen. Ein verlegenes Schweigen entstand, das von Lara gebrochen wurde.

„Ich muss los, es gibt viel zu tun bei so einem Umzug."

„Ja, natürlich. Vielleicht treffen wir uns bald wieder. Ich schaue täglich bei den Raben vorbei."

„Dann können Sie bei der Gelegenheit auch gern auf einen Tee hereinkommen."

„Die Einladung nehme ich sehr gern an." Sie winkten einander zu, bevor sie sich in entgegengesetzte Richtungen auf den Weg machten.

Lara fühlte sich merkwürdig beschwingt nach dieser Begegnung. Sie war über ihren Schatten gesprungen und hatte dadurch eine Bekanntschaft schließen können. Es wurde Zeit, dass sie hier ein paar Leute kennenlernte. Ob die Einladung zum Tee zu aufdringlich gewesen war? Ach was! Sie wollte schließlich weiter nichts von dem Mann. Aber er schien sich hier auszukennen und konnte ihr vielleicht etwas über die Teufelssage erzählen, die sich um ihr Haus rankte.

Sie konnte nicht ahnen, dass auch seine Gedanken in diesem Moment um die Begegnung mit ihr kreisten. Er hatte geschwindelt, als er behauptet hatte, täglich nach den Raben zu schauen. Sie standen nicht im Mittelpunkt seines Interesses. Vielmehr hatte er den dringenden Wunsch, mehr über die Kindfrau mit den atemberaubenden meergrünen Augen zu erfahren, über die im Ort bereits getuschelt wurde. Dass sie ihn gleich zum Tee einladen würde, hätte er nie zu hoffen gewagt. Doch in seine Freude mischte sich ein diffuses Unbehagen. Es konnte kein Zufall sein, dass sie in diesem Haus lebte. Ihr Anblick war wie ein Schock für ihn gewesen, er hatte bei ihm Erinnerungen wachgerufen, die noch immer schmerzten. Eigentlich hatte er endlich damit abschließen wollen. Doch nun konnte er nicht mehr zurück.

9.

Der September war viel zu kühl, er brachte Sturm und Regen. Lara war in den vergangenen Tagen viel unterwegs gewesen. Sie hatte Raul nicht wiedergetroffen, hatte es auch bewusst ein wenig vermieden. Er sollte schließlich nicht den Eindruck gewinnen, dass sie ihm auflauern würde. Nun bereute sie ihre Zurückhaltung. Bei dem herrschenden Wetter würde er vermutlich nicht unbedingt nach den Raben schauen. Inzwischen hatte sie das ganze Haus geputzt, das dadurch einen angenehm frischen Duft angenommen hatte. Mit solchen Arbeiten war sie vertraut, wenn beim Personal Engpässe herrschten, war sie auch im Hotel oft zur Zimmerreinigung eingesetzt worden. Sie hatte Grünpflanzen gekauft, weil sie fand, dass eine Wohnung dadurch erst richtig zu leben anfing. Die blauen Übertöpfe passten hervorragend zu den Möbelbezügen im Wohnzimmer. In der Küche gab es eine Grundausstattung mit Geschirr, die ihr aber nicht sonderlich gefiel. Sie würde nach und nach das meiste neu kaufen. Den Anfang hatte sie bereits mit einem schönen, schlichten Teeservice gemacht. Und sich eingestanden, dass sie dabei an Raul gedacht hatte.

Die Geräusche rund um das Haus waren ihr inzwischen vertraut. Sie liebte das Rauschen des Meeres, die gellenden Schreie der Möwen und das Rütteln des Windes am Haus und an den es umgebenden Bäumen. An solchen Abenden fühlte sie sich tatsächlich wie in einem Nest. Sie ging dann früh zu Bett und las, bis ihr die Augen zufielen. An diesem Abend war da jedoch ein anderes Geräusch, ein Poltern, das aus den unteren Räumen zu kommen schien. Als wäre ein schwerer Gegenstand zu Boden gefallen. Was konnte das sein? Hatte sie beim Putzen nicht alles ordentlich an seinen Platz zurückgestellt, sodass nun etwas ins Rutschen geraten war? Anders konnte sie sich das Poltern nicht erklären. Sie zog den Morgenmantel über, um nachzusehen. Auf der Treppe nach unten war es dunkel. Im Moment ließ sich das Treppenlicht nur von unten einschalten, der obere Schalter war defekt. Herr Gollert hatte sich keinesfalls so intensiv um die Reparaturen im Haus gekümmert, wie er ihr weismachen wollte. Sie musste sich gleich in den nächsten Tagen um einen Elektriker bemühen. Zum Glück schien der Mond durch die Dielenfenster, so dass es nicht völlig dunkel war. Als sie die Mitte der Treppe erreicht hatte, stutzte sie. Unter der Tür des Schlafzimmers schimmert Licht hindurch. Hatte sie etwa vergessen es auszuschalten? Möglich war es, sie hatte Licht gebraucht, um beim Putzen besser hinter die Betten und Nachtschränke sehen zu können. Kaum war ihr dieser Gedanke gekommen, erlosch das Licht plötzlich. Wie angewurzelt blieb sie auf der Treppe stehen. War da jemand? Ihr Herz begann schneller zu schlagen, ihre Hände wurden feucht. Sie hatte keine Ahnung, wie lange sie so dastand, doch allmählich gewann ihr klarer Verstand die Oberhand. Das Haus war rundum verschlossen, wer sollte da hereinkommen? Vermutlich war das Licht von draußen durch ein Fenster hereingefallen. Vielleicht war es ein verspäteter Radfahrer oder Wanderer gewesen, der um diese Zeit noch unterwegs war. Der Schein von dessen Fahrrad- oder Taschenlampe hatte sie getäuscht. Entschlossen ging sie die restlichen Stufen hinab. Sie schaltete das Treppenlicht und den Kronleuchter in der Diele ein. Die blendende Helligkeit beruhigte sie, doch die Wandspiegel warfen ihr geisterhaft bleiches Gesicht zurück. „Hysterische Ziege“, sagte sie laut. Dann öffnete sie entschlossen die Schlafzimmertür. Sie sah es auf den ersten Blick. Der Staubsauger lag auf dem Boden, er musste das Poltern verursacht haben. Sie hatte ihn gegen die Wand gelehnt und hier vergessen. Vermutlich war er ganz langsam an der Wand abwärts geglitten, bis schließlich die Schwerkraft gesiegt hatte. Nachdem sie ihn an seinen Platz in der Putzkammer geräumt hatte, ging sie ins Schlafzimmer zurück und schloss die Jalousien. Am Tage würde sie Probleme beim Öffnen haben, denn sie waren aus Holz, sehr schwer und zudem verquollen. „So, alles bestens“, sagte sie laut. Nur dass ihr Gefühl etwas anderes sagte. Plötzlich fror sie erbärmlich, es war schneidend kalt im Zimmer. Sicher, sie hatte die Heizkörper hier auf die niedrigste Stufe eingestellt, weil sie den Raum nicht nutzte. Funktionierten sie etwa nicht? Nein, sie waren warm, davon konnte sie sich schnell überzeugen. Woher kam dann die Kälte? Und da war noch etwas, ein fremder Geruch der ihr jetzt auffiel. Es roch nicht mehr angenehm nach Zitrone, sondern nach Öl und Rauch. Alarmiert schaute sie in alle Ecken, ob irgendwo etwas schmorte, konnte aber nichts entdecken. Sie kontrollierte auch alle anderen Räume, ebenfalls ohne Ergebnis. Der Geruch war an keinem anderen Ort feststellbar, er konzentrierte sich ausschließlich auf das Schlafzimmer. Schließlich war sich Lara sicher, dass er von draußen gekommen sein musste. Manchmal machten Jugendliche ein Lagerfeuer am Strand, obwohl das an dieser Stelle ausdrücklich verboten war. Morgens entdeckte man dann die verkohlten Holzreste. Die Fenster waren nicht völlig dicht, da konnte der Geruch hereingezogen sein. Inzwischen ließ er schon nach. Bei einem Blick aus dem Dielenfenster konnte sie weit weg tatsächlich so etwas wie einen Feuerschein entdecken. Einigermaßen beruhigt legte sie sich wieder ins Bett. Trotzdem schlief sie nicht sehr tief in dieser Nacht.

10.

Am nächsten Morgen regnete es in Strömen. Der Wind wehte vom Meer her und peitschte wahre Regenbäche gegen die Scheiben. Lara saß im Wohnzimmer und beobachtete fasziniert das Treiben vor dem Fenster, als plötzlich eine tropfnasse Gestalt im grünen Parka ihre Aufmerksamkeit erregte. Das war doch Raul! Sie lief in die Diele und riss die Tür auf. Eine Windböe schleuderte ihr Wassertropfen ins Gesicht. „Raul!“, rief sie, „was machen Sie denn bei diesem Wetter da draußen? Kommen Sie herein, bevor Sie sich den Tod holen.“ Er unterdrückte ein triumphierendes Grinsen. Sein Plan war aufgegangen! In Anbetracht des Regens hatte er mit einiger Sicherheit angenommen, dass sie zu Hause bleiben würde. Und die Mitleidsnummer hatte ebenfalls funktioniert. In der Diele legte er den wasserdichten Parka ab. An den Füßen trug er hohe Gummistiefel, die er ebenfalls auszog. Seine dicken Socken darunter waren trocken, ebenso wie seine übrige Kleidung.

„Wie wäre es jetzt mit einem Tee, Herr Södersen?“, fragte Lara förmlich. Ihr war bewusst geworden, dass sie ihn spontan mit seinem Vornamen angesprochen hatte. Er lachte.

„Ein Tee wäre jetzt genau das Richtige. Aber bitte für Raul. Und wenn wir schon mal bei der Anrede sind: gern auch Du. Das bin ich als Student so gewohnt.“

„In Ordnung, dann auch Du und Lara.“ Seine unkomplizierte Art gefiel ihr. Sie merkte, dass er sie musterte. Hätte sie heute mit seinem Auftauchen gerechnet, dann hätte sie garantiert mehr Mühe auf ihr Äußeres verwendet. Sie trug Cordleggings, dazu einen bequemen Pullover in Überlänge. Ihr Haar hatte sie zu einem lockeren Knoten aufgesteckt.

„Wie möchtest du den Tee“, rief sie ihm von der Küche aus zu.

„Am liebsten mit Milch und Zucker. Falls das möglich ist.“

„Klar, ich habe auch Kandis.“

„Das ist natürlich perfekt.“

Lara entschied sich spontan gegen das neue Teeservice und stellte stattdessen zwei große Keramikbecher auf ein Tablett, dazu Teegebäck, das sie vorsorglich gekauft hatte. Raul kam ihr entgegen, als sie das Tablett zum Tisch balancieren wollte und nahm es ihr ab. Kurz darauf saßen sie einander gegenüber und rührten in ihren Tassen, während der Regen weiter gegen die Scheiben prasselte. Es war ein merkwürdig vertrautes Gefühl.

„Raul ist ein schöner Name“, sagte Lara. Sie fühlte sich auf einmal völlig unbefangen.

„Mein Vater war Kubaner, er hat ihn ausgesucht.“

„War? Lebt er nicht mehr?“

„Leider nicht. Allerdings habe ich ihn kaum gekannt. Meine Eltern trennten sich, als ich vier Jahre alt war, er ging zurück auf die Insel.“

„Bei mir ist es ähnlich. Auch meine Eltern haben sich getrennt und ich hatte keinen Kontakt zu meinem Vater. Jetzt ist er tot.“ Sie schwiegen einen Moment, jeder seinen Gedanken nachhängend.

„Wohnst du eigentlich ständig hier?“, fragte Lara dann.

„Im Moment schon. Ich bin die meiste Zeit über bei meiner Oma aufgewachsen. Sie hat ein Häuschen in Kühlungsborn. In den letzten zwei Jahren war sie selbst stark auf Hilfe angewiesen. Ich habe mich um sie gekümmert, wodurch mein Studium etwas ins Hintertreffen geraten ist. Im Frühjahr ist sie gestorben.“

„Das tut mir leid.“

„Sie hatte ein erfülltes Leben. Eine starke, eigenwillige Frau war sie, die immer ihrem Herzen gefolgt ist. Aber sie fehlt mir natürlich.“ Er hatte den Blick gesenkt, nun schaute er auf und sah Lara direkt in die Augen.

„Lass uns von dir reden. Ich weiß überhaupt nichts von dir. Was hat dich in diese Gegend und in dieses Haus verschlagen?“ Sie lächelte.

„Ich versuche auch meinem Herzen zu folgen und will hier einen Neuanfang wagen.“ Sie erzählte ihm von ihrer Ausbildung zur Hotelfachfrau, von der zunehmenden Unlust, mit der sie ihre Tätigkeit ausgeübt hatte, von der unverhofften Erbschaft und ihrem Entschluss, noch einmal zu studieren und es ernsthaft mit dem Schreiben zu versuchen. Den Bruch mit ihrem Freund und ihre Depression, die zu ihrem Klinikaufenthalt geführt hatte, erwähnte sie nicht. Raul war ein aufmerksamer Zuhörer.

„Ich hoffe, es ist nicht zu spät“, beendete Lara ihren Bericht. Jetzt lachte er laut auf.

„Wie alt bist du? Siebenundzwanzig? Was soll da zu spät sein? Meine Oma hat mit über siebzig angefangen Spanisch zu lernen, weil sie mit mir nach Kuba wollte.“

„Natürlich hast du Recht, das war auch nur so daher gesagt. Wenn du hier in der Gegend aufgewachsen bist, musst du dich ziemlich gut auskennen. Ich interessiere mich für ein paar Sachen. Zum Beispiel für diese Teufelssage.“

„Welchen Teufel meinst du? Den aus der Gründungssage von Heiligendamm oder den, dem einige Leute hier begegnet sein wollen?“

„Zuerst die Sage. Ich kenne nur die Version, wonach die Gebete der Mönche vom Doberaner Kloster den Damm geschaffen haben sollen.“

„Okay, die andere Sage geht so: Früher stand hier alles unter Wasser und ein Schäfer musste mit seiner Herde einen weiten Umweg in Kauf nehmen. Deshalb schloss er einen Pakt mit dem Teufel. Der sollte ihm in nur einer Nacht einen Damm bauen und damit das Land trockenlegen. Gelänge ihm dies, so bekäme er dafür die Seele des Schäfers. Dieser nun brachte drei Hähne mit – einen weißen, einen roten und einen schwarzen. Die sollten nacheinander krähen und damit den Tagesanbruch verkünden. Würde der letzte Hahn krähen, bevor der Teufel sein Werk vollendet hatte, so sollte der Schäfer frei sein. Der Teufel fing also an, Steine heranzuschleppen und sie zu einem Damm zusammenzufügen. Er war fast fertig damit, als der weiße Hahn zu krähen begann. „Datt is Hahn witt, dat is so vel, as de Hund schitt“, sagte der Teufel und arbeitete emsig weiter. Kurz darauf begann der rote Hahn zu krähen. „Dat is Hahn rod, dat het keen Nod“, stellte der Teufel beruhigt fest. Doch da krähte auch schon der schwarze Hahn. „Dat is Hahn swart, dat geiht mi dörch't Hart“, schrie der Teufel. Er ließ den letzten Stein, der zur Vollendung des Dammes noch fehlte, fallen und verschwand auf Nimmerwiedersehen.“

„Das ist eine schöne Sage“, fand Lara.

„Ja, mir gefällt sie auch. Vor allem, dass es ein Vogel war, der den Gehörnten vertrieben hat.“

„Apropos vertrieben. Er soll ja hier in der Gegend immer noch sein Unwesen treiben. Jedenfalls habe ich so etwas läuten gehört.“ Raul winkte ab.

„Ach, die Geschichte! Einer will etwas gesehen haben und alle plappern es nach.“

„Und was will man hier gesehen haben?“

„Ein unheimliches Wesen zu nächtlicher Stunde. Es soll größer als ein Mensch sein, leuchtend rote Augen wie Rücklichter haben und Flügel wie eine Fledermaus. Außerdem lange Krallen.

„Davor kann man natürlich schon erschrecken. Hast du eine Idee, was es gewesen sein könnte?“

„Auf keinen Fall der Satan persönlich, wie einige behaupten. Ich tippe auf eine große Eule oder auf einen Seeadler.“

„Aber die sind doch nicht größer als ein Mensch.“

„Natürlich nicht. Ich gehe davon aus, dass die Größenverhältnisse falsch wahrgenommen wurden. Gerade bei

Nacht passiert das schnell. Denk nur mal an die wiederholten Sichtungen eines Panthers in einem Wohngebiet. Das ging tagelang durch die Presse, bis sich das Tier als harmloser Hauskater entpuppte. Mit dem angeblichen Löwen, der in Wahrheit ein altdeutscher Schäferhund war, verhielt es sich ähnlich. Da kommen immer mehrere Faktoren zusammen: Der Schattenwurf bei Nacht, die Angst, die Erwartung. Sagt dir der Mothman etwas?"
Lara nickte.

„Ich habe den Film mit Richard Gere gesehen. Da ging es doch um ein mottenähnliches Wesen, das Unglück voraussagte. Nach seinem Erscheinen stürzte eine Brücke ein und viele Menschen kamen dabei ums Leben."

„Angeblich soll dieser Film auf einer wahren Begebenheit beruhen. In einer Kleinstadt in West Virginia berichteten in den sechziger Jahren einige Leute von der Begegnung mit diesem Wesen. Für mich steht fest, dass es sich dabei ebenfalls um einen Vogel handelte, denn er flog diesen Berichten zufolge davon. Und wie das so ist: Die Presse schrieb darüber und plötzlich gab es Unmengen von Sichtungen. Das ebbte erst ab, als ein Mann auf den Mothman schoss und dabei einen seltenen Uhu erlegte. Ein weiterer Beweis für meine These."

„Und was war mit der Brücke?"

„Die ist tatsächlich eingestürzt, aber eindeutig durch Materialermüdung. Und das erst dreizehn Monate nach den Mothman-Sichtungen. Für mich ist das kein unmittelbarer Zusammenhang. Als Unglücksbringer würde ich dieses Fabelwesen auch nicht unbedingt bezeichnen. Es hat seiner Stadt zu Bekanntheit und wirtschaftlichem Aufschwung verholfen. Dort finden regelmäßig Mothman-Festivals statt. Die dankbaren Einwohner haben ihm dafür sogar ein Denkmal errichtet." Raul goss Lara Tee nach. „Ich würde mich jedenfalls freuen, wenn sich unser angeblicher Teufel als Seeadler entpuppen sollte“, schloss er das Thema ab.

„Das kann ich verstehen. Beobachtest du eigentlich nur Vögel entlang der Küste?“

„Nein, mein wichtigstes Beobachtungsgebiet ist die Halbinsel Wustrow.“ Lara stutzte.

„Da ist doch aber alles gesperrt.“

„Ja, aber ich habe eine Sondergenehmigung. Für die Tierwelt ist so ein ungestörtes Areal, das nach und nach von der Natur zurückerobert wird, natürlich ein Segen.“

„Mich würde das auch interessieren.“

„Ehrlich? Dann nehme ich dich mal mit.“

„Ja, geht das denn?“

„Ich denke schon. Ich gebe dich einfach als meine Mitarbeiterin aus.“ Der Regen hatte inzwischen aufgehört, doch vom Westen her zogen bereits neue Wolken auf. „Bei Wetter wie diesem macht es natürlich keinen Spaß“, meinte Raul. „Wenn du mir deine Handynummer gibst, können wir uns gelegentlich verabreden.“ Lara diktierte sie ihm, so dass er sie direkt in sein Handy eintippen konnte.

„Ich werde die Regenpause nutzen und aufbrechen“, sagte er. „Vielen Dank für den Tee.“ Sie brachte ihn noch zur Tür. Anschließend betrachtete sie sich im Spiegel. Aus ihrem Knoten hatten sich einzelne Haarsträhnen gelöst und der weite Pullover hing sackartig an ihr herunter. *Bilde dir bloß keine Schwachheiten ein,* sagte sie zu sich selbst, *der Mann ist entschieden zu schön für dich.* Trotzdem: Es war nett gewesen. Das sagte sich auch Raul, während er sich auf den Weg nach Kühlungsborn machte. Gleichzeitig zerbrach er sich den Kopf darüber, wie viel sie wohl über die Geschichte des Hauses wusste. Hätte er mit ihr darüber reden sollen? Er wusste genau, weshalb er es nicht getan hatte: Er wollte nicht, dass sie gleich wieder von hier fortging.

11.

Einsame Wochenenden können öde sein, doch Lara hatte damit kein Problem. Sie war mit der Erkundung ihrer neuen Umgebung und der Planung ihrer nächsten Aufgaben voll ausgelastet. Am Samstag früh nahm sie an einer geführten Radwanderung zum Leuchtturm Basdorf teil. Bei dieser Gelegenheit weihte sie gleich ihr neues Fahrrad ein, das sie in der vergangenen Woche erworben hatte. Nachmittags fuhr sie dann mit der MS Baltica nach Warnemünde. Der Dampfer legte von der Seebrücke ab. Lara hatte einen der Matrosen scherzhaft gefragt, ob auch genügend Rettungsboote an Bord wären. Tatsächlich war sie keine gute Schwimmerin und fühlte sich auf dem Wasser immer ein wenig unsicher. Der junge Mann hatte nur gelacht: „Der Pott hat so viel Rost unterm Kiel, der kann überhaupt nicht sinken." Wie beruhigend! Lara nutzte den dreistündigen Landgang in Warnemünde für einen Einkaufsbummel und erstand eine hübsche kleine

Tischlampe. Es musste sehr anheimelnd wirken, wenn sie die ins Fenster stellte. Der Elektriker, den sie wegen des defekten Lichtschalters an der Treppe bestellt hatte, würde erst Anfang der kommenden Woche vorbeischauen. Bei der Gelegenheit würde sie gleich klären, ob er auch ein paar weitere Steckdosen installieren könnte. Auf der Rückfahrt verließ sie die Baltica in Kühlungsborn und besuchte in der dortigen Kunsthalle noch ein Klavierkonzert. Dieser Kunsttempel war eine echte Entdeckung. Im edlen Ambiente des Jugendstilbaus gab es regelmäßig hochkarätige Konzerte, Ausstellungen und Schriftstellerlesungen. Lara wusste, dass sie hier von nun an ein regelmäßiger Gast sein würde. Auf dem Weg dorthin fiel ihr ein silberfarbener Porsche auf. So einen Wagen hatte doch Hans-Joachim, der Lebensgefährte ihrer Mutter? Leider hatte sie die Nummer nicht erkennen können und verwarf den Gedanken gleich wieder. Von der Sorte gab es sicher einige. Sie hätte sich auch nicht vorstellen können, was Hans-Joachim hier suchen könnte.

Der Sonntag begann sonnig. Lara wollte gleich nach dem Frühstück hinunter zum Meer laufen und dort ein Stück spazieren gehen. Als sie aus der Haustür trat, stutzte sie. Jemand hatte große Muscheln zu einem Herz angeordnet, in dessen Mitte aus Kieselsteinen ein L gelegt worden war. Wer konnte das gemacht haben? Sie kannte hier niemanden – außer Raul. Ein angenehmes Kribbeln breitete sich in ihrer Brust aus. Konnte er das gewesen sein? War er so romantisch? Aber passte das überhaupt: So eine Liebeserklärung nach nur einem Treffen? Zögernd hob sie eine der Muscheln auf. Solche Exemplare fand man nicht am Strand, sondern nur in den Andenkenläden. Fischer zogen sie in ihren Netzen herauf und verkauften sie dann. Rund und glatt waren sie, ihr schwarz-braunes Muster erinnerte an ein Leopardenfell. Es konnte kein spontaner Einfall gewesen sein, dieses

Herz zu legen, derjenige, der es getan hatte, musste die Muscheln mitgebracht haben. Zögernd hob sie einige davon auf.

„Ich würde das liegen lassen, Mädchen." Lara erschrak und schaute sich um, woher die Stimme kam. Ein ungepflegt wirkender alter Mann starrte sie durchdringend an. Er war mit einer speckigen Wattejacke bekleidet. Unter der Strickmütze, die er tief in die Stirn gezogen hatte, schauten zottige Haarbüschel hervor.

„Wissen Sie, wer das hierher gelegt hat?", fragte sie.

„Nein. Aber ich würde trotzdem die Finger davon lassen. Da klebt kein Segen dran. Besonders für dich nicht."

„Vielleicht ist es ja für mich bestimmt", erwiderte sie trotzig. Sie würde sich doch nicht von diesem Geschwafel abschrecken lassen! Entschlossen hob sie auch die übrigen Muscheln auf, trug sie ins Haus und drapierte sie in einer Schale. Hübsch sah das aus. Die Kieselsteine verteilte sie auf der Erde der Grünpflanzen. Danach wollte sie erneut zu ihrem geplanten Spaziergang aufbrechen. Draußen hörte sie die Raben aufgeregt krächzen. Eine alte Frau näherte sich dem Haus. Tief gebeugt ging sie, sich dabei auf einen Stock stützend. Lara sah, wie schwer ihr das Laufen auf dem unebenen Weg fiel, sie fürchtete, sie jeden Moment stürzen zu sehen. Als die Frau noch ein Stückchen näher gekommen war, grüßte Lara freundlich, doch die wandte den Kopf ab und murmelte etwas Unverständliches. Dann spuckte sie auch noch aus. Lara stand einen Augenblick wie erstarrt da. Die Alte, die in einem weiten Regenmantel fast versank, kümmerte sich nicht weiter um sie. „Belial, Belial", rief sie mit schriller Stimme. Ein Rabe kam vom Baum geflattert und ließ sich zu ihren Füßen nieder. Sie holte etwas unter ihrem Mantel hervor und warf es ihm hin. Gierig stürzte sich der große schwarze Vogel auf das, was Lara als rohes Fleisch und Eingeweide erkannte. Jetzt wurde ihr auch klar, wie die Bluttropfen auf ihre Schwelle gekommen waren. Ein giftiger Blick der Alten, die offenbar nicht beobachtet werden wollte, löste sie aus ihrer Erstarrung. Na schön, sollte sie in Ruhe ihren Raben füttern. Heute war offenbar der Tag der seltsamen Begegnungen. Lara wandte sich ab und ging zum Strand hinunter. Wie hatte sie den Vogel gerufen? Belial? Das war doch ein Teufelsname! Lara suchte in ihrem Gedächtnis, dann fiel es ihr ein: Belial war der Wächter des Höllentores. Sie erinnerte sich an die Jungen, die hier gespielt hatten. „Hier ist das Tor zur Hölle", hatte einer der beiden behauptet. Die moderne Sage um diesen Ort schien ausgefeilter zu sein, als sie zunächst vermutet hatte. Sogar auf die Legende von den sieben Toren der Hölle wurde Bezug genommen. Sollte sich hier nun das achte oder eines der sieben befinden? Darüber hatte sich vermutlich noch niemand Gedanken gemacht. Ihr selbst war nur eines bekannt, das immer wieder in Mystery-Foren umher spukte: Der Friedhof von Stull in Kansas. Um den rankten sich jede Menge Geschichten von Hexen und Dämonen. Vor allem aber sollte Satan persönlich diesen Ort mindestens einmal im Jahr aufsuchen, weil sich dort angeblich das Grab einer Frau befand, mit der er einen Sohn gezeugt hatte. Dieser, ein Halbmensch, sollte dort ebenfalls begraben sein. Lara fand die Erklärung nicht sonderlich logisch. Müssten diese Frau und dieser angebliche Sohn nicht längst beim Satan gemütlich am warmen Feuer sitzen? Wozu sollte der sich dann auf Friedhöfen herumtreiben? Gern wurde auch verbreitet, dass Papst Paul II. den Friedhof zu einem „unheiligen Ort" erklärt und sich auf dem Weg nach Colorado geweigert habe, mit dem Flugzeug darüber zu fliegen. Natürlich war das nicht belegt und Lara hielt es ebenso für eine Erfindung wie den Rest. Was sie daran faszinierte, war lediglich die Fantasie der Menschen, ihr Drang nach dem Unheimlichen, Unerklärlichen. Auch die sieben Tore der Hölle waren ja weiter nichts als ein falsches Verständnis des Korans, in dem tatsächlich von ihnen die Rede ist. Demnach befinden sie sich jedoch nicht auf der Erde, sondern in der Hölle selbst. Die Verdammten müssen die Hölle durch ein bestimmtes Tor betreten, das ihren Untaten zugeordnet ist. Lara jedoch war überzeugt: Die Hölle ist in uns selbst und sonst nirgends. Sie hatte ein paar Monate lang einen Vorgeschmack darauf erhalten, als ihr alles zutiefst sinnlos und ausweglos erschienen war. In der Klinik hatte sie wieder begonnen zu leben. Und auch jetzt, an diesem Strand mit dem weiten Blick über das Meer, fühlte sie sich lebendig, frei und voller Zuversicht. Auf keinen Fall wollte sie in die Hölle zurück, nicht einmal in deren Nähe.

12.

Ich habe sie wiedergesehen. Sie ist kein Geist, sondern eine Frau aus Fleisch und Blut. Sogar gegrüßt hat sie mich, doch ich habe nicht darauf reagiert, dazu war ich noch immer viel zu erschrocken. Überhaupt ging es mir heute sehr schlecht. Ich hatte die Schmerzmittel stark reduziert, um klarer sehen und denken zu können. Sonst hätte ich damit rechnen müssen, einer Sinnestäuschung zu erliegen, was mir schon einige Male passiert war. Doch ich hatte einen hohen Preis dafür zu zahlen, der Schmerz fiel über mich her wie ein wütendes Tier. Dadurch kam ich nur langsam vorwärts, jeder Schritt bereitete mir Qualen. Wer mich so gebeugt daherkommen sah, musste mich für eine uralte Frau halten. Dabei bin ich erst 56, genauso alt wie Leo heute wäre. Nach dem Unfall vor neun Jahren habe ich wochenlang im Koma gelegen. Es gab wohl kaum einen Knochen in meinem Körper, der nicht gebrochen war. Die Ärzte bezeichneten die Tatsache, dass ich überlebte, als ein Wunder. Ein Wunder, das ich manches Mal verfluchte. Seitdem ist kein Tag ohne Schmerzen vergangen. Die Medikamente, die mich die Schmerzen einigermaßen ertragen lassen, richten dafür andere Verwüstungen in meinem Körper an. Schon lange meide ich jeden Spiegel. „Alte Hexe!“, rufen mir die Kinder nach. Es macht mir nichts aus. Sollen sie sich ruhig ein wenig fürchten, dann lassen sie mich wenigstens in Ruhe. Mich und Belial. Er war schon hier, als ich mich noch mit Leo traf. Raben können alt werden, zwanzig bis dreißig Jahre, sagt man. Ich sorge dafür, dass es ihm gut geht. Bis jetzt hat man mich gewähren lassen, auch der Gollert, obwohl er mich hier überhaupt nicht gern sieht. Wäre ich durch den Unfall nicht so schwer gehandicapt gewesen, hätte Leo ihm niemals die Verwaltung des Hauses anvertraut. Der Kerl hat das schamlos ausgenutzt, hat hier oft auf eigene Rechnung Gäste einquartiert. Leider hatte ich keinerlei Kontakt mehr zu Leo, kannte seine Anschrift in den Staaten nicht. Der Gollert hat sie mir aus naheliegenden Gründen nicht verraten. Er hatte wohl Angst, ich würde ihn verpfeifen.

Seit Leo tot ist, gibt es nichts mehr, worauf ich warte. Ich glaubte, nichts auf der Welt könnte mich mehr erschüttern. Und nun das: Wie ein Geist aus der Vergangenheit ist diese Frau aufgetaucht. Ich täusche mich nicht, denn ihr Bild hat sich so fest in mein Gedächtnis eingebrannt, dass nichts es jemals daraus vertreiben kann. Bei der kirchlichen Trauung im Doberaner Münster trug sie einen Traum aus weißer Seide. Ihr Gesicht war fast noch bleicher als die Farbe ihres Brautkleides. Als sie Leo das Jawort gab, sprach auch ich es leise vor mich hin. Er hatte mir versichert, dass er sie aus Fürsorge und Pflichtbewusstsein heiraten würde. Zwischen uns sollte sich nichts ändern. Natürlich wusste ich, dass er sie auch ihres Geldes wegen heiratete. Das erfüllte mich mit einer gewissen

Genugtuung. Trotzdem litt ich während der gesamten Zeit ihrer kurzen Ehe.

Zum letzten Mal habe ich sie gesehen, als sie tot am Strand lag. Es war riskant hinzugehen, doch ich konnte nicht anders. Ich musste wissen, ob sie wirklich tot war. An einem nebligen Morgen war es, man hatte sie bereits gefunden, als ich die Stelle erreichte. Zwei Jogger standen neben ihr, einer rief gerade die Polizei. Sie lag auf dem Rücken in der Brandung zwischen den großen Steinen. Wie ein goldener Algenteppich bewegte sich ihr langes Haar im Wasser auf und ab. Die grünen Augen starrten blicklos in den Himmel, von ihrer Schläfe sickerte ein dünner Blutfaden herab. Leo war nicht daheim, man würde ihn bald benachrichtigen. Ich ging einfach weiter, wie eine zufällige Spaziergängerin, die hier ohnehin nur im Wege wäre. Ruhe breitete sich in mir aus: Es war vorbei, ich musste sie nie mehr wiedersehen. Daran hatte ich fest geglaubt. Bis vor ein paar Tagen …

13.

Lara hatte in der Putzkammer eine Verlängerungsschnur gefunden, und nun stand die neue Tischlampe auf dem Fensterbrett im Wohnzimmer, ganz so, wie sie es sich vorgestellt hatte. Sie saß auf dem Sofa und notierte, was sie in der kommenden Woche alles erledigen wollte. Es war Sonntagabend, 18.00 Uhr und draußen bereits dämmrig. Sie zuckte zusammen, als jemand an der Tür läutete. Wer konnte das um diese Zeit sein? In die Haustür war oben eine kleine, rautenförmige Glasscheibe eingesetzt, durch die sie hindurch spähen konnte. Davor stand ein großer Mann, dessen Gesicht im Schatten lag. Erst als er einen Schritt zurücktrat und an der Fassade des Hauses hinaufschaute, erkannte sie zu ihrer Verblüffung den Lebensgefährten ihrer Mutter. „Hallo Larissa", begrüßte er sie. Na, wenigstens nicht Sissi. Er zögerte einzutreten. „Mein Auto steht sehr ungünstig vor dieser Schranke", sagte er. „Ich würde es gern herholen. Du hast doch sicher eine Karte.“ Sie nickte und ging die Karte holen. Dabei wunderte sie sich, wie gut er Bescheid wusste. Kurz darauf kurvte der silberfarbene Porsche auf den engen, gepflasterten Hof hinter dem Haus. Lara hatte sich vorgenommen, hier im Frühjahr Kräutertöpfe aufzustellen, einen richtigen Küchengarten wollte sie anlegen. Der Porsche brachte sie auf einen Gedanken. „Warst du gestern schon hier?“ Hans-Joachim schüttelte verwundert den Kopf.

„Nein, wie kommst du denn darauf?“ Er wuchtete zwei große Koffer aus dem Auto. Was sollte das denn? Wollte er etwa hier einziehen? In der Diele stellte es sie ab. „Da sind deine Sachen drin.“, sagte er. „Aber bevor du dich ans Auspacken machst, möchte ich erst einmal mit dir reden.“ Das hatte ihr gerade noch gefehlt! Sie beschloss jedoch, höflich zu bleiben.

„Setz dich schon mal ins Wohnzimmer. Was darf ich dir anbieten?“

„Danke, nichts. Ich habe gerade gegessen. Vielleicht höchstens ein Wasser.“ Sie wollte in die Küche gehen, er hielt sie jedoch zurück.

„Du, Larissa, es ist doch bestimmt möglich, dass ich hier bei dir übernachte. Ich will heute Abend nicht mehr die weite Strecke zurückfahren.“ Sie nickte, war allerdings überrascht. Es hätte viel besser zu ihm gepasst, wenn er sich im Grandhotel einquartiert hätte. Wie immer war er sehr teuer gekleidet, teuer und zu auffällig. Armani-Anzug, Seidenhemd mit aufgesticktem Monogramm, Seidenkrawatte, Krawattennadel mit Diamant, protzige Markenuhr und ein überdimensionaler Siegelring. Lara fand, dass er wie ein Zuhälter aussah. Zum wiederholten Male fragte sie sich, was ihre Mutter an ihm fand. Als Mann war er wahrhaftig keine Schönheit, er war leicht untersetzt mit deutlichem Bauchansatz, hatte ein grobes, stets gerötetes Gesicht und farblose Brauen und Wimpern. Er kehrte den Macher heraus, den erfolgreichen Geschäftsmann, der alles im Griff hat. Lara glaubte, dass vieles davon heiße Luft war, doch damit durfte sie ihrer Mutter nicht kommen. Die unterstellte ihr glatt Eifersucht oder verwies auf ihren lebensuntüchtigen leiblichen Vater. Zum Glück musste sie sich nun bald nicht mehr mit Hans-Joachim auseinandersetzen. Nur heute noch einmal. Sie stellte das Wasser und zwei Gläser auf den Tisch, nahm gegenüber im Sessel Platz und machte sich auf alles gefasst. Er kam auch gleich zur Sache, mit einer Stimme, als hätte er Kreide gefressen.

„Larissa, zwar habe ich dir deine Sachen gebracht, doch ich möchte eigentlich nicht, dass du sie auspackst. Viel lieber möchte ich nicht nur die Koffer, sondern auch dich wieder mit zurücknehmen. Ich denke, es war eine Kurzschlussreaktion von dir, hierbleiben zu wollen.“ Sie wollte etwas erwidern, doch er gebot ihr mit einer Handbewegung Einhalt.

„Nein, warte. Lass mich ausreden. Deine Mutter und ich, wir haben uns viele Gedanken gemacht. Wir sehen einiges inzwischen klarer. Du hast viel gearbeitet in letzter Zeit, sowohl im Hotel als auch für deine Abschlussprüfung. Wahrscheinlich war das zu viel. Schließlich bist du eine junge Frau, die Spaß haben sollte, ausgehen, Freunde treffen. Natürlich ist das in den vergangenen Jahren alles zu kurz gekommen. Deshalb solltest du deiner Mutter aber keine Vorwürfe machen, sie war mit dem Hotel ganz auf sich allein gestellt, da brauchte sie deine Hilfe.“

„Ich habe ihr keine Vorwürfe gemacht und würde das auch nie tun.“

„Natürlich nicht. Aber jetzt wollen wir alle darauf achten, dass du in Zukunft mehr Freizeit hast. Du kannst dann natürlich auch schreiben, wenn dir das tatsächlich solchen Spaß macht."

„Es würde nicht funktionieren, Hansi." Sie musst sich zwingen, diese alberne Verniedlichung seines Namens auszusprechen. „Glaubst du, ich finde Muße zum Schreiben, wenn unten die Hütte brennt und meine Mutter nicht weiß, wo ihr der Kopf steht? Das hat in der Vergangenheit nicht geklappt und würde auch jetzt nicht funktionieren. Außerdem geht es mir um viel mehr als ein wenig Freizeitspaß. Ich will beruflich einen ganz neuen Weg einschlagen."

„Aber warum denn, um alles in der Welt? Du hast eine gute Ausbildung."

„Für eine Tätigkeit, die mir nicht liegt. Du sagst doch selbst immer, dass es im heutigen Arbeitsleben auf Flexibilität ankommt. Dass man an sich arbeiten muss."

„Aber doch nicht, wenn man ein Hotel in bester Lage bei München übernehmen kann. So etwas schlägt man nicht aus." Er war jetzt hochrot, von der Sanftheit in seiner Stimme nicht mehr viel zu spüren.

„Ich muss es ausschlagen, weil ich daran kaputtgehen würde."

„Und dass deine Mutter kaputtgeht, ist dir egal!" Jetzt brüllte er. Sie dagegen wurde zunehmend ruhiger. Emotionale Erpressung funktionierte bei ihr nicht mehr.

„Es wäre mir nicht egal. Aber es ist auch nicht die zwangsläufige Folge. Vielleicht ist es für Mama die Chance, endlich kürzer zu treten. Sie muss das Hotel nicht mit aller Macht weiterführen. Nicht für mich."

„Dann soll dir eines klar sein: Wenn du dich jetzt entschließt hierzubleiben, dann hast du kein Zuhause mehr. Wir wollen dich nicht mehr sehen.“

„Es ist bedauerlich, wenn ihr das so seht. Ich hoffe, dass wenigstens Mama mit der Zeit einlenken wird. Da alles gesagt ist, zeige ich dir jetzt dein Zimmer.“ Sie ging voran, ohne sich darum zu kümmern, ob er ihr folgte. Der Anblick der Koffer in der Diele verursachte bei ihr ein ziehendes Gefühl in der Magengegend. Es wäre so einfach, einen weiteren Koffer zu packen und am nächsten Morgen mit nach Hause zu fahren. In Harmonie zu baden, sich verhätscheln zu lassen. Bis das Leben wieder zu dem grauen Einerlei mutieren würde, in dem sie schon einmal fast versunken wäre.

Sie öffnete die Tür zu dem unteren Schlafzimmer und legte frische Handtücher in das geräumige Bad. „Gute Nacht!“, sagte sie zu dem Mann, der ihr in diesem Moment einfach nur zuwider war. Er antwortete nicht. Sie ging die Treppe hinauf, ohne sich umzudrehen. In dieser Nacht schlief sie unruhig, auch deshalb, weil sie ihn noch lange unten rumoren hörte. Offenbar konnte er auch nicht schlafen.

14.

Die neue Woche fing nicht gut an. Lara saß am Fenster und wartete ungeduldig auf den Elektriker, der den Lichtschalter an der Treppe reparieren sollte. Sie war sehr früh aufgestanden. Ohne Frühstück und ohne ein Abschiedswort war ihr Besucher noch vor dem Morgengrauen aufgebrochen. Sie hatte sich darangemacht, die beiden Koffer auszupacken, die vor allem Bekleidung und Bücher enthielten. Erst dabei war ihr richtig bewusst geworden, wie wenige persönliche Sachen sie besaß. Wozu auch? Sie hatte noch immer ihr Kinderzimmer bewohnt. Tagsüber war sie im Hotel gewesen, hatte dort auch die Mahlzeiten eingenommen. Abends war sie meistens todmüde ins Bett gefallen. Vieles von dem, was sie den Koffern entnahm, sortierte sie gleich aus. Was sollte sie hier mit einem Dirndlkleid? Die beiden schwarzen Röcke und Westen, die sie in Kombination mit weißen Blusen bei der Arbeit getragen hatte, hängte sie in den Schrank.

Sie schloss nicht aus, sie noch zu brauchen. Hier gab es sehr viele Hotels, sie könnte sich in der Hochsaison um eine Aushilfstätigkeit bemühen. Keinesfalls wollte sie nur von ihrem Erbe leben. Zwar wäre ihr eine Tätigkeit in einem Verlag oder einer Redaktion lieber gewesen, doch dürfte die kaum gegen Entgelt zu bekommen sein. Da beschäftigte man lieber Praktikanten.

Nachdem sie mit dem Auspacken und Sortieren fertig war, schaute sie auf die Uhr. Der Elektriker hatte angekündigt, im Laufe des Vormittags vorbeikommen zu wollen. Inzwischen war es 10.00 Uhr durch, und ihre Hoffnung, noch am gleichen Tag nach Rostock fahren zu können, schmolz langsam dahin. Eigentlich hatte sie zur Uni gewollt, um sich über mögliche Studiengänge zu informieren. Sie war durchaus nicht so naiv, wie ihre Mutter und Hans-Joachim sie hinzustellen versuchten. Natürlich würde sie nicht einseitig auf ihren Durchbruch als Schriftstellerin setzen. Ihr schwebte eine Ausbildung vor, die sie dem Schreiben näherbrachte und ihr gleichzeitig andere berufliche Perspektiven eröffnete. Sie konnte sich auch eine Tätigkeit als Lektorin, in einer Agentur, Pressestelle oder in einer Bibliothek vorstellen. Eigentlich alles, was in Verbindung mit Literatur und Schreiben stand - ihrer großen heimlichen Leidenschaft von Kindheit an. „Verrate nie deine Träume, doch zerbrich nicht an ihnen“, hatte ihr Vater ihr geraten. Sie hatte weder das eine noch das andere vor.

Die Zeiger der Uhr rückten unaufhaltsam weiter. Als es kurz vor Mittag an der Tür läutete, hatte sie schon fast nicht mehr mit dem Handwerker gerechnet. Er war ein dünnes, quirliges Männlein um die Vierzig. Zu seinem bereits schütteren, sandfarbenen Haupthaar trug er einen spärlichen Oberlippenbart, ergänzt durch ein paar zottige Strähnen am Kinn. Wie er vor ihr stand und neugierig den

Kopf nach allen Seiten reckte, erinnerte er Lara unwillkürlich an eine entsprungene Ziege. Neugier sprach auch aus seinen ersten Sätzen. Nachdem er sich knapp mit „Elektro-Willke“ vorgestellt hatte, redete er sofort weiter. „Leben Sie tatsächlich allein hier?“ Lara fiel auf, dass seine Augenfarbe zwischen gelb und grün changierte. Sein aufdringlicher Blick war ihr unangenehm.

„Ich würde Ihnen gern zuerst den defekten Schalter zeigen“, erwiderte sie knapp. Sie ging ihm voran die Treppe hinauf. Er warf nur einen flüchtigen Blick darauf.

„Dann können Sie von hier aus das Licht in der Diele überhaupt nicht einschalten? Das muss ja in einem Haus wie diesem besonders unangenehm sein. Wie sind Sie eigentlich mit dem früheren Besitzer verwandt?“

„Ich bin seine Nichte“, erwiderte sie. „Ich zeige Ihnen jetzt den Sicherungskasten und würde gern besprechen, wo ich zusätzliche Steckdosen angebracht haben möchte.“

„Zusätzliche Steckdosen? Dann planen Sie also tatsächlich, für längere Zeit hier zu leben? Sie sind ganz schön mutig, das muss ich schon sagen. Um keinen Preis würde ich hier wohnen wollen.“

„Und weshalb nicht?“ Lara schwankte zwischen Verärgerung über seine Schwatzhaftigkeit und dem Wunsch, mehr über die Legenden rund um das Haus zu erfahren.

„Nun sagen Sie bloß, Sie wissen das nicht? Sie, als die Nichte, müssten doch im Bilde sein.“

„Worüber denn? Über den Teufel, der hier angeblich umgehen soll? Oder über die beiden toten Frauen? Das ist fast hundert Jahre her.“ Er riss vor Erstaunen den Mund weit auf.

„Fast hundert Jahre? Da übertreiben Sie aber gewaltig. Keine zehn Jahre ist das schließlich her." Lara begann zu schwanen, dass sie von unterschiedlichen Vorfällen redeten. Sie waren im Wohnzimmer angekommen und sie deutete auf die Wand neben dem Fenster.

„Hier hätte ich gern noch eine Steckdose." Er nickte, fuhr mit einem Prüfgerät kurz über die Wand und zeichnete die Stelle dann an. Sein Blick ging aus dem Fenster, er zeigte auf die Brandung.

„Dort unten haben sie gelegen, im Wasser zwischen den großen Steinen. Im Abstand von nur knapp einem Jahr. Sie sollen kaum etwas angehabt haben, so geht niemand freiwillig ins Wasser. Vor allem aber", an dieser Stelle senkte er verschwörerisch die Stimme, „soll das Untier sie regelrecht zerfleischt haben."

„Von was für einem Untier reden Sie?"

„Das ist es ja gerade, niemand weiß das genau. Manche, die es gesehen haben, sind danach vor Entsetzen richtig durchgedreht. Der jungen Frau, die vor zwei Jahren zusammen mit ihrem Mann das Haus gekauft hatte, ist es so ergangen. Die ist noch immer in der Klapsmühle, wird wohl auch nie wieder rauskommen." Lara war sich nicht sicher, ob dieser merkwürdige Mann sie einfach nur auf den Arm nehmen wollte. Sie gab sich daher betont kühl.

„Mir ist nicht bekannt, dass dieses Haus schon einmal anderweitig verkauft wurde."

„Doch wurde es, vor zwei Jahren war das. Aber der Kauf musste rückgängig gemacht werden, weil der Makler die Käufer nicht aufgeklärt hatte, was vorher schon hier passiert war. Das gab ganz schön Ärger. Seitdem hat der Gollert es auch allein verwaltet, da wollte sich kein Makler wieder mit befassen. Der hätte das nie verkauft gekriegt, aber sie haben es ja wohl geerbt? Sie sehen ihrer Tante sehr ähnlich. Einige hier im Ort glauben deshalb, dass sie die Tochter sind. Aber das kann nicht sein, die hatten ja keine Kinder. Würde auch vom Alter her nicht hinkommen, obwohl, Sie sind noch sehr jung, kaum älter als zwanzig schätze ich mal?“ Sie hatte die Nase voll. So sehr sie sich Aufklärung wünschte, mit diesem sensationsgierigen Menschen würde sie sich nicht weiter über ihre Familienangelegenheiten unterhalten.

„Ich zeige Ihnen jetzt noch, wo die Steckdosen im Arbeitszimmer hin sollen. Dann wechseln Sie bitte den Schalter aus und sagen Sie mir Bescheid, wenn sie fertig sind.“ Er nickte beleidigt, redete aber nicht weiter auf sie ein. Sie atmete auf, als er eine halbe Stunde später das Haus verließ. Erst danach probierte sie den Lichtschalter aus. Er funktionierte nicht.

15.

Wie paralysiert starrte sie aus dem Wohnzimmerfenster auf die großen, vom Wasser rund geschliffenen Steine in der Brandung. „Dort haben sie gelegen“, hatte er gesagt. Vor weniger als zehn Jahren und von einem Untier zerfleischt. Die eine dieser Frauen müsste ihre Tante gewesen sein, der sie angeblich ähnlich sah. Konnte das stimmen? Oder war es nur ein übler Scherz gewesen, der Scherz eines Mannes, der eine dumme, zugezogene Blondine in ihr sah, der er das Haus nicht gönnte? Und über deren erschrockene Reaktion er sich anschließend im Kreise seiner Freunde vor Lachen ausschütten wollte. Nur gut, dass sie sich vor ihm keine Blöße gegeben hatte. Doch nun galt es herauszufinden, was wirklich Sache war. Was wusste sie über die Familie ihres Onkels? Viel geredet hatte ihre Mutter nie mit ihr darüber. Sie hatte manchmal beklagt, den falschen Bruder geheiratet zu haben. Im Gegensatz zu Laras Vater sei Leo der Tüchtige,

Strebsame gewesen, der Stolz und die Stütze seiner Eltern. Sie bezeichnete ihn als cleveren Geschäftsmann, obwohl daraus nie ganz klar hervorgegangen war, welche Art von Geschäften er eigentlich betrieb. Erst anlässlich der unvermuteten Erbschaft hatten sie auch über seine privaten Verhältnisse gesprochen. Ihr Onkel hatte neben seinem Bruder tatsächlich keine weiteren Verwandten gehabt. Seine Eltern waren zum Zeitpunkt seines Todes nicht mehr am Leben, er selbst hatte erst relativ spät geheiratet, nämlich im Alter von vierundvierzig Jahren seine achtzehn Jahre jüngere Cousine. Das war zwar vor dem Gesetz möglich, doch Laras Mutter sah in dem engen Verwandtschaftsverhältnis einen Grund für die Kinderlosigkeit des Paares. Außerdem war sie der Ansicht, er habe die Cousine vor allem ihres Geldes wegen geheiratet. Wie war doch nur ihr Name gewesen? Etwas mit L, genau wie bei ihr. Louise? Nein, Louisa. Ja, sie hieß Louisa. Louisas Mutter, die einzige Tante der beiden Brüder, hatte sehr reich geheiratet. Sie und ihr Mann kamen bei einem Flugzeugabsturz ums Leben, als Louisa vierzehn war. Daraufhin war sie bei den Eltern von Laras Vater und Onkel Leo aufgewachsen. Die hatten die Verbindung zwischen ihr und dem tüchtigen Leo angeblich gefördert, um so das Geld in der Familie zu halten. Sie war jung gestorben, zum Zeitpunkt seines Todes war Onkel Leo schon lange Witwer gewesen. Er hatte nie wieder geheiratet. Nur wie seine Frau gestorben war, darüber wusste Lara nichts. Ob ihre Mutter etwas wusste? Die konnte sie im Moment leider nicht fragen. Frustriert zog sich Lara ihre Jacke über und beschloss, zum Strand hinunterzugehen. Sie hatte das Gefühl, dringend ihren Kopf auslüften zu müssen. Das Rauschen der Wellen beruhigte sie. Tatsächlich konnte sie schon bald wieder klarer denken. Natürlich hatte der Kerl ihr einen Bären aufgebunden! Wenn es hier ein derart schauerliches

Vorkommnis gegeben hätte, dann würde sie mit Sicherheit davon gehört haben. Die Presse hätte sich mit Berichten darüber überschlagen. Aber warum hatte dieser Elektriker, der nicht mal einen Schalter ordnungsgemäß auswechseln konnte, ihr diese Geschichte erzählt? Vielleicht steckte mehr dahinter als ein übler Scherz. Plötzlich hatte sie es eilig, zum Haus zurückzukommen. Sie lief zu ihrem Schreibtisch und zerrte den fleckigen Ordner mit den Unterlagen heraus, den ihr Herr Gollert übergeben hatte. Hektisch blätterte sie durch die Seiten, suchte nach Handwerkerrechnungen.

Na bitte, da stand es doch schwarz auf weiß! Elektro-Willke hatte Reparaturen im Haus durchgeführt! Er und Gollert steckten unter einer Decke! Sie hielten zusammen, wenn es darum ging, ihr den Aufenthalt hier zu vermiesen. Aber da legten sie sich mit der Falschen an, so leichtgläubig war sie nicht. Sie atmete erleichtert auf. Nur ein ganz kleiner Zweifel nagte noch in ihrem Hinterkopf: Sie würde etwas über den Tod von Louisa herausfinden müssen, die gleichzeitig ihre Großcousine und ihre Tante gewesen war. Und sie wollte wissen, ob sie ihr tatsächlich ähnlich sah.

16.

Ein schöner runder Vollmond schien ins Zimmer, als Lara endlich das Licht löschte. Sie hatte lange gelesen. Am nächsten Morgen wollte sie früh raus und dann mit dem Zug nach Rostock fahren, um nachzuholen, was sie heute nicht geschafft hatte.

Das undefinierbare Geräusch, das sie kurz nach dem Einschlafen wieder weckte, schien von unten zu kommen. Lara setzte sich im Bett auf und lauschte angestrengt. Einen Moment lang hielt sie sogar den Atem an, doch es war nichts mehr zu hören. *Ich muss mich wohl getäuscht haben,* dachte sie, aber die Anspannung blieb, an Einschlafen war nicht zu denken. Und dann war es plötzlich wieder da. Ein leises Knarren, gefolgt von einem klackenden Geräusch. Sie spürte, wie sich die Härchen auf ihren Unterarmen aufrichteten. Was war das? Es hörte sich an, als würde jemand durch das Haus schleichen.

Jemand, der hinkte. Panik wallte in ihr auf, ihr Atem beschleunigte sich. Dann war es plötzlich wieder still, und sie beruhigte sich etwas. *Denk nach, was es gewesen sein könnte*, sprach sie sich selbst Mut zu. Es musste eine ganz natürliche Erklärung geben. Vielleicht war das Geräusch ja doch von draußen gekommen? Zum Beispiel von einem knarrenden Ast, der irgendwo anschlug. Hoffnungsvoll spähte sie zum Fenster, versuchte eine Bewegung in den Baumwipfeln auszumachen. Das noch an den Zweigen verbliebene Laub glänzte silbern im hellen Mondlicht. Nichts rührte sich, die Landschaft vor dem Fenster wirkte wie zu einem Gemälde erstarrt. Die abgestorbenen Bäume am Rande der Steilküste reckten ihre Äste wie verdorrte Arme in den Himmel. Eine dieser Totenhände schien direkt auf Lara zu zeigen. Unwillkürlich zuckte sie zurück. Gleich darauf schalt sie sich hysterisch. Ihr kam ein Gedanke, an den sie sich geradezu klammerte. Hatte sie heute im unteren Schlafzimmer überhaupt die Jalousien und Fenster geschlossen? Sie lüftete jeden Tag. Heute hatte sie das erst kurz vor Mittag getan. Am Morgen war es diesig gewesen, sie hatte die feuchte Luft nicht in die Räume lassen wollen. Erst als gegen Mittag die Sonne herausgekommen war, hatte sie die Fenster geöffnet, auch die im Schlafzimmer, daran erinnerte sie sich genau. Und dann? Dann war dieser unfähige, geschwätzige Elektriker aufgetaucht. Hatte sie die Fenster im Schlafzimmer wieder geschlossen, bevor sie nach seinem Verschwinden zu ihrem Strandspaziergang aufgebrochen war? So sehr sie sich auch den Kopf zermarterte, sie konnte sich nicht daran erinnern. Hinterher hatte sie es auf keinen Fall getan. Da war sie gleich nach oben gegangen. Der Gedanke an die möglicherweise noch offenstehenden Fenster quälte und beruhigte sie gleichermaßen. Immerhin war es eine Erklärung für die seltsamen Geräusche. Auch wenn kein Wind wehte, ein wenig Luftzug gab es immer. Das Knarren könnte von einem hin und her schwingenden Fensterflügel gekommen sein, das Klacken vom Anschlagen an den Rahmen. Auf jeden Fall musste sie die Fenster jetzt schließen, sonst würde sie die ganze Nacht keine Ruhe finden. Außerdem wäre es leichtsinnig, sie einfach offen zu lassen. Entschlossen schwang Lara die Beine aus dem Bett, ihr Frösteln ignorierend. Voller Ärger und Unbehagen dachte sie an den noch immer defekten Lichtschalter an der Treppe. Mit einer gewissen Erleichterung stellte sie fest, dass Diele und Treppe vom Mondlicht einigermaßen erhellt wurden. Langsam setzte sie einen Fuß auf die obere Treppenstufe, um gleich darauf wie angewurzelt stehenzubleiben. Etwas stimmte nicht! Sie sah und sie hörte nichts Ungewöhnliches, doch sie spürte es. Jeder Zentimeter ihrer Haut schien sich zusammenzuziehen, es war fast schmerzhaft. Ihr Gesicht wurde so kalt, als trüge sie eine Maske aus Eis, ihre Zähne begannen unkontrolliert aufeinander zu schlagen. Wie ein Tier, das eine Witterung aufgenommen hat, kam sie sich vor. Eine Gefahr lauerte in der Dunkelheit, eine physische Präsenz, die ihr die Luft zum Atmen nahm. Sie war nicht allein. Etwas war in ihrer Nähe, etwas zutiefst Unheimliches und Bedrohliches. War da nicht auch wieder ein eigenartiger Geruch? Rauchig, süßlich, faulig, sie konnte ihn nicht genauer beschreiben. Sie wollte fliehen, war jedoch unfähig dazu. Eine unbekannte Macht hielt ihre Füße am Boden fest. Sagen von Menschen, die durch einen Fluch auf einen Fleck gebannt wurden, schossen ihr durch den Kopf. Sie hatte keine Ahnung wie lange sie dort stand, es konnten wenige Minuten oder auch eine halbe Stunde vergangen sein. Jedes Zeitgefühl war ihr abhandengekommen. Eine leise Bewegung, mehr die Ahnung von einer Bewegung, ließ sie zusammenzucken. Als wäre ein Schatten durch die Diele gehuscht. Ihr Blick fiel auf einen der großen Spiegel, und plötzlich sah sie es! Es! Das war kein menschliches Wesen, das war so erschreckend, dass sie glaubte, auf der Stelle sterben zu müssen. Schreie hallten durchs Haus und es dauerte eine Weile, ehe sie begriff, dass sie selbst es war, die da schrie. Ihre Verkrampfung löste sich, sie drehte sich um, stürzte zurück in ihr Zimmer und schlug die Tür hinter sich zu. Dabei schrie sie ununterbrochen weiter, sie konnte einfach nicht damit aufhören. Trotzdem schaffte sie es, den Schlüssel umzudrehen und eine Kommode vor die Tür zu rücken. Von der Treppe her war kein Geräusch zu vernehmen. Lara ließ sich auf den Boden sinken und beschwor sich selbst, jetzt nicht ohnmächtig zu werden. *Ich muss die Polizei rufen,* dachte sie. Zu schwach, sich zu erheben, kroch sie zu dem Tischchen neben ihrem Bett hinüber, auf dem ihr Handy lag. Weil ihre Hände so sehr zitterten, ließ sie es erst fallen und schaffte es dann nicht, die Nummern richtig einzugeben. Erst beim dritten Anlauf klappte es endlich. Eine Frauenstimme meldete sich, der Lara sofort ins Wort fiel. „Etwas ist in meinem Haus. Kommen Sie, helfen Sie mir!“

„Nun mal ganz ruhig. Sagen Sie mir bitte Ihren Namen und Ihre Anschrift.“ Zum Glück wurde die Frau in der Zentrale aus ihrem Gestammel schlau.

„Das ist das Möwennest, nicht wahr? Nun sagen Sie bitte, was passiert ist. Wurde eingebrochen? Befinden sich die Einbrecher noch im Haus?“

„Ja, unten in der Diele.“

„Und wo sind Sie jetzt?“

„Oben. Ich hab mich eingeschlossen. Aber wenn...“ Ihre Zähne schlugen aufeinander, das Handy drohte ihrer vor Angst klatschnassen Hand zu entgleiten.

„Sie bleiben, wo Sie sind. Machen Sie Licht und bewegen Sie sich so, dass man es im Haus hören kann. Die Kollegen werden gleich da sein.“ Lara war unfähig, die Anweisungen zu befolgen. Sie blieb vor dem Bett sitzen, zusammengekauert wie ein Embryo. Wimmernde Laute drangen aus ihrer Kehle. Wieder hatte sie keine Ahnung, wie lange sie in dieser Stellung verharrt hatte, als eine Polizeisirene zu hören war. Schlagartig fiel ihr die Schranke ein. Und was nun? Was, wenn sie da nicht vorbei kamen? Im gleichen Moment flackerten bereits blaue Lichtreflexe vor ihrem Fenster auf. Offenbar verfügten Einsatzfahrzeuge über einen Generalschlüssel, um solche Hindernisse zu überwinden. Angesichts der vielen Schranken, die es hier gab, auch vor den Parkplätzen der großen Hotels, war das natürlich sinnvoll. Sie hörte Stimmen rund ums Haus, der Strahl einer Taschenlampe tastete sich zu ihr herauf. Langsam beruhigte sie sich. Mit zittrigen Knien stand sie auf, schleppte sich zur Balkontür und trat hinaus. Die Nachtluft war kalt, doch durch die Kälte in ihrem Inneren spürte Lara kaum etwas davon. Sie erkannte zwei Polizeibeamte vor dem Haus. „Haben Sie uns gerufen?“, fragte der näher am Balkon stehende, nachdem er sie entdeckt hatte. Sie konnte nur nicken. Zwei weitere Personen kamen hinter dem Haus hervor, ein Mann und eine Frau. „Hinten ist auch alles in Ordnung, keine Einbruchsspuren“, hörte Lara sie sagen. Gemeinsam schauten sie nun zu ihr hinauf. Ihr wurde bewusst, wie lächerlich sie wirken musste, wie sie sich da nur mit ihrem Schlafshirt bekleidet an das Balkongeländer klammerte.

„Können Sie uns reinlassen?“, fragte jetzt einer der Beamten. Sie erschrak. Ja, wie denn? Um nichts in der Welt würde sie die Diele durchqueren. Sie besaß einen Zweitschlüssel für die Tür, und der war an ihrem Schlüsselbund, das sie immer bei sich trug. Gestern Abend hatte sie ihren Rucksack mit nach oben genommen. Erleichterung durchströmte sie bei diesem Gedanken. Hastig fingerte sie das Schlüsselbund heraus, an dem auch noch die Schlüssel für das heimische Hotel hingen. Sie wollte den Haustürschlüssel lösen, doch es gelang ihr einfach nicht. Schließlich gab sie auf und warf das komplette Bund hinunter, wo es von einem der Männer geschickt aufgefangen wurde. Sie wollte den richtigen Schlüssel beschreiben, doch der Polizist beruhigte sie. „Den finde ich schon." Tatsächlich klappte kurz darauf die Haustür, in der Diele wurden Stimmen laut: „Ist hier jemand? Polizei!" Diese Ansage wiederholte sich mehrere Male. Laras Herz klopfte heftig, sie rechnete jeden Moment damit, Kampfgeräusche, Schreckensschreie oder andere beunruhigende Laute zu vernehmen. Doch nichts dergleichen geschah. Stattdessen hörte sie Schritte die Treppe herauf kommen, dann wurde an die Tür geklopft.

„Sind Sie hier drin? Dann öffnen Sie bitte. Es ist alles in Ordnung." Sie fühlte sich so schwach, dass sie Probleme hatte, die Kommode wieder von der Tür wegzuschieben. Nachdem sie geöffnet hatte, traten vier Personen ein, zuerst ein älterer, grauhaariger Beamter, gefolgt von zwei jungen Männern und einer ebenfalls noch jungen Polizistin.

„Polizeihauptmeister Hübner", stellte sich der Älteste vor. „Sie sind Frau Liebig?" Lara konnte nur nicken.

„Gibt es vom Haus aus einen Zugang zum Keller?" fragte er weiter. Sie schüttelte den Kopf.

„Man kommt nur von außen rein."

„Wir haben nichts Auffälliges feststellen können", fuhr er fort. „Können Sie uns vielleicht noch einmal genau schildern, weshalb sie uns gerufen haben?" Lara schluckte.

„Ich bin von einem Geräusch wach geworden."

„Heißt das, Sie hatten schon geschlafen?"

„Ja, ganz kurz wenigstens." Sie bemerkte, dass die beiden jungen Beamten einen bedeutungsvollen Blick tauschten. „Dann bin ich von dem Geräusch aufgewacht. Etwas hat geknarrt und geklappert. Als würde jemand mit einem Holzbein durch die Diele laufen."

„Oder mit einem Pferdehuf", flüsterte der eine der Polizisten im Hintergrund seinem Kollegen zu, der daraufhin breit grinste. Lara spürte, wie ihr die Tränen in die Augen schossen. Ihr Gesprächspartner wandte sich an die beiden Männer.

„Holger und Marvin, ihr könnt schon zum Wagen gehen. Wir bringen das hier noch zu Ende." Er hatte in einem scharfen Ton gesprochen, woraufhin die beiden wortlos den Raum verließen.

„Nun setzen Sie sich erst einmal", sagte er dann zu Lara. „Möchten Sie ein Glas Wasser?"

„Ja", erwiderte sie und zeigte auf ein leeres Glas, das noch auf dem Tisch stand. Die junge Beamtin verschwand damit nebenan im Bad und brachte es ihr gefüllt zurück.

„Wirklich schön haben Sie es hier." Sie lächelte Lara aufmunternd zu. Anfangs war sie ihr streng und unnahbar vorgekommen, jetzt wirkte sie richtig hübsch. Sie hatte sehr hellblaue Augen, die im Kontrast zu ihrem dunklen Haar standen. Lara trank erst einmal einen großen Schluck Wasser und fühlte sich danach ein wenig besser. Sie ließ sich auf die Couch sinken.

„Sie haben also ein Geräusch in der Diele gehört", nahm der Polizeihauptmeister Hübner den Faden wieder auf. „War das alles?"

„Nein, ich habe überlegt, was es sein könnte. Ich dachte, ich hätte unten vergessen ein Fenster zu schließen. Da wollte ich nachsehen.“

„Sie sind nach unten gegangen, obwohl Sie angenommen haben, dass jemand in Ihr Haus eingedrungen ist?“

„Nein, natürlich nicht. Ich dachte, das Geräusch kommt vom Fenster her, das vom Luftzug bewegt wird.“

„Alle Fenster waren geschlossen“, sagte die junge Frau leise.

„Haben Sie irgendein Fenster offen vorgefunden und zugemacht?“, fragte er.

„Nein, so weit bin ich überhaupt nicht gekommen. Ich stand noch auf der Treppe und da sah ich plötzlich...“ Das Bild tauchte jäh vor ihrem inneren Auge auf und mit Laras Beherrschung war es vorbei. Sie begann unkontrolliert zu zittern. Sie bekam nur am Rande mit, dass die beiden miteinander flüsterten. Dann tauschten sie die Rollen, die Frau ließ sich neben ihr auf der Couch nieder und legte ihr behutsam den Arm um die Schulter.

„Ich bin Polizeimeisterin Elvira Schrader“, sagte sie. „Und nun mal ganz langsam. Sie standen also auf der Treppe. Hatten Sie das Licht in der Diele angemacht?“

„Nein, das konnte ich nicht, der Schalter ist kaputt.“

„Dann war es also dunkel. Konnten Sie da überhaupt etwas erkennen?“

„Ja, der Mond war ziemlich hell.“

„Gut. Wo genau haben Sie etwas erkannt?“ Ihre ruhige, konzentrierte Art Fragen zu stellen, half Lara, sich zu beruhigen.

„Im Spiegel. In dem Spiegel schräg gegenüber der Treppe."

„Sie haben also nur das Spiegelbild gesehen, nicht die Person selbst?"

„Ja, so war es. Er war sehr groß. Er hatte etwas Weites an, einen dunklen Mantel oder Umhang. Und er hatte... er hatte..."

„Was hatte er, Frau Liebig?"

„Rote Augen, sie leuchteten wie Bremslichter." Sie flüsterte nur noch. Es klang plötzlich so banal. Keine Worte vermochten den Schrecken wiederzugeben, den sie beim Anblick der unheimlichen Gestalt empfunden hatte. Einen Moment lang herrschte Schweigen.

„Frau Liebig, wir haben nichts gefunden. Wir waren in allen Räumen und haben gründlich nachgeschaut, ein großer Mann hätte keine Chance gehabt, sich vor uns zu verstecken. Nicht einmal ein ganz kleiner." Die Frau redete in einem sanften Tonfall, in dem man auch ein Kind beruhigen würde.

„Ist es nicht möglich, dass Sie sich getäuscht haben?", mischte ihr Kollege sich ein. „Sie waren verschlafen und es war dunkel. Außerdem haben Sie nur im Spiegel etwas wahrgenommen, vielleicht eine Reflexion." Lara schüttelte den Kopf.

„Nein, ich bin sicher, dass es hier drin war. Ich habe es schließlich gehört und gesehen. Ich habe es sogar gefühlt." Er räusperte sich.

„Wissen Sie etwas über die Vorgeschichte dieses Hauses? Darüber, was sich vor rund zehn Jahren hier ereignet hat?"

„Ja schon, der Elektriker gestern sprach darüber.“ Obwohl sie vor Angst noch immer wie paralysiert war, wurde Lara im gleichen Moment klar, dass es ein Fehler war, das zu sagen. Jetzt würden für die Beamten die Zusammenhänge auf der Hand liegen: Eine Frau hört sich Gruselgeschichten an und sieht gleich in der darauffolgenden Nacht Gespenster. Niemand würde ihr nun noch glauben. Wieder kamen ihr die Tränen.

„Es tut mir leid, dass ich Sie belästigt habe“, stieß sie hervor.

„Aber nicht doch, das ist unsere Aufgabe“, beruhigte Polizeihauptmeister Hübner sie. „Es ist in Ordnung, uns zu benachrichtigen, wenn Sie etwas Verdächtiges feststellen. Auch wenn es sich als Fehlalarm erweisen sollte.“

„Sie können sich jederzeit an uns wenden, wenn Ihnen in nächster Zeit etwas auffallen sollte.“ Die junge Frau nickte ihr aufmunternd zu.

Als sie das Haus verließen, wandte sich ihr Kollege zu ihr um.

„Du glaubst, dass da tatsächlich etwas dran sein könnte?“

„Ja“, erwiderte sie zögernd. „Der letzte Mord, der sich hier ereignet hat, wurde schließlich nie aufgeklärt. Auch da hat die Frau sich vorher bedroht gefühlt. Sie hat ebenfalls über eine unheimliche Erscheinung berichtet.“ Er seufzte vernehmlich.

„Seitdem wollen mehrere Leute etwas gesehen haben. Nur uns will sich der Unhold nicht zeigen. Ist doch merkwürdig, oder?“

„Ich glaube, ich möchte ihm gar nicht begegnen. Mir tut die junge Frau leid, so allein in diesem Haus.“ Sie schaute noch einmal zu dem hell erleuchteten Fenster hinauf, bevor sie zu ihren Kollegen in den Wagen stieg.

17.

Lara hatte den Rest der Nacht schlaflos zugebracht, sich ihrer Situation schmerzhaft bewusst. Sie konnte unmöglich ihre Sachen packen und nach Hause fahren. „Du hast kein Zuhause mehr“, hatte Hans-Joachim zu ihr gesagt. Sie würde nicht zu Kreuze kriechen. Wenn sie jetzt derart kläglich scheiterte, dann wären ihre Chancen auf einen Neuanfang ein für alle Mal vertan.

Langsam wurde es draußen hell. Möwen stießen schreiend auf die Wasserfläche hinab, in der Ferne wurden die Lichter eines großen Schiffs sichtbar. Wie schön es hier doch war! Das Grauen der Nacht begann sich zu verflüchtigen. Trotzdem kostete sie der Entschluss, in die Küche hinunterzugehen und sich Frühstück zu machen, einiges an Überwindung. Sie wartete ab, bis es vollständig hell geworden war, erst dann wagte sie die Diele zu betreten. Beim Blick in den Spiegel wurden ihre Knie weich. Jetzt war darin nichts weiter zu sehen als der rückwärtige Teil des Raumes mit seiner gelben Wandbemalung, den weißen Stuckverzierungen und einer vergoldeten Konsole im Rokokostil. Hatte sie sich die Erscheinung nur eingebildet? Lara war sich sicher, dass es nicht so war. Sie verspürte den dringenden Wunsch, mit jemandem zu reden. Schließlich entschloss sie sich, Anke anzurufen. Die freute sich zwar, von Lara zu hören, war aber gerade auf dem Sprung zu einem Vorstellungsgespräch. Mit der Suche nach einem neuen Job wollte sie den ersten Schritt tun, sich aus der verhängnisvollen Beziehung mit ihrem Chef zu lösen. Sie versprach, im Laufe des Tages zurückzurufen. Nun fiel Lara nur noch Raul ein. Unter normalen Umständen hätte sie sich nicht zuerst bei ihm gemeldet, doch jetzt war es ihr egal, ob er ihren Anruf als aufdringlich empfinden würde. Zum Glück meldete er sich sofort.

„Hallo, Lara, welche Überraschung!"

„Raul, bist du vielleicht in der Nähe, ich meine, schaust du heute noch nach den Raben?" Einen Moment lang herrschte Schweigen.

„Nein, heute nicht, ich bin montags immer in Rostock an der Uni."

„Ach so, schade."

„Lara, warte! Stimmt irgendetwas nicht?"

„Ich wollte etwas mit dir bereden. Ich hoffe, dass du mir ein paar Fragen beantworten kannst."

„Sag mir bitte, um was es geht."

„Das lässt sich nicht so schnell erklären. Ich musste heute Nacht die Polizei rufen, da war etwas in meinem Haus..." Sie merkte, dass sie wieder zu zittern begann.

„Lara, bist du jetzt zu Hause? Ich fahre sofort los und komme bei dir vorbei.“

„Aber geht das denn, ich meine, du hast doch zu tun?“

„Das geht schon. Bis gleich.“ Sie hatte ein schlechtes Gewissen und war gleichzeitig unendlich erleichtert. Und sie war es noch mehr, als er schließlich vor ihrer Tür stand. Besorgt musterte er sie.

„Du bist blass, geht es dir nicht gut?“

„Ich habe überhaupt nicht geschlafen.“ Sie hoffte, er würde sie nicht hysterisch finden. „Tee?“, fragte sie. Raul nickte, folgte ihr in die Küche und half bei der Zubereitung. Dann trug er das Tablett zu dem kleinen Tisch am Wohnzimmerfenster hinüber, wobei sein Blick auf die Schale mit den Muscheln fiel.

„Hübsch“, sagte er. „Da hast du ja im Souvenirladen tüchtig zugeschlagen. Hast du wenigstens Mengenrabatt bekommen?“ Obwohl sie eigentlich andere Sorgen hatte, verspürte sie einen leichten Stich der Enttäuschung. Er hatte ihr das Muschelherz also nicht vor die Tür gelegt. Aber wer dann? Vielleicht war es überhaupt nicht für sie bestimmt gewesen? Raul unterbrach sie in ihren Gedanken.

„Also, was war los?“, fragte er. Er goss ihr Tee ein und gab einen Löffel Kandis dazu. Offensichtlich hatte er sich das gemerkt.

Lara atmete tief durch und berichtete die Geschehnisse von dem Moment an, als sie von den ersten Geräuschen erwacht war. Raul hörte ihr konzentriert zu und unterbrach sie kein einziges Mal.

„Sie haben mir nicht geglaubt“, beendete sie ihre Schilderung resigniert. „Nicht, dass sie das so gesagt hätten, sie waren wirklich sehr nett und rücksichtsvoll. Aber sie haben sich erkundigt, ob ich die Vorgeschichte des Hauses kennen würde. Ich habe das bejaht, damit war die Sache für sie wohl klar. Dabei weiß ich nicht mal genau, was wirklich passiert ist. Was dieser Elektriker mir erzählt hat, erschien mir reichlich übertrieben. Davon hätte ich doch wohl gehört, wenn ein unbekanntes Monster hier zwei Frauen zerfleischt hätte. Das hat der tatsächlich behauptet. Du dagegen hast mir nur von den Legenden um den Teufel erzählt, der hier nach Opfern Ausschau halten soll. Jetzt will ich endlich die ganze Geschichte hören und zwar von dir. Du hast in den Jahren, als es passierte, hier gelebt, du musst Bescheid wissen." Sie hatte keine Vorwürfe gegen ihn erhoben, trotzdem hatte er das Gefühl, sich verteidigen zu müssen.

„Sicher kenne ich die Geschichte, oder ich sollte wohl besser die Mehrzahl benutzen, denn es gibt sie in unterschiedlichen Versionen. Ich ging allerdings davon aus, dass du informiert bist. Schließlich bist du eine Verwandte des früheren Besitzers, da solltest du im Bilde sein. Das dachte ich jedenfalls. Ich hätte es als indiskret empfunden, dich darauf anzusprechen."

„Ich habe meinen Vater nicht gekannt und meinen Onkel auch nicht. Ich weiß so gut wie nichts über seine Lebensumstände. Nicht was ihn hierher geführt hat, nichts über seine Frau und weshalb sie so früh gestorben ist."

„Diese Geschichten lassen deinen Onkel in keinem guten Licht erscheinen." Raul nagte verlegen an seiner Unterlippe.

„Darauf brauchst du keine Rücksicht zu nehmen, ich habe keine emotionale Beziehung zu ihm."

„Also gut, ich erzähle dir, was ich weiß. Dein Onkel war in der Nachwendezeit in Rostock mit der Umstrukturierung von Betrieben befasst. In erster Linie wickelte er sie ab, war dadurch nicht sonderlich beliebt. Viele Leute aus der Region haben damals ihre Arbeit verloren. Er hatte eine Wohnung in Rostock, nur an den Wochenenden hielt er sich hier in dem Haus auf. Seine Frau soll dagegen fast immer hier gewesen sein und sehr zurückgezogen gelebt haben. An einem warmen Sommerabend ist sie beim Schwimmen in der Ostsee ertrunken. Es war eindeutig ein Unfall. Sie hatte Alkohol getrunken und ist bei Dunkelheit allein raus geschwommen." Lara schüttelte den Kopf.

„Das verstehe ich nicht. Wenn das so ein gewöhnlicher Badeunfall war, wie kann man daraus einen Mord machen? Noch dazu einen gruseligen und mysteriösen?"

„Weil sich dieser Todesfall mit der Zeit in den Köpfen der Leute mit einem weiteren überlagert hat, der sich ebenfalls hier ereignete. Und der tatsächlich etwas mysteriös war." Raul war anzumerken, dass er nach den richtigen Worten suchte.

„Es passierte ziemlich genau ein Jahr später. Dein Onkel hatte eine neue Freundin. Sie soll seine Sekretärin gewesen sein und einige böse Zungen behaupten, er hätte schon zu Lebzeiten seiner Frau ein Verhältnis mit ihr gehabt. Das ist aber unbewiesen und tut nichts zur Sache. Die Frau hielt sich oft hier im Haus auf, manchmal auch allein. Eines Morgens lag sie tot in der Brandung, genau an der Stelle, wo man ein Jahr zuvor die erste Frau gefunden hatte."

„War sie auch ertrunken?"

„Ja, schon. Aber es gab ein paar merkwürdige Umstände. Sie war nur mit einem Nachthemd bekleidet. So geht man normalerweise nicht Schwimmen. Außerdem hatte sie Verletzungen, die darauf hindeuteten, dass man sie mit Gewalt unter Wasser gedrückt hatte. Einige dieser

Verletzungen waren seltsam. Es waren tiefe Löcher und Kratzer, die von Krallen zu stammen schienen.“

„Was für Krallen? Von einem Tier?“

„Das ist es ja gerade. Sie konnten nicht zugeordnet werden. Weil sie einfach zu keinem Säugetier und zu keinem Raubvogel passten.“ Lara nickte.

„Jetzt verstehe ich. So ist also die Legende um den Teufel mit den Krallenhänden entstanden. Und den Unfalltod meiner Tante hat man zum Mord umgedichtet, weil zwei Opfer mehr hermachen als eins. Trotzdem“, setzte sie leise hinzu, „unheimlich ist es schon. Gab es keinen Hinweis auf einen Täter? Und was glaubst du, woher ihre Verletzungen stammten?“ Raul zuckte mit den Schultern.

„Das wüsste ich nur zu gern. Man hat die Krallenspuren Biologen und Ornithologen zur Begutachtung gezeigt, ohne Ergebnis.“

„Es gibt doch aber Fälle, in denen Vögel Menschen angreifen. Davon habe ich jedenfalls schon gehört.“

„Klar gibt es die. Zum Beispiel Bussarde, wenn man ihrer Brut zu nahe kommt. Aber dabei handelt es sich in der Regel nur um sogenannte Vergrämungsflüge, die Tiere fliegen einen Scheinangriff auf den Eindringling. In den seltensten Fällen bekommt der dabei tatsächlich einen Kratzer ab. Aggressiver können dagegen große Eulenarten werden. Es gab einen Fall in Niedersachsen, in dem ein Uhu eine ganze Ortschaft mit seinen Angriffen terrorisierte. Der musste schließlich sogar eingefangen werden.“

„Warum tun Tiere so etwas?“

„Verhaltensstörungen gibt es nicht nur bei Menschen. Vermutlich hatte das Tier Kontakt zu Menschen gehabt, wurde vielleicht von Hand aufgezogen oder regelmäßig gefüttert. Dadurch brachte es Menschen mit Beute in Verbindung."

„Die Raben hier werden regelmäßig von einer alten Frau gefüttert. Hoffentlich ticken die nicht auch eines Tages aus." Raul lachte.

„Wenn das der Fall sein sollte, sagst du mir einfach Bescheid. Ich werde sie schon zur Räson bringen. Aber ein Rabe war das in der vergangenen Nacht mit Sicherheit nicht."

„Was glaubst du, was es war?"

„Ich tippe auf ein anderes Tier. Eventuell ein Waschbär, die breiten sich hier ziemlich aus. Es könnte auch ein größerer Vogel gewesen sein." Lara schüttelte den Kopf.

„Nein, dazu war es viel zu groß. Größer als ein Mensch." Raul erhob sich.

„Würdest du mir bitte zeigen, wo genau du es gesehen hast?" Sie führte ihn die Treppe hinauf und wies auf den Spiegel. Raul nickte.

„Siehst du, das passt doch. Da steht diese Konsole. Wenn darauf ein Tier hockt, dann wirkt es im Dunkeln riesig." Er ging zu der Konsole und musterte die Oberfläche eingehend, konnte aber keine Spuren entdecken. Trotzdem beharrte er auf seiner Theorie.

„Erwähntest du nicht auch einen eigenartigen Geruch? Tiere sind nun mal notorisch ungeduscht und duften entsprechend." Lara hätte den Geruch mit keinem Tier in Verbindung bringen können, doch Raul redete schon weiter.

„Im Haus meiner Oma hielt sich mal ein Waschbär tagelang versteckt. Meine Oma dachte schon, sie hätte einen Poltergeist im Haus. Den habe ich schließlich auch gefunden und nach draußen befördert. Wenn es dir recht ist, würde ich mich gern mal im Haus umsehen.“ Lara war es sogar sehr recht. Und Raul machte seine Sache gründlich. Er schaute unter und hinter jedes Möbelstück, klopfte gegen die Deckenverkleidung, sah hinter Vorhängen nach. Aber er fand nichts. Dadurch ließ er sich jedoch nicht entmutigen.

„Würdest du mir die Ehre erweisen, mich zu deinem persönlichen Kammerjäger zu ernennen? Ich könnte hier unten übernachten und dem ungebetenen Gast auflauern. Umstände würde ich keine machen, ich bringe meinen Schlafsack mit und lege mich auf den Boden.“

„Das kommt überhaupt nicht infrage“, protestierte Lara. „Ich werde dir das Bett hier unten im Schlafzimmer herrichten.“ Gleich darauf fragte sie sich, ob nicht zu viel Begeisterung in ihrem Ausruf mitgeklungen hatte. Sie konnte ihre Erleichterung über dieses Angebot kaum verbergen. Denn das Grauen der vergangenen Nacht saß ihr noch im Nacken, und sie wagte kaum an die kommende zu denken. Mit Raul im Haus wäre alles anders. Sie war ihm unendlich dankbar, nicht nur für sein Angebot, sondern vor allem, weil er ihr glaubte.

„Also abgemacht“, lachte er. „Dann will ich mal los. Heute Nachmittag rücke ich dann mit Ausrüstung an und beziehe Stellung. Kann ich hinter dem Haus parken?“ Lara gab ihm die Karte für die Schranke. „Um das Abendessen brauchst du dich nicht zu kümmern“, sagte er noch. „Ich bringe was mit und werde für uns kochen.“

Raul hielt Wort. Am späten Nachmittag schleppte er seine Ausrüstung ins Haus. Lara konnte eine Lebendfalle, ein Fangnetz, Kamera, Nachtsichtgerät und Richtmikrofon bewundern. Er brachte erst einmal alles im Schlafzimmer unter. Dann begab er sich in die Küche und packte die mitgebrachten Vorräte aus. Bald zogen verführerische Düfte durchs Haus, Lara roch das Aroma von Kreuzkümmel heraus. „Was wird das?“, fragte sie neugierig. „Kochst du arabisch?“

„Nein, kubanisch“, erwiderte er lachend. „Aber du hast nicht unrecht, die kubanische Küche ist von spanischen und afrikanischen Einflüssen geprägt. Das hier wird Congris, das Nationalgericht. Lass dich überraschen.“

Lara machte sich daran, den Tisch zu decken. Da sie gesehen hatte, dass Raul auch Rotwein mitgebracht hatte, stellte sie passende Gläser hin. Sie schaltete den Kamin ein und zündete eine Kerze an. Während sie noch überlegte, ob das vielleicht zu vordergründig romantisch aussah, kam Raul schon mit einer dampfenden Schüssel aus der Küche.

„Wow, Candlelight Dinner mit Traumfrau, dass mir das vergönnt ist!“ Er schenkte Wein ein, ließ Lara kosten und füllte dann ihren Teller. Congris erwies sich als eine würzige, äußerst schmackhafte Mischung aus Reis und roten Bohnen. Dazu gab es scharf gebratene Schweinesteaks.

„Das schmeckt wunderbar“, sagte sie anerkennend. „Wieso kannst du so gut kochen?“ Er winkte ab. „In den vergangenen Jahren habe ich regelmäßig für meine Oma gekocht. Ihr ging es da nicht mehr so leicht von der Hand. Sie mochte kubanisches Essen, war seit unserer gemeinsamen Reise ganz verrückt danach.“

„Das kann ich verstehen. Ich hätte gern das Rezept.“ Lara trank entgegen ihrer Gewohnheit zwei Gläser Wein zum Essen und entspannte sich zunehmend. Gemeinsam räumten sie den Tisch ab und das Geschirr in den Geschirrspüler. Danach saßen sie noch lange am Kamin beieinander. Lara sprach über ihre Pläne und darüber, dass sie durch die Ereignisse im Haus nun leider noch nicht wie geplant die Uni in Rostock aufgesucht hatte.

„Dann lass uns doch morgen gleich zusammen hinfahren. Mein Auto steht vor der Tür und ich muss auch zur Uni.“ Der Vorschlag gefiel ihr. Als sie merkte, dass sie müde wurde, wünschte sie Raul eine gute Nacht und begab sich nach oben. „Ruf mich sofort, wenn irgendetwas sein sollte“, sagte er und strich ihr sanft über die Wange. Es fühlte sich verdammt gut an.

18.

Lara hatte befürchtet, nicht einschlafen zu können, doch sie schlief in dieser Nacht fest und traumlos. Als sie nach unten kam, hatte Raul bereits den Frühstückstisch gedeckt. „Gut geschlafen?“, fragte er sie.

„So gut wie lange nicht. Und du?“

„Ebenfalls. Leider, möchte ich fast sagen. Zu gern hätte ich den Verursacher des Spuks in deinem Haus eingefangen.“

„Vielleicht war es doch kein Tier“, äußerte Lara vorsichtig. Sie sah ihn nicht an, während sie Butter auf ihren Toast strich.

„Was glaubst du, was es sonst gewesen sein könnte?“ Erleichtert registrierte sie sein ernsthaftes Interesse. Er tat ihr Erlebnis nicht einfach als Produkt ihrer Fantasie ab.

„Es fällt mir schwer, das zu erklären“, sagte sie. „Da war eine namenlose Angst in mir. Ich spürte sie schon, bevor ich überhaupt etwas gesehen hatte. Es mag merkwürdig klingen, doch da lag eine bedrohliche Spannung in der Luft. Und dann ist da noch etwas, was ich dich gestern in meiner Aufregung zu fragen vergaß. Das Haus soll vor zwei Jahren tatsächlich verkauft worden sein, an ein junges Ehepaar. Aber der Kauf wurde rückgängig gemacht, weil die Frau hier ebenfalls ein beängstigendes Erlebnis gehabt haben soll. Angeblich ist sie deshalb noch immer in der Nervenklinik. Stimmt das?“ Er runzelte die Stirn.

„Tatsache ist, dass ein junges Paar das Haus erworben hatte. Sie haben in Heiligendamm gemeinsam ein Restaurant eröffnet, das „Seepferdchen“. Das gibt es immer noch, läuft wohl ziemlich gut. Es stimmt auch, dass die Frau krank ist und dass sie das Haus wieder aufgegeben haben. Soweit die harten Fakten. Alles andere sind nichts als Gerüchte.“

„Aber warum sind sie so kurz nach ihrem Einzug wieder ausgezogen? Dieser Elektriker meinte, der Makler musste den Kauf rückgängig machen, weil er die Käufer nicht über die Geschichte des Hauses aufgeklärt hatte.“

„Das musste er auch nicht tun. In Amerika gibt es ein entsprechendes Gesetz über stigmatisierte Häuser. Damit sind Objekte gemeint, in denen sich ein Mord oder Selbstmord ereignet hat. Ein Makler hat potentielle Käufer darüber aufzuklären. In Deutschland gibt es so ein Gesetz nicht. „Weißt du“, fuhr er fort, „ich glaube, die junge Frau war einfach durch die Arbeit überfordert. In der Saison herrscht hier Hochbetrieb, da braucht man Stehvermögen und gute Nerven, wenn man in der Gastronomie tätig ist. Sie hat das vermutlich unterschätzt und dann einen Zusammenbruch erlitten. Da war es logisch, dass sie den Immobilienerwerb rückgängig gemacht haben, nachdem sie längerfristig als Arbeitskraft ausfiel.“ Lara nickte, nahm sich aber heimlich vor, im „Seepferdchen“ vorbeizuschauen. Vielleicht konnte sie dort Näheres erfahren. Raul sah sie aufmerksam an.

„Woran denkst du? Glaubst du wirklich, dass hier etwas Übernatürliches vor sich geht?“

„Nein, nicht wirklich“, erwiderte sie zögernd. „Was hältst du aber von der Variante, dass der Eindringling ein Mensch gewesen sein könnte? Jemand, der mich bewusst erschrecken wollte, mit der Absicht, mich von hier zu vertreiben?“

„Wer sollte ein Interesse daran haben?“

„Zum Beispiel Herr Gollert, der ehemalige Verwalter. Der ist nicht gut auf mich zu sprechen. Durch meinen Einzug habe ich ihn und seine Frau um einen netten Nebenerwerb gebracht. Außerdem sind wir ziemlich aneinander geraten.“

„Das könnte natürlich gut sein. Hat er dir alle Schlüssel zu diesem Haus ausgehändigt?“

„Na ja, zwei für die Haustür...“

„Was, nur zwei? Jede Wette, dass es mehr gibt. Aber es würde überhaupt nichts bringen, zu ihm zu gehen und die restlichen einzufordern. Wer weiß, wie viele er sich schon nachmachen ließ. Jeder weiß doch, dass er unter der Hand auf eigene Rechnung vermietet hat. Da kann sogar der eine oder andere Schlüssel bei irgendeiner weiteren unbefugten Person hängengeblieben sein. Du hast keine Wahl, du musst sofort das Schloss austauschen lassen.“

„Geht das denn so schnell?“

„Ja, natürlich. Ich kenne einen ordentlichen Schlüsseldienst in Kühlungsborn, von dem du nicht übers Ohr gehauen wirst. Den können wir sofort anrufen. Und danach sehe ich mir gleich mal deinen Lichtschalter an."

„Kannst du das denn?" Er winkte ab.

„Wenn du wüsstest, was ich im Haus meiner Oma schon alles selbst repariert habe. Also an die Arbeit!"

Aus der Fahrt nach Rostock wurde an diesem Tag nichts mehr. Dafür hatte Lara am Abend ein neues Haustürschloss mit sechs Schlüsseln und einen funktionierenden Lichtschalter. Raul erklärte sich trotzdem bereit, wiederum Wache zu halten. Sie kochten gemeinsam Pasta, und als sie danach vor dem lodernden Kamin saßen, dachte jeder für sich, dass er sich an diesen Zustand gewöhnen könnte. Laut sprach es jedoch keiner aus.

Am Mittwoch klappt es dann mit der Fahrt nach Rostock. Rauls klappriger Skoda, der nur noch für Kurzstrecken einsetzbar war, brachte sie sicher ans Ziel. Lara begab sich zum Institut für Germanistik und raffte alles an Informationsmaterial zusammen, was sie in die Finger bekommen konnte. Danach machte sie sich auf den Weg zum Rostocker Literaturhaus. Als sie abends wieder mit Raul im Auto saß, war sie restlos begeistert. „Ich werde mich für das Frühjahrssemester bewerben", sagte sie. „Aber bis dahin muss ich nicht untätig sein. Das Literaturhaus fördert Autoren aus der Region und hat jede Menge Angebote für Anfänger. Ich kann sofort anfangen, Schreibkurse zu belegen. Die prüfen sogar Manuskripte und geben Ratschläge. Das ist genau das, was ich mir immer gewünscht habe." Sie plapperte noch aufgeregt vor sich hin, als sie wieder vor dem Haus parkten. Deshalb entging ihr auch, dass Raul plötzlich angespannt in die Dunkelheit starrte. Während sie die Haustür aufschloss, blieb er ein Stück zurück. Er lauschte angestrengt, hielt sogar den Atem an. Doch es war nur noch das Rauschen der Wellen zu hören. Zögernd folgte er ihr ins Haus.

19.

Die Geschichte wiederholt sich. Ich kann es kaum glauben, es hat etwas Beängstigendes. In manchen Momenten fühle ich mich, als wäre ich zehn Jahre in der Zeit zurück katapultiert worden. Nicht nur SIE ist wieder da, sondern auch ER. Gestern sah ich sie zusammen ins Haus gehen. Ein schöner Mann ist er, groß, dunkelhaarig, mit markanten Zügen. Und er himmelt sie an. Eine Weile konnte ich sie durch das Fenster beobachten, wie sie gemeinsam am Kamin saßen. Mehrmals sprang er auf, um etwas zu holen und sie von vorn bis hinten zu bedienen. Leider sind meine Augen nicht mehr so gut, deshalb konnte ich nicht erkennen, wie er sie angeschaut hat. Doch ich weiß es auch so: mit diesem hingerissenen, leicht verschleierten Blick, als hätte ihn ein Zauber in tiefe Trance versetzt. Nur zu gut kenne ich diese Blicke, ich habe sie studieren können. Es erfüllt mich mit tiefer Verbitterung, dass sie niemals mir gegolten haben. Das Leben ist ungerecht, die

Liebe ist ungerecht, die Männer sind entsetzlich manipulierbare, schwache Wesen. Ich habe ihnen viel gegeben, meinen Verstand, meine Kraft und Zeit, meine ganze Loyalität. Zurückbekommen habe ich lauwarme, halbherzige Umarmungen. Für mehr waren meine Beine zu kurz, meine Hüften zu breit, mein Busen und meine Augen zu klein, meine Züge zu unbedeutend. Kaum tauchte so ein überirdisches Wesen mit Engelshaar und Beinen bis zum Himmel auf, war ich vergessen. Und diese Sirenen wussten nicht einmal zu würdigen, was ihnen da in den Schoß fiel. Louisa hatte alles. Leo heiratete und verwöhnte sie. Konnte eine Frau sich mehr wünschen? Eine wie sie offenbar schon. Mir nichts dir nichts ließ sie sich willig von diesem Piraten kapern. Als ich seinen Namen noch nicht kannte, habe ich ihn wegen seines verwegenen Aussehens so genannt: Schwarze Locken, sehnige Figur und stechend blaue Augen in einem tiefbraun gebrannten Gesicht. Oh ja, er war ein schöner Mann. Einer von den Männern, die nie einen Blick für mich übrig haben würden. Als ich ihn zum ersten Mal zusammen mit Louisa sah, gingen sie am Strand spazieren, einen gebührenden Abstand zwischen sich haltend. Mich konnten sie allerdings nicht täuschen, ich sah förmlich die Funken zwischen ihnen fliegen. Von da an habe ich sie regelmäßig beobachtet. Meine anfängliche Furcht, entdeckt zu werden, erwies sich als unbegründet. Sie hatten nur Augen füreinander. In dieser Zeit wurde ich von meinen widerstreitenden Gefühlen fast zerrissen. Ich hasste Louisa, weil sie mir Leo weggenommen hatte. Noch mehr hasste ich sie dafür, dass sie ihn schnöde hinterging. Was für mich das Erstrebenswerteste auf der Welt war, das trat sie mit Füßen. Andererseits schöpfte ich Hoffnung aus der Tatsache, dass sie ihn betrog. Wenn das aufflog, würde die Ehe vielleicht zerbrechen. Gleichzeitig neidete ich ihr die Romanze mit dem aufregenden Mann. Ich beneidete sie sogar noch, als ich sie nackt und tot zwischen den Steinen in der Brandung liegen sah. Sie hatte ihr Leben verloren, doch sie hatte im Leben alles im Überfluss gehabt – das war mein erster Gedanke gewesen.

Und jetzt? Jetzt sah es aus, als hätte sie auch noch ein zweites Leben geschenkt bekommen. Neuerdings gibt es ein Schild unter der Klingel am Haus. L. Liebig steht darauf. Das war ein weiterer Schock für mich. Louisa Liebig, das kann doch nicht sein. Im Ort reden sie, dass sie eine Verwandte von Leo sein soll. Das würde eine gewisse Familienähnlichkeit erklären, aber kaum eine solche Übereinstimmung. Es ist unheimlich. Genauso unheimlich, wie die Liebesgeschichte, die sich da nach zehn Jahren fortzusetzen scheint. Damals sind sie beide gestorben, wie Romeo und Julia. Wird es wieder so enden?

20.

Raul hatte angekündigt, am Wochenende zu seiner Mutter nach Schwerin fahren zu müssen. Natürlich sah Lara das ein, er hatte bereits viel mehr Zeit für sie geopfert, als sie erwarten durfte. Auch fürchtete sie sich nicht mehr, allein im Haus zu bleiben. In den vergangenen Nächten war alles ruhig geblieben, das neue Schloss an der Haustür gab ihr zusätzlich ein Gefühl der Sicherheit. Sie liebte dieses Haus, liebte den fantastischen Blick, der sich ihr auf das Meer bot. Als wollte sie ihren festen Entschluss, sich durch nichts und niemanden von hier vertreiben zu lassen untermauern, machte sie sich am Freitag daran, sich um weitere Details der Einrichtung zu kümmern. Im Internet bestellte sie einen praktischen Zeitungsständer und ein Beistelltischchen. In einem Laden im Ort erstand sie zwei schöne Blumenvasen und eine Obstschale. Wieder zu Hause angekommen, beschloss sie, sich endlich um den schönen Jugendstil-Schminktisch zu kümmern. Da sie täglich die Dusche im Obergeschoss nutzte, befürchtete sie, er würde durch die hohe Luftfeuchtigkeit an seinem bisherigen Standort Schaden nehmen. Also würde sie einen neuen Platz für ihn suchen müssen. Zuvor wollte sie ihn aber gründlich reinigen und auf mögliche Schäden untersuchen. Dazu zog sie alle Schubladen vollständig heraus. Eine war leicht verquollen und klemmte ein wenig, doch zum Glück hatte sich nirgends Schimmel gebildet. Die erste Reinigung nahm Lara nur mit einem leicht angefeuchteten Lappen vor, für die verschlungenen floralen Elemente nahm sie einen Pinsel zu Hilfe. Wie sorgfältig diese alten Möbel doch gearbeitet waren, da passte alles perfekt ineinander. Obwohl: Nachdem sie alle Schubladen entfernt hatte, fiel ihr auf, dass darunter eigentlich noch Platz gewesen wäre. Sollte es da etwa so etwas wie Geheimfächer geben? Laras Neugier war geweckt, sie tastete jeden Zentimeter des Bodens unter dem rechten Schubfach sorgfältig ab. Tatsächlich fand sie etwas Verdächtiges. Während Boden und Wand an einer Seite fest verbunden waren, rutschte sie auf der anderen mit dem Fingernagel in einen Spalt. Ihre Bemühungen, das Brett nach oben zu ziehen, endeten allerdings mit zwei abgebrochenen Fingernägeln. So ging es schon mal nicht. Sie machte sich daran, die Unterseite des Möbelstücks abzutasten. Tatsächlich, ganz vorn rechts gab es eine Erhebung, die man leicht für den Kopf einer Schraube halten konnte. Lara drückte und schob eine Weile daran herum, bis plötzlich der Boden des Fachs darüber aufsprang und einen Hohlraum darunter freigab. Zu Laras Enttäuschung war er bis auf ein paar Staubflocken leer. Allerdings gab es ja noch die andere Seite zu untersuchen, auf der sie einen analogen Mechanismus vermutete. Diesmal fand sie den Knopf auf der Unterseite sofort. Als das Fach aufsprang, begann ihr Herz heftig zu klopfen. Darin lagen ein in rotes Leder gebundenes Buch, ein Bündel Briefe und einige Fotos. Das alles musste ihrer Tante gehört haben, und sie war die Erste, die darauf gestoßen war! Hastig sah sie die Fotos durch. Auf dem ersten war ein großer, dunkelhaariger Mann zu sehen, der neben einem Boot stand und ernst in die Kamera blickte. Auch auf allen folgenden war er abgelichtet, auf einem jedoch zusammen mit einer Frau. Sie hatte langes, rotblondes Haar, eine zierliche Figur und helle Augen. Lara begriff, dass es sich um ihre Tante handeln musste und dass sie tatsächlich eine unverkennbare Ähnlichkeit mit ihr hatte. Doch der Mann war nicht ihr Onkel Leo, denn der war blond gewesen, wie ihr Vater und alle anderen aus der Liebig-Familie. Dieser Mann musste in einer besonderen Beziehung zu ihrer Tante Louisa gestanden haben. Zögernd griff Lara nach den Briefen. Es war ein merkwürdiges Gefühl, fremde Briefe zu lesen, selbst wenn die Adressaten schon lange tot waren. Das traf besonders zu, wenn es sich dabei auch noch um Liebesbriefe handelte, was hier eindeutig der Fall zu sein schien. „Meine geliebte Leila!" lautete die Anrede im ersten Brief, den sie öffnete. Wieso denn Leila? Verwirrt schaute Lara auf den Umschlag. Der war jedoch überhaupt nicht adressiert, sondern nur mit einem großen, schwungvollen L beschriftet. Offenbar waren diese Briefe nicht mit der Post zugestellt worden, sondern entweder persönlich übergeben oder an einem geheimen Ort hinterlegt worden. Auch die übrigen Briefe waren an eine Leila gerichtet, die Unterschrift lautete in allen Fällen Pit. Trotzdem hatte Lara keinen Zweifel daran, dass ihre Tante gemeint sein musste. Welchen Sinn würde es schließlich machen, fremde Briefe aufzubewahren? Auch die beiliegenden Fotos wiesen darauf hin. Pit, das musste der große, dunkelhaarige Mann sein. Eine schöne Handschrift hatte er, in seine Briefe waren kleine Zeichnungen und Gedichte eingefügt. Eines fiel Lara besonders auf:

Hoffnungsgrün

Ich hab es gesucht
in der Tiefe des Meeres:
Das sanfte Grün,
von der Sonne erhellt.
Ich suchte nach ihm
in den Schatten der Wälder:
Dem schimmernden Grün,
wenn das Licht darauf fällt.

Ich hab es erblickt
in Deinen Augen.
Ich sah es
und habe die Botschaft erkannt:
Jetzt bin ich am Ziel,
ich hab es gefunden:
Das Licht einer Seele,
der meinen verwandt.

Ob er das selbst verfasst hatte? Es musste wohl so sein. Lara war weniger von der literarischen Qualität der Zeilen beeindruckt, als von dem tiefen Gefühl, das aus ihnen sprach. Woran erinnerte sie das alles nur, diese geheime Affäre und die Namen, die sie in ihren Briefen verwendeten? Plötzlich fiel es ihr ein. Natürlich, es erinnerte sie an die Geschichte von Pit Pikus und der Möwe Leila, an das romantische Märchen von Friedrich Wolf über eine Liebe zwischen zwei ungleichen Partnern, der sich ungeahnte Schwierigkeiten in den Weg stellen. Genauso mussten ihre verstorbene Tante und der fremde junge Mann ihre eigene Beziehung erlebt haben. Sie hatten die Namen nicht zufällig gewählt, da war sich Lara ganz sicher. Es hätte nicht noch der Zeichnung in einem der letzten Briefe bedurft, um das zu erkennen. Darauf schwangen sich zwei Vögel, ein schwarzer und ein weißer, eng aneinander geschmiegt hoch in die Lüfte.

Das in rotes Leder gebundene Buch erwies sich als Tagebuch. Es war in einer kleinen, nur mühsam zu entziffernden Schrift geschrieben. Lara erkannte trotzdem, dass es vor allem die Chronik einer verbotenen Liebe enthielt. Atemlos begann sie zu lesen, bis ein lautes Knurren ihres Magens sie darauf hinwies, dass es schon nach Mittag war. Sie hatte kaum noch etwas Essbares im Haus. Normalerweise hätte sie sich mit einer Brotschnitte und einer Tasse Tee begnügt, doch noch etwas anderes als der Hunger trieb sie aus dem Haus. Sie wollte der Gaststätte „Seepferdchen“ einen Besuch abstatten.

21.

Der gemütlich eingerichtete Gastraum des „Seepferdchens“ war gegen Ende der Mittagszeit noch sehr gut besucht. Lara fand einen Platz an einem Tisch in der Nähe der Tür, an dem bereits ein älteres Ehepaar saß. Von hier aus konnte sie alles gut überblicken. An den Wänden hingen Fischernetze, zwischen denen glitzernde, stilisierte Seepferdchen schwebten. Drei Personen wuselten zwischen den Tischen herum und waren damit beschäftigt, die Gäste zu bedienen: Ein junger, schwarzhaariger Kellner, eine dralle Frau mittleren Alters und ein untersetzter Mann um die Dreißig, dessen rötliches Haar sich bereits deutlich lichtete. Lara wurde von dem jungen Kellner bedient, sie bestellte Dorsch in Senfsoße. Hinterher genehmigte sie sich noch ein Vanilleeis mit heißen Himbeeren. Als der junge Mann schließlich zum Kassieren erschien, hatte sich die Gaststätte bereits etwas geleert. „Sagen Sie, könnte ich vielleicht den Chef sprechen?“, fragte sie. Er sah sie erschrocken an.

„War etwas nicht in Ordnung? Hat Ihnen das Essen nicht geschmeckt?“

„Es war alles ganz hervorragend“, beruhigte sie ihn und untermauerte das gleich noch mit einem großzügigen Trinkgeld. „Was ich ihn fragen möchte, ist mehr persönlicher Natur.“

„Selbstverständlich. Ich werde es ihm sagen. Einen schönen Tag wünsche ich Ihnen noch.“ Lara sah, wie er sich gleich darauf an den Mann mit dem schütteren Haar wandte und ihn mit einer diskreten Geste auf sie hinwies. Hatte sie doch gleich richtig vermutet, als sie ihn für den Chef hielt. Er kam zu ihr an den Tisch, an dem sie mittlerweile allein saß, das Ehepaar war schon vor einer Weile aufgebrochen.

„Sie wollten mich sprechen? Was kann ich für Sie tun?“ Lara räusperte sich.

„Mein Name ist Lara Liebig. Seit einiger Zeit wohne ich im „Möwennest“ an der Steilküste, also in dem Haus, das zuvor Sie mit Ihrer Frau bewohnt hatten. Ich würde gern mit Ihnen darüber reden...“ Weiter kam sie nicht. Er unterbrach sie mit einer ungeduldigen Handbewegung.

„Ich möchte nicht darüber sprechen, was damals passiert ist. Wenn Sie einen guten Rat hören wollen, so empfehle ich Ihnen, dort schnellstens wieder auszuziehen. Und jetzt entschuldigen Sie mich bitte, ich habe zu tun.“ Er hatte sich bereits zum Gehen gewandt, verharrte jedoch plötzlich, drehte sich zu ihr um und fixierte sie scharf.

„Wie sagten Sie, war Ihr Name?“

„Lara Liebig.“

„Sind Sie mit Leonhard Liebig, dem früheren Besitzer des Hauses verwandt?“ Lara schwante nichts Gutes. Raul hatte ihr erzählt, dass ihr Onkel in keinem guten Ruf gestanden hatte.

„Ich bin seine Nichte“, erwiderte sie resigniert. Die Reaktion darauf fiel ganz anders als erwartet aus. Der Mann ließ sich auf dem Stuhl ihr gegenüber nieder.

„Wie unhöflich von mir, ich habe mich nicht einmal ordentlich vorgestellt“, sagte er. „Klaus Jülisch. Ihr Onkel hat sich mir gegenüber sehr kulant und verständnisvoll verhalten. Es tut mir leid, dass er so früh verstorben ist, mein Beileid.“ Lara dankte und hielt es nicht für nötig zu erwähnen, dass sie ihren Onkel überhaupt nicht persönlich gekannt hatte. Im Falle von Herrn Jülisch schien sich das Verwandtschaftsverhältnis als Türöffner zu erweisen

„Ich werde mich gern mit Ihnen unterhalten“, erklärte er. „Entschuldigen Sie meine erste Reaktion. Es gibt viele neugierige, taktlose Menschen, die ich mir einfach vom Leibe zu halten versuche. Außerdem hatte ich Ihrem Onkel versprochen, nicht weiter über die Vorfälle im Haus zu reden. Daran habe ich mich immer gehalten. Da Sie jedoch seine Nichte und noch dazu dort eingezogen sind, ist das natürlich etwas anderes. Im Moment ist es nur ungünstig, hier ist noch zu viel Betrieb. Wenn Sie in einer Stunde wiederkommen könnten, werde ich mir Zeit für Sie nehmen können.“

Mit so einem Erfolg hatte Lara nicht gerechnet. Sie ging zur Seebrücke und schaute den Segelbooten zu, die in größerer Zahl in Richtung Hafen unterwegs waren. Der Himmel verdunkelte sich zunehmend und ein frischer Wind kam auf. Die Zeit verging schnell. Als sie das „Seepferdchen“ erneut betrat, kam ihr Herr Jülisch bereits entgegen. Er führte sie in ein Hinterzimmer, das von einem Schreibtisch beherrscht wurde, auf dem sich Papiere stapelten. Eine Pinnwand wurde von der Flut der darauf angebrachten Notizen völlig verdeckt, und auch auf den beiden einzigen Stühlen im Raum standen Kartons mit Papieren. Der Gastwirt räumte schnell einen Stuhl für Lara frei.

„Entschuldigen Sie, wie es hier aussieht“, sagte er. „Ich versuche möglichst viel selbst zu machen, aber manchmal wächst mir der Papierkram über den Kopf. Es ist auch eine Kostenfrage und da meine Frau nicht mitarbeiten kann, wird es manchmal eng.“

„Wie geht es Ihrer Frau jetzt?“ Er wandte den Blick ab und antwortete nicht. Bedächtig räumte er den zweiten Stuhl frei, um sich dann langsam darauf niederzulassen. Lara befürchtete, mit ihrer Frage eine Ungeschicklichkeit begangen zu haben.

„Entschuldigen Sie, ich möchte wirklich nicht aufdringlich sein. Es ist nur so, dass ich in meinem Haus ein unangenehmes Erlebnis hatte. Ich war furchtbar erschrocken und habe sogar die Polizei gerufen. Die haben aber nichts gefunden, sodass ich schon an meiner Wahrnehmung gezweifelt habe. Natürlich frage ich mich, ob jemand anderem etwas Ähnliches widerfahren ist.“ Jetzt hatte sie seine volle Aufmerksamkeit. Er lehnte sich auf seinem Stuhl nach vorn und schien ihre Worte förmlich in sich aufzusaugen.

„Sie haben tatsächlich auch etwas gesehen? Was war das? Und wann?“ Sie hatte erwartet, dass sich der Polizeieinsatz herumgesprochen hatte, was aber offenbar nicht der Fall war.

„Es war vor gut einer Woche“, sagte sie. „Ich wurde nachts von einem Geräusch wach.“ Dann schilderte sie so gut sie konnte die unheimliche Erscheinung und ihre

Reaktion darauf. „Das Merkwürdige war, dass die Tür und alle Fenster verschlossen waren“, beendete sie ihren Bericht. „Es gab auch keine Einbruchsspuren. Trotzdem bin ich mir ziemlich sicher, das alles nicht nur geträumt zu haben.“

„Nein, Sie haben nicht geträumt. Die Erscheinung, die Sie da beschrieben haben, das war die gleiche, die meine Frau fast umgebracht hätte.“ Sein Gesicht war vor Erregung gerötet. Auch Lara war schockiert.

„Umgebracht? Wollen Sie damit sagen, Ihre Frau wurde von dem Wesen angegriffen?“ Er schüttelte den Kopf.

„Nein, so war es nicht. Aber sie hat einen derartigen Schock erlitten, dass sie fast daran gestorben wäre. Es war vor zwei Jahren, nur wenige Wochen nach unserm Einzug in das Haus. Meine Frau hatte es für uns ausgesucht, sie war richtig verliebt in dieses kleine Schlösschen. Ich war einverstanden, denn der Preis war erstaunlich moderat. Bevor wir Miete zahlen, die für eine entsprechende Wohnung nicht niedrig ausfallen würde, können wir lieber das Haus abzahlen, dachte ich. Erfreulicherweise war es renoviert und sogar mit dem Nötigsten eingerichtet. Das kam uns ebenfalls sehr entgegen, so konnten wir uns ganz auf die Eröffnung unserer Gaststätte konzentrieren. Da gab es dann allerdings ein paar Probleme, es wurde knapp mit dem geplanten Eröffnungstermin. In den letzten Tagen davor haben wir fast durchgearbeitet. Eines Abends konnte meine Frau dann einfach nicht mehr, es war ihr deutlich anzumerken. Ich habe sie schnell mit dem Auto nach Hause gebracht, damit sie sich hinlegen und ausschlafen konnte. Für mich kam das nicht infrage, ich bin gleich zurück und habe weitergemacht. Es war gegen 2.00 Uhr nachts, als ich schließlich nach Hause kam. Im Haus war alles still. Um meine Frau nicht aufzuwecken, habe ich ganz leise gemacht. Ich habe mich gleich ins Bad geschlichen. Beim Verlassen des Bades fiel ein Lichtstrahl auf die Betten und da bemerkte ich dann, dass etwas nicht stimmte. Meine Frau lag in einer merkwürdigen Haltung quer über beide Betten hinweg ausgestreckt. Als ich sie anfasste, fühlte sie sich eiskalt an. Sie atmete nur ganz flach. Ich habe das Licht angemacht, ihr verzerrtes, kreidebleiches Gesicht werde ich nie vergessen. Sie reagierte nicht, als ich sie ansprach. Natürlich dachte ich an einen Herzanfall oder etwas in der Art, ich bin total in Panik geraten und habe sofort einen Rettungswagen gerufen. Zum Glück kamen die ziemlich schnell. In der Klinik wurde sie dann gründlich durchgecheckt. Angeblich konnten sie nichts Organisches finden, befanden schließlich, dass sie einen Nervenzusammenbruch erlitten hätte. Nach den Belastungen der vergangenen Tage fand ich das durchaus plausibel. Ihr wurden starke Beruhigungsmittel verabreicht und sie redete in den folgenden vierundzwanzig Stunden kein Wort. Aber als sie dann zu sprechen begann, wurde alles noch schlimmer. Sie behauptete, den Teufel gesehen zu haben. Mit rotglühenden Augen habe er neben ihrem Bett gestanden und seine langen Krallen nach ihr ausgestreckt. Als sie sich nicht davon abbringen ließ, hat man sie kurzerhand in die Psychiatrie eingewiesen. Da bekam sie Medikamente, die sie völlig veränderten. Erst nachdem wir die zu Hause einfach abgesetzt hatten, wurde sie langsam wieder sie selbst. Doch dann fingen die Probleme erst richtig an. Sie weigerte sich, im Schlafzimmer zu übernachten, und war nicht bereit, auch nur für kurze Zeit allein im Haus zu bleiben. Was sollte ich machen? Ich konnte doch die Gaststätte nicht einfach schließen. Also habe ich eine kleine Wohnung anmieten müssen, wodurch unsere finanzielle Situation noch angespannter wurde. Natürlich habe ich versucht, ihr die Angst auszureden. Tatsächlich ging ich davon aus, dass sie einfach einen Albtraum gehabt hätte. Wie hätte denn jemand von außen in das verschlossene Haus gelangen sollen? Sie war aber nicht davon abzubringen, wirklich jemanden gesehen zu haben. So vehement hatte ich sie noch nie erlebt. Sie behauptete, ihn ganz deutlich wahrgenommen zu haben. Sogar an seinen Geruch konnte sie sich erinnern. Verbrannt und zugleich modrig wäre er gewesen."

Lara lief ein kalter Schauer über den Rücken. Sei dachte an den Tag, als sie das unheimliche Licht hinter der Schlafzimmertür wahrgenommen hatte. Hinterher war da dieser seltsame Geruch gewesen. Sie hatte einen Moment lang geglaubt, irgendetwas im Haus würde schmoren und nach der Quelle gesucht. Verbrannt und zugleich modrig – das war eine zutreffende Beschreibung. In der schrecklichen Nacht, als sie den unheimlichen Gast bemerkt hatte, war der Geruch wieder dagewesen.

Ihr Gesprächspartner hatte ihr Erschrecken nicht bemerkt. Er redete weiter über seine Frau.

"Ich muss dazu sagen, dass sie eigentlich ein sehr bodenständiger Typ ist und bis zu jenem Zeitpunkt keinerlei Neigung zu abergläubischen Vorstellungen zeigte." Er seufzte resigniert. „Anfangs habe ich deshalb manchmal gereizt reagiert, weil ich einfach nicht begreifen konnte, was in ihr vorging."

„Inzwischen sind Sie aber der Meinung, dass ihr in dem Haus wirklich etwas Unerklärliches begegnet ist?", fragte Lara, wobei sie ein leises Vibrieren in ihrer Stimme nicht unterdrücken konnte. Er wischte sich über die Augen und nickte stumm.

„Ich weiß, es klingt verrückt, aber es muss so sein. Zunächst wusste ich nichts von der Vorgeschichte des Hauses, habe mich ehrlich gesagt auch nicht dafür interessiert. Nach und nach kamen mir immer mehr Gerüchte zu Ohren. Dass mehrere Personen ein unheimliches Wesen in der Nähe des Hauses gesehen haben wollten, nahm ich nicht so erst. Man sieht so manches, wenn man spätabends angesäuselt unterwegs ist. Aber dann hörte ich von dem ungeklärten Mord an der jungen Frau, die vor neun Jahren dort gelebt hatte. Von den Kratzspuren auf ihrem Körper. Das hat mich schon nachdenklich gestimmt. Und jetzt noch ihre Beobachtung, die in vielem mit dem übereinstimmt, was meine Frau gesehen haben will. Das ist sicher kein Zufall."

„Nein, bestimmt nicht. Aber erklären kann ich es mir nicht. Ich glaube nicht an den Teufel. Da steckt etwas anderes dahinter."

„Oder jemand anderes", nickte Herr Jülisch bedächtig. „Wem würden Sie so etwas zutrauen? Wer hätte etwas davon?" Lara fiel zwar jemand ein, doch etwas in ihr sträubte sich, eine so ungeheure Verdächtigung auszusprechen.

„Nun kommen Sie schon", drängte er, „garantiert denken wir an den Gleichen. An diesen windigen Verwalter."

„Mir ist Herr Gollert auch nicht sympathisch. Er wollte mir richtiggehend Angst machen, es war ihm überhaupt nicht recht, dass ich trotzdem in das Haus eingezogen bin." Jülisch verzog das Gesicht zu einem vielsagenden Lächeln.

„Das kann ich gut verstehen. Schließlich hat er mit den Vermietungen auf eigene Rechnung einen guten Schnitt gemacht." Lara kam ein Gedanke.

„Demnach war das Haus regelmäßig bewohnt, zumindest in den Sommermonaten. Ist in der gesamten Zeit nie etwas vorgefallen?" Er zuckte mit den Schultern.

„Das weiß niemand. Wenn es so gewesen wäre, hätte Gollert schon dafür gesorgt, dass es nicht publik wird. Schließlich durften die Mieter offiziell überhaupt nicht dort sein. Wem da allerdings etwas Ähnliches zugestoßen ist, der dürfte garantiert kein zweites Mal gekommen sein. Meine Frau konnte dort jedenfalls nicht mehr leben. Ihr Onkel ist uns bei der Rückabwicklung des Verkaufs sehr entgegengekommen, was er nicht gemusst hätte. Eines verstehe ich allerdings nicht. Wieso sind Sie noch nicht wieder ausgezogen?"

„Ich habe das Türschloss auswechseln lassen", erwiderte sie. „Wer immer mich dort erschreckt haben mag, muss einen Schlüssel gehabt haben. Jetzt nutzt ihm der nichts mehr." Er nickte langsam.

„Das wäre eine Erklärung. Trotzdem, passen Sie auf sich auf. Wenn Sie mal Hilfe brauchen, rufen Sie mich ruhig an. Hier ist meine Karte." Lara steckte sie dankend ein und versuchte zu lächeln, obwohl ihr überhaupt nicht danach zumute war. Sie fühlte sich plötzlich unbehaglich. Draußen war es fast dunkel, und der Wind hatte merklich aufgefrischt. Ein Wetter, wie dafür geschaffen, gemütlich am Kamin zu sitzen und das Toben der Elemente vor dem Fenster zu beobachten. Heute konnte sie dem Gedanken jedoch nichts abgewinnen. *Ich brauche dringend Schokolade für die Seele,* sagte sich Lara und steuerte den Laden an der Strandpromenade an. Kurz vor ihr trat ein Mann an das geöffnete Schiebefenster, der einen Einkaufswagen mit leeren Flaschen hinter sich herzog. Seine verwaschene, wattierte Jacke war an vielen Stellen schadhaft, die dunkle Hose und die Pudelmütze speckig. Er hatte die wettergegerbte Haut eines Menschen, der sich viel im Freien aufhält. Durch einen Mangel an Pflege war sie jedoch unrein und an einigen Stellen wund. Lara kam er bekannt vor. Das war doch der Mann, der sie vor ihrem

Haus angesprochen hatte! Mit der Inhaberin des Ladens schien er auf vertrautem Fuße zu stehen. Sie neigte sich zu ihm aus dem Fenster. „Na Arne, was darf es denn heute sein?“

„Zwei von meiner Hausmarke, bitte gut eingewickelt.“ Lara kannte sich nicht mit Spirituosen aus, doch die Flaschen, die die Frau daraufhin sorgfältig in Papier einschlug, sahen teuer aus. Sie machte auch eine entsprechende Bemerkung:

„Das Flaschensammeln scheint ja mächtig was einzubringen. Oder hast du nebenbei noch was anderes zu laufen?“ Sie zwinkerte ihm vertraulich zu. Seine Reaktion war eher unwirsch.

„Kümmere du dich um deine eigenen Geschäfte. Meine gehen dich nichts an.“

„Ist ja gut, Arne. Will nur nicht, dass du Schwierigkeiten bekommst“, wiegelte sie ab, um sich dann Lara zuzuwenden.

„Ach, Sie mal wieder. Schon eingelebt im neuen Haus? Wie gefällt es Ihnen denn so?“ Ihr Blick drückte unverhohlene Neugier aus.

„Recht gut“, erwidert Lara knapp. Sie wählte mehrere Tafeln Schokolade aus.

„Sie Glückliche, Sie können sich das erlauben. Für die langen Abende vor dem Fernseher, was? Sind sie ganz allein da oben in dem Haus?“ Sie ließ nicht locker.

„Meistens. Übrigens sieht es so aus, als sollte ich mich beeilen, nach Hause zu kommen. Es scheint Sturm zu geben. Erstaunlich, dass da noch ein Boot unterwegs ist.“ Sie schaute zum Meer hinüber, wo weit draußen ein einsames Licht zu erkennen war, das unruhig über den Wellen tanzte. Die Frau folgte ihrem Blick.

„Da blüst der Deibel. Das bringt nichts Gutes“, murmelte sie. Lara verkniff sich die Frage, was die Frau damit wohl meinte. Es hatte zu regnen angefangen und der Wind blies zunehmend kräftiger. Sie wollte zu Hause sein, bevor der Sturm noch stärker wurde. Außerdem hatte sie für heute genug Teufelsgeschichten gehört.

22.

Auf dem Heimweg war sie ziemlich nass geworden. Lara hängte ihre durchnässten Sachen in der kleinen Kammer hinter der Küche zum Trocknen auf. Nachdem sie sich umgezogen hatte, konnte sie gar nicht anders, als sich gleich wieder auf das Tagebuch zu stürzen. Allmählich gelang es ihr besser, die winzige Schrift ihrer Tante Louisa zu entziffern. Und langsam bekam sie eine Vorstellung von der Frau, die es geschrieben hatte. Sie war hier nicht glücklich gewesen, soviel stand fest. Ihr Mann ließ sie oft allein und sie war sich sicher, dass er sie betrog. Er war aufgrund seiner Tätigkeit unbeliebt, besonders diejenigen, die dadurch ihre Arbeit verloren hatten, hassten ihn. An ihm schien das einfach abzuperlen, doch Louisa litt darunter. Sie spürte die Ablehnung, mit der man ihr überall begegnete. Schließlich zog sie sich immer mehr zurück, unternahm einsame Spaziergänge. Bei einer solchen Gelegenheit traf sie eines Tages auf ihren Pit. Er war dabei, ein altes Boot zu restaurieren. Sie verstand nicht viel davon, doch sie sah, dass der Rumpf, den er behutsam abschliff, ganz aus Holz bestand. Fasziniert beobachtete sie, wie er mit einer geradezu zärtlichen Bewegung immer wieder über die frisch bearbeitete Fläche fuhr. Sie verspürte den unwiderstehlichen Drang, ebenfalls dieses Boot zu berühren. Wie von einer unbekannten Kraft gesteuert, trat sie neben ihn und legte ihre Hand auf das sonnenwarme Holz. „Schön", sagte sie leise. Er sah sie eine Weile nur still an. Dann legte er seine Hand an ihre Wange. „Schön", wiederholte er. Es sei ein magischer Moment gewesen, las Lara. Und der Beginn einer großen Liebe. Von da an hatten die beiden begonnen, sich regelmäßig zu treffen.

An einer anderen Stelle des Tagebuchs äußerte sich Louisa etwas näher zu Pit, dessen wirklichen Namen sie an keiner Stelle erwähnte. Schiffsbauer und Schiffselektroniker war er gewesen, bis er vor ein paar Jahren arbeitslos geworden war. Seitdem restaurierte und wartete er selbständig Boote. Wenn sie sich trafen, waren sie häufig mit seinem eigenen Boot unterwegs. Bald waren sie jedoch der Heimlichkeiten überdrüssig und begannen, eine gemeinsame Zukunft zu planen. Für Louisa stand fest, dass ihr Mann sie nicht kampflos gehen lassen würde. Ihr Ton wurde erst besorgt, schließlich sogar angstvoll. Sie fürchtete um ihre und Pits Sicherheit.

Lara schaute kurz auf. War das denkbar? Hatte ihr Onkel seiner Frau etwas antun wollen? Dann wurde der Ton des Tagebuchs wieder lockerer, Louisa berichtete, wie sie mit Pit einen Nachmittag am Meer, abseits von den überlaufenen Touristenstränden, verbracht hatte. „Es ist atemberaubend, ihn schwimmen zu sehen", schrieb sie. „Wie ein Delfin tummelte er sich in den Wellen. Ich selbst ging nur bis zur Hüfte ins Wasser. Schwimmen ist nicht gerade meine Stärke, und vor dem Meer habe ich großen Respekt." Merkwürdig, dass sie sich eines Abends trotzdem angetrunken und in der Dunkelheit hineingewagt hatte. Lara überblätterte ungeduldig viele Seiten. Gab es Hinweise für eine konkrete Bedrohung? Bevor sie weiter danach suchen konnte, meldete sich ihr Handy. Hoffnungsvoll schaute sie auf das Display. Ihre Mutter hatte bisher auf keine ihrer Nachrichten reagiert und auch dieser Anruf kam nicht von ihr, sondern von Anke, an die Lara in den vergangenen Tagen überhaupt nicht mehr gedacht hatte. Zunächst entschuldigte sie sich wortreich für ihr Schweigen. „Weißt du, es hat nicht geklappt mit der neuen Stelle. Ich bin deshalb ziemlich deprimiert, weil ich den Kerl nun weiterhin jeden Tag bei der Arbeit sehen muss. Inzwischen ist mir klar geworden, wie sehr er mich ausgenutzt hat. Ich brauche unbedingt Abstand." Lara bekundete Verständnis. Hätte sie weiterhin mit Francesco arbeiten können? Erstaunt stellte sie fest, dass sie mittlerweile kein Problem mehr damit hätte. Das alles war nicht lange her und schien doch schon so weit weg zu sein.

„Und wie geht es dir so?", wollte Anke wissen.

„Gut. Es gibt so viel Neues und Aufregendes." Ausführlich berichtete sie über ihren Besuch an der Rostocker Universität und ihre weiteren Pläne.

„Das klingt ja super. Wie hast du dich denn so in deiner einsamen Strandburg eingelebt?"

„Bis auf ein paar kleine Vorkommnisse ganz gut. Sieht aus, als wäre ich tatsächlich in ein Spukhaus gezogen." Es sollte lustig klingen, doch sie merkte selbst, wie ihr die Leichtigkeit des Tons völlig misslang. Auch Ankes Tonfall änderte sich, sie klang alarmiert, als sie Lara aufforderte, zu erzählen. So kam alles noch einmal zur

Sprache, angefangen von dem nächtlichen Lichtschein, der Kälte und dem merkwürdigen Geruch, bis hin zu der unheimlichen Erscheinung mit dem nachfolgenden Polizeieinsatz. Lara betonte, dass es eine natürliche Erklärung geben müsse, doch zu ihrer Überraschung ging Anke nicht darauf ein.

„Was macht dich da so sicher? Es gibt durchaus unerklärliche Phänomene. In diesem Haus würde ich an deiner Stelle nicht bleiben."

„Glaubst du etwa im Ernst, dass es hier spuken würde?"

„Ja, das glaube ich. Zufällig habe ich nämlich Erfahrungen damit. Wenn in einem Haus etwas Böses geschieht, ein Gewaltverbrechen wie beispielsweise ein Mord, dann nehmen die Mauern die negativen Schwingungen in sich auf, speichern sie und geben sie an spätere Bewohner weiter. Nicht selten erleiden die dadurch ein ähnliches Schicksal."

„Das halte ich für Unsinn."

„Solltest du aber nicht. Vor allem missachte nicht die deutlichen Zeichen. Du hast eine unerklärliche Kälte gespürt. Wo sie auftritt, da ist das Herz des Hauses, das Zentrum des Bösen."

„Vielleicht war nur ein Fenster nicht richtig zu und es hat gezogen. Außerdem kam ich geradewegs aus dem warmen Bett, kein Wunder, wenn mir da kalt war." Jetzt ärgerte sie sich, das überhaupt erwähnt zu haben. Das Gespräch wurde ihr zunehmend unangenehm, am liebsten hätte sie es beendet. Anke war allerdings nicht zu bremsen.

„Du solltest das nicht so abtun. Einer ehemaligen Kollegin von mir ist etwas sehr Schlimmes zugestoßen. Mit ihrem Mann zusammen hatte sie ein altes, denkmalgeschütztes Haus erworben. Sie haben es wunderschön renoviert, aber dann hat sie in diesem Haus zwei Fehlgeburten erlitten. Bei der zweiten wäre sie fast verblutet."

„Das ist natürlich sehr tragisch, hat aber wohl kaum mit dem Haus zu tun."

„Eben doch. Erst hinterher hat sie erfahren, dass in dem Haus früher einmal eine Kindsmörderin gelebt hatte. Und schon vor ihr soll eine andere Bewohnerin dort ebenfalls eine Fehlgeburt erlitten haben." Lara empfand die Geschichte als absurd. Ihr fielen keine Argumente ein, mit denen sie Anke vom Gegenteil überzeugen könnte.

„Tut mir leid, dass ich jetzt Schluss machen muss", schwindelte sie. „Ich erwarte noch Besuch."

„Na, bloß gut, dass du nicht allein im Haus bist. Pass ja auf dich auf!", mahnte Anke noch. Lara fühlte sich schlecht nach diesem Gespräch. Nicht nur wegen ihrer Lüge war ihr auf einmal unbehaglich zumute. Sie hatte keine Lust mehr, sich weiter mit dem Tagebuch ihrer Tante zu beschäftigen. Sorgfältig verstaute sie es wieder im Geheimfach des Schminktisches. Und nun? Vielleicht sollte sie zur Ablenkung etwas Heiteres lesen oder sich eine alberne Serie im Fernsehen ansehen.

Sie zuckte heftig zusammen, als sie plötzlich ein polterndes Geräusch vernahm. Mit angehaltenem Atem lauschte sie angespannt, ein kalter Schauer lief ihr über den Rücken. Das Geräusch wiederholte sich und sie erkannte zu ihrer Erleichterung, dass es vom Sturm herrührte. In einer Ecke des Balkons hatte ein zusammengerollter Sonnenschirm an der Wand gelehnt. Den trieb der Wind nun vor sich her, wobei er ihn immer wieder gegen das hölzerne Geländer schlagen ließ. Kaum hatte sie sich ein wenig von ihrem Schreck erholt, ertönte der Türgong. Es war nach 20.00 Uhr und stockdunkel, von dem unwirtlichen Wetter einmal ganz abgesehen. Wer sollte sich um diese Zeit hierher verirren? Lara verharrte unschlüssig. Das Klingeln wiederholte sich. Sollte das etwa Raul sein, der aus irgendeinem Grunde doch nicht zu seiner Mutter gefahren war? Von diesem Gedanken beflügelt eilte sie die Treppe hinunter. Durch die Glasscheibe im oberen Bereich der Tür war schemenhaft eine Gestalt zu erkennen. „Wer ist da bitte?“, fragte sie. Eine weibliche Stimme antwortete ihr.

„Ich bin das, Sabrina. Würdest du bitte ganz kurz mit mir reden?“ Lara war viel zu verblüfft, um abzulehnen. Wie kam Sabrina um diese Zeit und bei diesem Wetter hierher? Kaum hatte sie die Tür geöffnet, riss sie ihr der Sturm fast aus der Hand.

„Komm schnell rein. Wo kommst du denn her?“ Sabrina schüttelte sich wie ein nasser Hund. Sie übertrieb diese Geste und es war ihr anzumerken, dass sie dadurch ihre Verlegenheit zu überspielen versuchte. Aus ihrem feuchten Haar löste sie ungeschickt eine Spange, dabei schmerzlich das Gesicht verziehend. „Autsch!“, sagte sie und betrachtete die Spange, in der sich mehrere Haare verfangen hatten. „Es ist sicher unpassend, so spät hier aufzukreuzen. Die Bahn ist schuld, ich habe einen Anschlusszug verpasst. Von Rostock aus habe ich dann ein Taxi hierher genommen. Das hat mich bis zu dieser Schranke gefahren. Der kurze Fußmarsch danach hat ausgereicht, um ziemlich nass zu werden. “ Erschrocken blickte sie zu Boden. „Oh Gott, ich habe alles dreckig gemacht.“ Lara winkte ab.

„Das macht nichts. Aber warum hast du vorher nicht angerufen? Es hätte doch sein können, dass du mich überhaupt nicht zu Hause antriffst.“

„Das Risiko musste ich eingehen. Am Telefon hättest du mich vermutlich abgewimmelt.“ Sie rang sich ein schiefes Lächeln ab. Lara gab ihr im Stillen recht. Aus ihrer Sicht gab es zwischen ihr und Sabrina nichts mehr zu bereden. Sie hatte ihre Freundschaft verraten, indem sie hinter ihrem Rücken eine Beziehung mit Francesco eingegangen war. Allerdings war Laras anfängliche Wut darüber inzwischen milder Verachtung gewichen. Und jetzt war sie tatsächlich ein wenig neugierig, was Sabrina solchen Aufwand betreiben ließ, nur um mit ihr zu sprechen. Sie musterte ihre Rivalin unauffällig. Befangen wirkte sie, das sah ihr überhaupt nicht ähnlich. Normalerweise strotzte sie nur so vor Selbstbewusstsein, Lebensfreude und Temperament. Außerdem sah sie wirklich gut aus mit ihrem langen blonden Haar, den Vergissmeinnicht-Augen und dem rosigen Teint. Wie eine blasse Kopie hatte sich Lara oft neben ihr gefühlt.

„Darf ich dir etwas anbieten?“, fragte sie, nachdem sie Sabrina ins Wohnzimmer geführt hatte.

„Nur ein Wasser. Schön hast du es hier. Ist es aber nicht ziemlich einsam?“

„Nein, überhaupt nicht.“ Lara stellte das Wasser vor Sabrina hin und goss sich selbst auch ein Glas ein. „Ich habe schon Kontakte geknüpft und oft Besuch. Es ist Zufall, dass du mich heute allein antriffst. Aber dadurch können wir in Ruhe reden.“

„Das ist wirklich sehr nett von dir. Ich hatte ehrlich gesagt Angst, du lässt mich überhaupt nicht rein. Es tut mir leid, wie alles gelaufen ist, so habe ich das nicht gewollt.“

„Wen oder was hast du nicht gewollt? Francesco?“

„Nein, natürlich nicht, ich meine, natürlich wollte ich ihn. Aber nicht auf diese Art. Ich wollte dich nicht belügen und verletzen. Es tut mir ehrlich leid. Vor allem hätte ich dir das früher sagen sollen und nicht erst jetzt, wo ich deine Hilfe brauche.“ Das überraschte Lara.

„Wobei sollte ich dir denn helfen können?“ Sabrina seufzte.

„Es ist etwas Hässliches passiert. Du weißt sicher, dass Francesco sich eine neue Stelle suchen will. Er hat ein paar sehr gute Angebote. Aber nun hat deine Mutter ihm ein Zeugnis ausgestellt, mit dem ihn nicht mal die letzte Bratwurstbude einstellen würde.“

„Das darf doch nicht wahr sein! Francesco ist ein hervorragender Koch.“ Laras Empörung war nicht gespielt.

„Eben. Das weiß jeder im Hotel, auch deine Mutter weiß es. Natürlich könnte Francesco mit dieser ungerechten Bewertung vors Arbeitsgericht ziehen. Wir möchten die unangenehme Angelegenheit aber ungern weiter eskalieren. Deine Mutter kennt eine Menge Leute in der Branche, wenn sie das will, kann sie ihm noch auf anderem Wege schaden. Deshalb dachten wir, der einzige Mensch, der sie zur Vernunft bringen könnte, bist du. Francesco hat nie ein böses Wort über dich verloren, das musst du mir glauben. Er ist von deinem Gerechtigkeitssinn überzeugt und kann sich nicht vorstellen, dass du diesen Rachefeldzug deiner Mutter gutheißt.“ Nein, das tat Lara ganz und gar nicht. Außerdem rückte dieses Vorgehen auch sie in ein schlechtes Licht. Sabrina wusste offenbar nichts von der Funkstille zwischen ihr und ihrer Mutter, aber sie verdächtigte sie zum Glück nicht, mit ihr unter einer Decke zu stecken.

„Ich verspreche dir, mit meiner Mutter zu reden“, sagte sie. „Mich überrascht das total, ich wusste nichts davon.“

Lara war es ernst damit. Insgeheim sagte sie sich sogar, dass dies ein guter Anlass war, endlich wieder mit ihrer Mutter ins Gespräch zu kommen. Wenn die auf ihre Karten und Anrufe nicht reagierte, würde sie eben zu ihr fahren. Normalerweise hätte sie das nicht getan, jetzt gab es jedoch einen konkreten Anlass. Sabrina wirkte erleichtert.

„Ich finde das ganz toll und großzügig von dir, ich meine, nach allem was gewesen ist. Du hättest allen Grund sauer auf mich und Francesco zu sein.“

„Anfangs war ich sauer, aber das ist vorbei. Zwischen Francesco und mir, das war nur noch Gewohnheit. Ich glaube nicht, dass es auf Dauer mit uns gutgegangen wäre. Und ich war mit meiner Arbeit im Hotel nie richtig glücklich. Um das alles zu erkennen, habe ich einen Schubs von außen gebraucht. Oder eben einen Schlag in die Magengrube. Den habt ihr mir versetzt, fast bin ich euch inzwischen dankbar dafür.“

„Es tut mir trotzdem leid“, wiederholte Sabrina. „Ich bin jetzt total erleichtert. Ehrlich gesagt hatte ich befürchtet, du würdest mich vor der Tür stehen lassen.“ Sie kramte in ihrer Tasche, die sie neben ihrem Stuhl abgestellt hatte, und förderte eine Flasche Rotwein zutage.

„Schau mal, was ich mitgebracht habe. Das ist ein wirklich edler Tropfen, genau richtig für einen Versöhnungstrunk. Magst du?“ Eigentlich mochte Lara nicht, doch sie wollte nicht unhöflich sein. Also holte sie zwei Weingläser und einen Korkenzieher aus der Küche. Sabrina schenkte ihr einen Probeschluck ein, damit sie zuerst kosten konnte. Der Wein war schwer und süß, eigentlich überhaupt nicht ihr Geschmack. Sie hielt sich dann auch mit dem Trinken zurück, beließ es bei einem Glas. Sabrina schien das nicht zu stören, im Verlaufe des weiteren

Abends leerte sie den Rest der Flasche allein. Ihre Trinkfestigkeit war Lara schon früher aufgefallen. Sie sollte lernen, sich zurückzuhalten, dachte sie, gerade für jemanden, der in der Gastronomie arbeitet, kann eine Neigung zum Alkohol gefährlich sein.

„Was hast du jetzt eigentlich vor?“, fragte Sabrina, die sich zunehmend wohlzufühlen schien.

Da sie wirklich interessiert zu sein schien und viele Zwischenfragen stellte, erzählte Lara ausführlich von ihren Plänen. Es war bereits nach 23.00 Uhr, als Sabrina sich schließlich erhob.

„Ich werde mir jetzt ein Taxi rufen“, sagte sie. „Kannst du mir eine preiswerte Übernachtungsmöglichkeit in der Nähe empfehlen?“

„Du kannst selbstverständlich hier schlafen, ich habe ausreichend Platz.“

„Das ist wahnsinnig nett, aber ich möchte nicht noch mehr Umstände machen.“

„Machst du überhaupt nicht, komm, ich zeige dir dein Bett.“ Lara duldete keinen weiteren Widerspruch. Sie musste sich eingestehen, wie erleichtert sie war, die Nacht nicht allein im Haus verbringen zu müssen. Jeder Besucher wäre ihr im Moment willkommen gewesen. Sabrina folgte ihr in das Schlafzimmer und war überrascht.

„Das ist ja edel. Schläfst du auch hier?“

„Nein, ich schlafe oben. Das hier ist gewissermaßen mein Gästezimmer.“ Wie zur Untermauerung ihrer Aussage räumte sie schnell das Bettzeug von Raul beiseite und machte sich daran, das Bett für Sabrina frisch zu beziehen. Die wollte ihr helfen, machte jedoch eine ungeschickte Bewegung und plumpste auf das Bett.

„Oh je, ich bin ganz schön fertig.“

Lara wunderte sich überhaupt nicht darüber. Sie selbst fühlte sich nach dem einen Glas Wein schon leicht benebelt. Sabrina hatte immerhin fast eine ganze Flasche geleert.

„Ich zeige dir dann noch das Bad“, sagte sie. „Auch das hast du für dich allein.“

„Wow, das ist wirklich super. Nach der langen Zugfahrt heute brauche ich dringend eine Auffrischung. Stört es dich, wenn ich noch dusche?“

„Überhaupt nicht. Ich bin so müde, dass ich jetzt schon einschlafen könnte.“

So war es dann auch. Lara schlief tief und fest. Nur unterbewusst nahm sie die Geräusche des noch immer tobenden Sturms wahr. Einmal hörte sie von unten ein Poltern. Sicher war Sabrina jetzt erst aus dem Bad gekommen. Auf die Uhr schaute sie nicht, dazu war sie viel zu benommen. Gleich darauf versank sie wieder in der Welt der Träume.

23.

Vom trommelnden Geräusch des Regens erwachte Lara am nächsten Morgen. Der Himmel war bleigrau, genau wie das unruhige Meer. Das aus dunklen Wolken hernieder peitschende Wasser verdichtete sich vor dem Fenster zu wallenden Vorhängen. Bei solchem Wetter jagte man keinen Hund vor die Tür. Lara streckte sich wohlig in ihrem Bett aus, bis ihr schlagartig bewusst wurde, dass sie Besuch hatte. Zwar hatte Sabrina nicht verlauten lassen, wann sie aufbrechen wollte, doch allzu spät sollte das sicher nicht sein. Schnell schwang Lara die Beine aus dem Bett, putzte sich im Bad nur rasch die Zähne, warf den Bademantel über und ging nach unten. Im Haus war alles still. Vorsichtig klopfte sie an die Schlafzimmertür. Als sich nichts rührte, drückte sie leise die Klinke nach unten und spähte durch einen Türspalt. Das zerwühlte Bett war leer, darauf lag ein zerknülltes T-Shirt. Demnach war Sabrina gerade im Bad, sie hatte noch nichts versäumt. Erleichtert ging sie in die Küche und setzte Teewasser auf. Dann begab sie sich wieder nach oben, machte sich schnell frisch und zog sich vollständig an. Von Sabrina war immer noch nichts zu sehen, als sie wieder unten ankam. Lara brühte den Tee auf und deckte den Frühstückstisch. Beim Weg durch die Diele fielen ihr die Schmutzspuren auf, die Sabrinas Schuhe am Vorabend hinterlassen hatten. Die Gelegenheit, das schnell in Ordnung zu bringen, war günstig. Sie holte einen Eimer und einen Wischmopp aus der Kammer, füllte in der Küche warmes Wasser und Spülmittel ein. Einmal kurz darüber gewischt und der Marmorboden glänzte wieder wie neu. Zufrieden setzte sie sich an den Tisch am Fenster. Noch immer war draußen alles grau in grau, doch der Regen hatte zumindest aufgehört. Viel unternehmen würde sie heute trotzdem nicht. Vielleicht könnte sie den Schminktisch weiter bearbeiten und zwischendurch im Tagebuch lesen. Spätestens am Abend müsste Raul von seiner Mutter zurück sein. Ob er wohl bei ihr vorbeischauen würde? Über all diesen Gedanken bemerkte sie kaum, wie die Zeit verging. Aber was machte Sabrina nur so lange im Bad? Hatte sie vielleicht überhaupt nicht mitbekommen, dass sie bereits erwartet wurde? Entschlossen ging Lara durch das noch immer leere Schlafzimmer zur Badtür, hinter der kein Laut zu vernehmen war. Auch auf ihr Klopfen hin rührte sich nichts. Lara klopfte lauter.

„Sabrina? Ist alles in Ordnung?“ Keine Reaktion. Sie drückte die Klinke herunter, es war nicht abgeschlossen. Und das Bad war leer. Einen Moment lang stand Lara verwundert da und sah sich um. Sabrinas Reisetasche stand neben dem Bett, die Sachen, die sie gestern getragen hatte, waren achtlos über einen Stuhl geworfen. Auf der Ablage im Bad standen ihre Kosmetikartikel, das Badetuch schien nicht benutzt worden zu sein. Ratlos musterte Lara die Kosmetika, als könnten die ihr Aufschluss über den Verbleib ihrer Besitzerin geben. Waschlotion, Gesichtswasser und Feuchtigkeitscreme stammten von einem Discounter. Daneben stand ein aufgeschraubter Deostift. Ein kleines, braunes Fläschchen fiel ihr auf, sie nahm es in die Hand und warf einen Blick auf das Etikett. Diazepam? Das war doch ein Beruhigungsmittel. Auch sie hatte das eingenommen, als ihre Panikattacken unerträglich geworden waren. Jetzt brauchte sie es nicht mehr, worüber sie sehr froh war. Aber wieso Sabrina? Ihr war nichts davon bekannt, dass sie jemals unter Angst oder Panik gelitten hätte. Hatte sich das geändert? War vielleicht die prekäre Situation, in der Francesco momentan steckte, schuld daran? Nur Sabrina konnte das beantworten, leider fehlte jede Spur von ihr. Wo konnte sie nur hin sein, so groß war das Haus nun schließlich auch wieder nicht? Lara schaute in alle Zimmer, rief laut nach ihr. Allmählich wurde sie nervös. Sabrina mochte manchmal einen eigenartigen Humor haben, doch so albern, sich zu verstecken, wäre sie auf keinen Fall. Nach draußen würde sie bei dem Sauwetter kaum gegangen sein. Sie hätte es auch nicht gekonnt, denn die Tür war verschlossen. Seit der unheimlichen Begegnung in der Diele, ließ Lara ihre Schlüssel nachts nicht mehr von innen in der Tür stecken, sondern nahm sie mit nach oben in ihr Zimmer. Es war Ausdruck ihrer Ratlosigkeit, dass sie das Schlüsselbund jetzt holte und die Tür öffnete. Sie wusste selbst nicht, was sie sich davon versprach. Die Luft war kühl und feucht, es wehte ein frischer Wind. Unten am Strand bewegten sich zwei frühe Spaziergänger, ein Mann und eine Frau. Die Frau schien sehr aufgeregt zu sein, der Mann versuchte sie offenbar zu beruhigen, indem er sie immer wieder umarmte. Dann holte er sein Handy hervor und telefonierte. Sein Blick schweifte dabei suchend über die Steilküste. Plötzlich musste er sie gesehen haben, denn er bedeutete Lara mit aufgeregten

Gesten, nach unten zu kommen. Als sie nicht gleich reagierte, ruderte er mit den Armen wie eine Windmühle im Sturm. Da durchzuckte es Lara wie ein Blitz. Ihr schwindelte, ihr Herz begann heftig zu klopfen und ihre Knie drohten nachzugeben. Noch bevor sie etwas erkennen konnte, erahnte sie mit dem ganzen Körper, dass etwas Schreckliches passiert sein musste. Wie ferngesteuert ging sie los, ohne daran zu denken, sich eine Jacke zu holen. Zitternd vor Kälte und Aufregung, machte sie sich an den Abstieg über die vom Regen glitschigen Holzbohlen. Einmal wäre sie fast ausgeglitten. Der Sand des Strandes war dunkel von der Nässe, scharfe Steinkanten und Muschelschalen bohrten sich durch die dünnen Sohlen ihrer leichten Ballerinas. Unruhig rauschte die Brandung, an ihrem Rand hatte sich ein breiter Schlickstreifen abgesetzt. Ein Stück weiter hinten, zwischen den großen Steinen, leuchtet gespenstisch weiß der Körper einer Frau. Sie war unbekleidet und schaukelte mit dem Rücken nach oben in den Wellen auf und ab. Obwohl sich ihr Kopf unter Wasser befand, wusste Lara, dass es Sabrina sein musste. Ihr Körper schien sich zwischen den Steinen verfangen zu haben, was verhinderte, dass er gänzlich an Land gespült wurde. Lara begann so heftig zu zittern, dass ihre Zähne laut aufeinander schlugen. Der Mann, der sein Telefonat inzwischen beendet hatte, trat auf sie zu. Er mochte um die fünfzig sein, graues Haar lugte unter seiner Strickmütze hervor. Bekleidet war er mit einer dunklen Jogginghose und einer schwarzen Windjacke, die das Logo eines bekannten Herstellers von Outdoor-Bekleidung trug. „Sie scheinen dort oben zu wohnen, haben Sie irgendetwas beobachten können?“, fragte er. „Ich meine, irgendwo muss die Frau doch hergekommen sein.“ Lara konnte nicht antworten, in ihrem Hals hatte sich ein dicker Kloß gebildet. Sie hatte sogar Mühe zu atmen. Die Frau trat hinzu und legte einen

Arm um Lara. Auch sie musste um die fünfzig sein und schien sich inzwischen wieder gefangen zu haben. Ihre Bekleidung glich der ihres Mannes, sie war etwas korpulent und hatte ein rundes Gesicht mit braunen Augen, die Wärme ausstrahlten. „Lass sie", sagte sie zu ihrem Mann, „siehst du nicht, dass sie völlig durcheinander ist? Kein Wunder, mir ging es im ersten Moment nicht anders. Außerdem ist sie viel zu leicht angezogen, sie wird sich den Tod holen." Mit schuldbewusster Miene machte sich der Mann daran, seine Jacke abzulegen, um sie Lara zu geben. Die wehrte jedoch ab.

„Oben", sagte sie nur. Die Frau nickte. „Gut, gehen wir nach oben und holen Ihnen etwas zum Anziehen. Aber bis dahin behalten sie die Jacke, keine Widerrede. Sie legte sie Lara eigenhändig um die Schultern und ging mit ihr zur Treppe. In diesem Moment war eine Polizeisirene zu hören. Nachdem sie den Aufstieg bewältigt hatten, kamen ihnen kurz vor der Haustür zwei uniformierte Polizisten entgegen. Der Mann war Lara unbekannt, die junge Frau war allerdings diejenige, die bereits bei dem nächtlichen Einsatz in ihrem Haus dabei gewesen war. Wie hieß sie doch gleich? Laras Kopf war wie leergefegt, doch als die Polizistin zu ihr herüber schaute, fiel es ihr wieder ein. Polizeimeisterin Elvira Schrader. Der männliche Beamte trat auf sie zu. Er war sehr groß und hager. Das Markanteste in seinem Gesicht waren seine große, gebogene Nase und Augen von einem so hellen Grau, dass sie fast farblos wirkten.

„Polizeihauptmeister Riedel", stellte er sich vor. „Haben Sie die Leiche gefunden?" Laras Begleiterin nickte. „Mein Mann ist unten, er hat Sie angerufen." Sie wies in Richtung Strand.

„Und Sie? Wo wollen Sie jetzt hin?"

„Die junge Frau muss sich etwas Wärmeres anziehen, wir kommen gleich wieder."

„Aber wirklich! Ihre Aussagen muss ich nämlich auch aufnehmen."

„Aber ja doch, Herr Wichtig", murmelte die Frau, nachdem sich die beiden ein Stück entfernt hatten. Lara ging der Blick, mit dem die junge Polizistin sie gemustert hatte, nicht aus dem Kopf. Am liebsten hätte sie sich ins Bett gelegt und wäre nie wieder aufgestanden. In welchen Albtraum war sie nur geraten? Die nette Frau schien ihren Zustand zu bemerken, sie bemutterte sie wie ein kleines Kind.

„Wo haben Sie eine warme Jacke?", fragte sie. Lara erinnerte sich, ihre nassen Sachen vom Vortag in der Kammer neben der Waschmaschine aufgehängt zu haben. Vermutlich waren sie inzwischen getrocknet, doch das zu überprüfen, hatte sie einfach nicht die Kraft. Wortlos ergriff sie stattdessen eine Fleecejacke, die griffbereit an der Garderobe hing. Die Frau hatte ihre geblümten Gummistiefel entdeckt, die ebenfalls dort standen. „Ziehen Sie die auch an, Kindchen. Ihre kleinen Hausschühchen sind ja völlig durchweicht." Als Lara damit fertig war, ergriff sie betont munter ihren Arm. „Und nun kommen Sie. Jetzt müssen wir noch unsere bedeutsame Aussage machen. Dabei können wir beim besten Willen nicht mehr sagen, als dieser Herr Riedel mit eigenen Augen sehen kann."

„Wenn es doch nur so wäre", dachte Lara verzweifelt. Völlig apathisch folgte sie der hilfsbereiten Frau. Als sie wieder unten am Strand ankamen, sahen sie, dass sich dort inzwischen einiges verändert hatte. Zwei Männer in dunklen Neoprenanzügen waren dabei, die Tote aus dem Wasser zu bergen. „Lass es nicht wahr sein, bitte lass es nicht wahr sein“, sagte sich Lara immer wieder. Dabei hatte sie keine Ahnung, an welches imaginäre Wesen sie ihre flehende Botschaft richtete. Mal wünschte sie sich weit weg, kurz darauf hoffte sie, nur zu träumen und gleich aufzuwachen. Doch nichts dergleichen geschah. Die Männer brachten ihre grausige Last ans Ufer und legten sie auf einer ausgebreiteten Plane ab. Nachdem die beiden Polizisten am Ufer einen Blick darauf geworfen hatten, brach plötzlich Hektik aus. Erst wurde gestikuliert, dann eifrig telefoniert. Lara entging nicht, dass Polizeimeisterin Schrader den anderen Beamten aufgeregt etwas erzählte, woraufhin alle zu ihr hinüber starrten. Sie und ihre Begleiterin hatten sich bewusst ein Stück abseits positioniert. Frau Schrader löste sich aus der Gruppe und kam auf sie zu. „Guten Tag“, sagte sie, „wir haben uns ja bereits kennengelernt.“ Und dann an Laras Begleiterin gewandt: „Mein Kollege würde jetzt gern Ihre Aussage aufnehmen.“

„Möchte wissen, was da aufzunehmen ist, mein Mann hat doch sicher schon alles gesagt“, murmelte sie, bevor sie sich auf den Weg zu ihm machte.

„Ich würde mich gern mit Ihnen unterhalten“, fuhr Polizeimeisterin Schrader fort. Lara nickte ergeben. „Ist Ihnen in den vergangenen Stunden irgendetwas Außergewöhnliches aufgefallen? Haben Sie irgendwelche Beobachtungen machen können?“

„Beobachtungen nicht, aber... also es ist merkwürdig. Meine Besucherin ist verschwunden. Sie hat bei mir übernachtet und heute früh konnte ich sie nicht finden.“ Elvira Schrader sog mit einem lauten Geräusch die Luft ein.

„Soll das heißen, Sie kennen die Tote? Sie war bei Ihnen zu Gast?“ Jetzt war es mit Laras brüchiger Selbstbeherrschung endgültig vorbei.

„Ich weiß es nicht!“, schrie sie verzweifelt. „Ich weiß es nicht, ich weiß überhaupt nicht mehr, was hier passiert.“

„Es ist gut, beruhigen Sie sich. Trauen Sie sich zu, sie zu identifizieren? Hören Sie, ich will Sie nicht drängen. Doch es ist auch für Sie der einzige Weg, Gewissheit zu erlangen.“ Sie bot Lara ihren Arm, und mit steifen Beinen, die nicht ihr zu gehören schienen, bewegte sie sich an der Seite der Polizistin vorwärts über den steinigen Strand. *Dieser Weg wird kein leichter sein, dieser Weg wird steinig und schwer...* Wie in einer Endlosschleife drehten sich die Worte des Songs in ihrem Kopf. Um keinen anderen Gedanken zulassen zu müssen. Um nicht wahnsinnig zu werden. Und dann stand sie auf einmal direkt vor der Toten. Sabrinas nasses, aufgelöstes Haar war von Algen durchsetzt. Die Augen hatte sie geschlossen, die Arme weit vom Körper abgespreizt. Bis auf einen winzigen Slip war sie nackt. Auf eine seltsame Art sah sie schön aus, wie ein Model aus dem Pirelli-Kalender, das ein ambitionierter Fotograf absichtlich so dorthin drapiert hatte. Erst auf den zweiten Blick fielen die Verletzungen auf, eine Vielzahl von Kratzern und Schnitten auf der Haut, als hätte jemand ein Muster eingravieren wollen.“ Jemand berührte Lara an der Schulter, sodass sie heftig zusammenzuckte.

„Und, kennen Sie die Frau?“ Sie konnte nur nicken.

„Wie ist ihr Name?“

„Sabrina. Sabrina Kallweit.“ Eine Frau in einem weißen Overall drängte sich an ihr vorbei und beugte sich über die Leiche. Frau Schrader zog Lara ein Stück beiseite.

„Kommen Sie. Lassen wir die Rechtsmedizinerin ihre Arbeit machen.“ Erst jetzt bemerkte Lara, dass sich die Szene verändert hatte. Weitere Personen waren aufgetaucht, zwei Männer und eine Frau in Zivil. „Und?“, fragte der Älteste der drei, ein stämmiger Mann mit Glatze, die Rechtsmedizinerin. Sie drehte sich um und schaute ihn unwillig an. Flammend rotes, kurzgeschnittenes Haar umrahmte ihr junges Gesicht.

„Wieder mal keine Geduld? Na schön, soviel kann ich schon sagen: Freiwillig ist die nicht ins Wasser gegangen.“

„Hätte ich bei dem Wetter auch nicht gemacht“, bemerkte ein jüngerer Kollege.

„Das ist für mich kein Kriterium.“ Die Rothaarige schaute ihn tadelnd an. „Aber sie zeigt Anzeichen für atypisches Ertrinken. Außerdem weist ihr Körper Spuren von Gewalteinwirkung auf. Sie war entweder bewusstlos, als sie ins Wasser geworfen wurde, oder sie wurde gewaltsam untergetaucht.“

„Was können Sie zum Todeszeitpunkt sagen?“, fragte der Glatzköpfige.

„Noch nichts Genaues. Wir sind hier nicht im Fernsehkrimi. Auf keinen Fall hat sie länger als zwölf Stunden im Wasser gelegen.“

„Vielleicht kann uns Frau Liebig weiterhelfen? Sie müssen doch sagen können, wann Sie Ihre Freundin zuletzt gesehen haben?“ Mit diesem Einwurf sicherte sich Polizeimeisterin Schrader die volle Aufmerksamkeit aller Anwesenden. Sämtliche Köpfe wandten sich zu ihr um. Der Glatzkopf kam auf sie zu und schien Lara erst jetzt richtig zu bemerken.

„Jetzt mal der Reihe nach. Die Tote ist also bereits identifiziert und Sie haben sie gekannt? Dann möchte ich mich jetzt dringend mit Ihnen unterhalten. Kriminalhauptkommissar Deisböck. Würden Sie mit bitte Ihren Namen nennen?“

„Larissa Liebig. Ich wohne in dem Haus da oben.“ Sie konnte nicht verhindern, dass ihre Hand, mit der sie auf das Haus wies, heftig zitterte.

„Und die Tote? Wohnte die auch dort?“

„Nein, sie war bei mir zu Besuch. Heute Morgen war sie plötzlich verschwunden.“

„Dann sagen Sie mir bitte alles, was Sie über sie wissen. Name, Alter, Wohnort, Angehörige.“

„Sie heißt Sabrina Kallweit und ist zwanzig Jahre alt. Sie wohnt in München, am Weinbergweg, die Nummer weiß ich nicht.“ Lara brachte es einfach nicht fertig, in der Vergangenheitsform von Sabrina zu sprechen. „Sie lebt noch bei ihren Eltern.“ Die hatten ihr gerade im Dachgeschoss ihres Einfamilienhauses eine kleine Wohnung ausgebaut. Und heute würden sie erfahren, dass ihre Tochter nicht mehr am Leben war. Ihre einzige Tochter.

„Frau Liebig, hören Sie mich? Weshalb hat Frau Kallweit Sie besucht? Wollte sie hier Urlaub machen? Wie lange war sie schon hier?“

„Seit gestern Abend.“

„Genaue Zeit?“

„Sie kam gegen 20.00 Uhr, ganz überraschend. Sie wollte etwas mit mir besprechen.“

„Das muss etwas Wichtiges gewesen sein, wenn sie dazu den langen Weg von München auf sich genommen hat. Aber erst einmal zu den weiteren Abläufen. Wie verlief der Abend und wann haben Sie Ihre Freundin vermisst?“

„Wir haben geredet. Gegen 23.00 Uhr sind wir schlafen gegangen. Als ich heute früh gegen 8.00 Uhr aufgestanden bin, war sie nicht mehr da. Zuerst dachte ich, sie wäre noch im Bad. Da war sie aber nicht, und die Haustür war verschlossen.“ Hauptkommissar Deisböck runzelte die Stirn.

„Wie ist sie dann Ihrer Meinung nach hinaus gelangt?“

„Das weiß ich nicht, ich habe keine Ahnung.“ Ihre Stimme klang schrill vor Verzweiflung. Immer mehr Personen wuselten am Strand herum. Ein ganzer Abschnitt war inzwischen mit Flatterband abgesperrt worden. Zwei Jogger mussten kehrt machen, um auf den Weg oberhalb der Steilküste ausweichen zu können. Ein ebenfalls mit einem weißen Overall bekleideter Mann trat auf den Hauptkommissar zu. „Hier werden wir kaum was finden. Der Starkregen hat alle Spuren vernichtet.“ Der nickte.

„Es gibt noch genug Arbeit für euch. Die Frau ist aus dem Haus da oben gekommen. Wir wissen allerdings noch nicht, wie.“ Dann wandte er sich wieder an Lara.

„Ihre Bekannte ist offenbar durch Fremdeinwirkung gestorben. Wir werden im Haus nach Spuren suchen müssen. Können wir bitte nach oben gehen?“ Was sollte sie schon darauf erwidern? Es war zwar als höfliche Bitte formuliert worden, doch jeder Widerspruch dagegen dürfte zwecklos sein. Sie wollte sich auch gar nicht widersetzen, wenn sich nur bald aufklären würde, was mit Sabrina passiert war. Der Hauptkommissar hatte zwei Mitarbeitern der Spurensicherung einen Wink gegeben. Zu viert machten sie sich auf den Weg. Am Fuß der Bohlentreppe blieben sie stehen.

„Ist das hier der einzige Weg nach oben?“ Lara schaute zu dem Mann im weißen Overall, von dem die Frage gekommen war.

„An dieser Stelle schon.“

„Und wie oft haben Sie ihn heute schon benutzt?“

„Zwei Mal. Einmal zusammen mit der Frau, die die...“, sie musste kurz schlucken, „Tote zuerst gefunden hat.“ Er seufzte vernehmlich. Der weiße Schutzanzug ließ seine Augen und Haare noch dunkler wirken, als sie ohnehin schon waren.

„Na schön, das ist nicht zu ändern. Aber im Haus sollten wir vorsichtig sein, um keine weiteren Spuren zu zerstören.“ Oben angekommen, förderte er aus einer Tasche einen weiteren Overall zutage, den sich Hauptkommissar Deisböck willig überstreifte. Lara bekam nur Überschuhe. Ihre Spuren würden ohnehin überall im Haus zu finden sein. Trotzdem wurde sie angewiesen, jetzt nach Möglichkeit nichts weiter zu berühren. Sie durfte lediglich die Tür öffnen. In der Diele stieß der Kommissar einen leisen Pfiff aus. „Edel“, sagte er. „Und blitzblank. Wann haben Sie hier zuletzt gewischt?“

„Heute früh.“ Er tauschte einen verständnisinnigen Blick mit seinen Begleitern aus.

„Verstehe ich das richtig? Ihre Freundin ist verschwunden, und Sie putzen erst einmal in aller Ruhe die Wohnung.“ Ärger stieg in Lara hoch.

„Nein, so war es nicht. Ich habe nicht die Wohnung geputzt, sondern nur schnell den Boden in der Diele gewischt, weil da noch Schmutzspuren vom Tag zuvor waren. Dass meine Freundin verschwunden war, ahnte ich zu dem Zeitpunkt überhaupt noch nicht. Ich glaubte, sie wäre im Bad.“

„Zeigen Sie uns bitte, wo Ihre Freundin geschlafen hat. Und wo Sie geschlafen haben." Sie ging hinüber zur Schlafzimmertür, die sie jedoch nicht allein öffnen durfte. Auch der Kommissar blieb auf der Schwelle stehen und spähte lediglich hinein. Lara wurde von einem plötzlichen Schwindelgefühl erfasst, als sie Sabrinas zerknülltes T-Shirt auf dem zerwühlten Bett liegen sah. Unwillkürlich erwartete man, dass sie jeden Moment aus dem Bad kommen würde, verwundert über die fremden Personen, die hier völlig unmotiviert aufgetaucht waren. Doch Sabrina würde nicht kommen. Weil sie nackt und tot am Strand unter einer Plane lag. Lara musste sich am Türrahmen abstützen, was ihr einen tadelnden Blick des zweiten Mitarbeiters der Spurensicherung einbrachte. Er hatte ein rundes Gesicht mit einer zarten, rosigen Haut, die ihn wie ein zu groß geratenes Baby aussehen ließ. Der weiße Strampelanzug verstärkte diesen Eindruck noch.

„Das Bettzeug auf dem Sessel vor dem Fenster gehört sicher Ihnen. Warum haben Sie es beiseite geräumt? Und wann genau haben Sie das gemacht?" Das war keine höflich formulierte Frage mehr, das war im scharfen Ton eines Verhörs gesprochen.

„Das habe ich schon gestern Abend auf den Sessel gelegt. Ein Bekannter hatte kürzlich hier übernachtet, ich hatte es noch nicht weggeräumt." *Weil ich gehofft habe, er würde es noch brauchen, aber das werde ich dir nicht auf die Nase binden,* dachte Lara. Laut sagte sie: „Ich schlafe immer oben, den Raum hier unten nutze ich nur als Gästezimmer." Bevor ihr Kriminalhauptkommissar Deisböck nach oben folgte, um sich anhand ihres ungemachten Bettes zu überzeugen, dass sie die Wahrheit gesagt hatte, interessierte er sich noch für das Bad neben dem unteren Schlafzimmer und vor allem für ihre Aussage, die Haustür sei von innen verschlossen gewesen.

„Wie erklären Sie es sich dann, dass Frau Kallweit außerhalb des Hauses gefunden wurde?“

„Das kann ich mir nicht erklären. Überhaupt nicht. Weil es eigentlich völlig unmöglich ist.“

„Wer außer Ihnen besitzt noch Schlüssel zu diesem Haus?“

„Niemand, da bin ich mir ganz sicher. Ich habe nämlich erst kürzlich das Schloss austauschen lassen.“

„Das ist ja interessant. Weshalb haben Sie das getan?“ Lara biss sich so heftig auf die Unterlippe, dass sie einen blutigen Geschmack im Mund verspürte. Es half alles nichts, sie musste darüber reden. Mit Sicherheit gab es ein Polizeiprotokoll über den nächtlichen Einsatz bei ihr. Ihr Gegenüber schaute sie mit einem Ausdruck gespannter Erwartung an. Sie kam sich wie eine Fliege unter dem lauernden Blick einer Spinne vor.

„Ich hatte schon ein paar Mal den Eindruck, dass ein Eindringling im Haus gewesen wäre. Einmal habe ich deshalb nachts sogar die Polizei gerufen. Das mit dem neuen Schloss war eine Vorsichtsmaßnahme. Ich wollte mich wieder sicherer fühlen.“

„Von welcher Firma haben Sie das Schloss austauschen lassen?“ Oh, das war jetzt peinlich. Sie wusste es nicht. Raul hatte das für sie organisiert.

„Das kann ich leider nicht sagen. Mein Bekannter hat das für mich erledigt.“

„Der gleiche Bekannte, der hier auch ab und zu übernachtet?“ Sie nickte. Das Gespräch nahm eine Wendung, die ihr nicht gefiel. Der nächste Satz bestätigte ihre Befürchtungen.

„Demnach ist es gut möglich, dass dieser Bekannte ebenfalls einen Schlüssel besitzt."

„Nein, ich habe ihm keinen gegeben." Ihr war klar, wie wenig überzeugend das klang. Er hatte schließlich ihr die Schlüssel überreicht, das hatte sie eben gerade selbst gesagt.

„Wir werden mit ihm reden müssen. Wie heißt ihr Bekannter und wo wohnt er?" Hatte sie da eben eine merkwürdige Betonung bei dem Wort „Bekannter" herausgehört, oder war sie einfach nur überempfindlich?

„Er heißt Raul Södersen und wohnt in Kühlungsborn."

„Die genaue Anschrift?" Die wusste sie nicht, wozu auch? Er hatte ihr erzählt, dass er das Haus seiner Oma bewohnte und dass es weit westlich lag. Das hatte ihr genügt. Für den Kommissar war ihre Unwissenheit jedoch ein weiterer Grund, die Stirn zu runzeln. Zum Glück betrat in diesem Moment seine Kollegin das Haus und befreite sie dadurch aus der peinlichen Situation.

„Die Kollegen von der Spurensicherung sind draußen fertig", sagte sie. „Die Leiche wird gerade in die Rechtsmedizin überführt."

„Gut." Kommissar Deisböck nickte zufrieden. „Ich brauche Sie jetzt hier." Dann wandte er sich an Lara.

„Darf ich Ihnen meine Kollegin, Kriminalkommissarin Fischer vorstellen? Da Sie unsere wichtigste Zeugin sind, würden wir uns gern noch ein wenig mit Ihnen unterhalten. Können wir uns vielleicht irgendwo hinsetzen?" Lara führte die beiden ins Wohnzimmer. Der Hauptkommissar ließ sich auf dem Sofa nieder, seine Kollegin in einem der Sessel. Lara schätzte sie um die dreißig. Sie hatte mittelbraunes, kurzes Haar, dunkle Augenringe und eine unreine Haut. Nachdem sich Lara zögern auf der vorderen

Kante des anderen Sessels niedergelassen hatte, wurde ihr auch schon die erste Frage gestellt.

„Wie war eigentlich Ihr Verhältnis zu Ihrer Freundin? Wie nah standen Sie sich?“ Was sollte sie jetzt darauf sagen? Am besten die ganze, unangenehme Wahrheit. Mit Sicherheit würde man Sabrinas Eltern die gleiche Frage stellen, die dann nicht mit ihrer Meinung hinter dem Berg halten würden.

„Wir waren mal so etwas wie Freundinnen, jedenfalls zu der Zeit, als wir beide noch gemeinsam in einem Hotel in München gearbeitet haben. Doch vor einem halben Jahr kam es zum Bruch zwischen uns.“

„Und weshalb?“ Kriminalhauptkommissar Deisböck stellte die Fragen, während seine Kollegin offensichtlich für das Protokoll zuständig war. Sie machte sich unauffällig Notizen.

„Wegen meines damaligen Freundes. Sabrina und er waren hinter meinem Rücken eine Beziehung miteinander eingegangen. Ich war natürlich enttäuscht.“

„Wie ging es weiter? Gab es eine Versöhnung?“

„Nein, das nicht. Sabrina und mein Freund blieben zusammen, ich bin von München hierher gezogen und habe die Sache inzwischen für mich abgehakt. Ich hatte keinen Kontakt mehr zu beiden.“

„Wieso hat Frau Kallweit Sie dann besucht? Überraschend, wie Sie sagten.“

„Sie hatte eine Bitte an mich. Ihr Freund arbeitet im selben Hotel als Koch. Das Hotel gehört meiner Mutter und die hat meinem Ex seinen Verrat an mir offenbar stärker verübelt, als ich es tue. Deshalb hat sie ihm ein ungerechtes Arbeitszeugnis ausgestellt. Sabrina wollte, dass ich mit meiner Mutter rede.“

„Wie haben Sie auf dieses Ansinnen reagiert? Nach allem, was Sie Ihnen angetan hatte?“

„Ich wollte meinem Ex-Freund helfen. Was meine Mutter getan hat, war definitiv nicht in Ordnung. Wie stand ich denn dadurch selbst da?“ Ein Klopfen an der Tür unterbrach sie. Der dunkelhaarige Spurensicherer steckte den Kopf herein und gab ihrem Gesprächspartner ein Zeichen. Lara verstand nicht, was die beiden dann vor der Tür miteinander redeten. Jedenfalls kam Deisböck kurz darauf mit sehr ernster Miene ins Zimmer zurück.

„Frau Liebig, ich muss Sie leider auffordern, uns zu begleiten. Außerdem sollten Sie sich um einen Anwalt bemühen.“

„Aber, wieso denn...“ Bevor sie ihrer Fassungslosigkeit weiter Ausdruck verleihen konnte, wurde es plötzlich laut vor der Tür.

„Sie können hier nicht hereinplatzen, das ist ein Tatort!“

„Ich will wissen, was passiert ist, sofort!“ Rauls Stimme! Die Tür wurde aufgerissen, und er stürzte ins Zimmer, das rosige Baby von der Spurensicherung, das sich in ihn verkrallt hatte, mit sich reißend.

„Lara! Was ist hier los? Ist dir etwas zugestoßen?“

„Raul! Wie gut, dass du da bist. Ich bin verhaftet!“ Auf seinen Zügen zeichnete sich grenzenlose Verblüffung ab. Mit einer unwilligen Bewegung versuchte er seinen Verfolger abzuschütteln, als wäre der ein lästiges Insekt. Deisböck kam ihm zu Hilfe.

„Schon gut, lassen Sie ihn. Mit dem Herrn wollte ich mich ohnehin unterhalten. Sie sind also Raul Södersen?“

„Der bin ich.“

„Sagen Sie mir Ihre genaue Anschrift.“

„Kühlungsborn, Dünenweg drei. Was soll das alles?"

„Die Fragen stelle ich hier, Herr Södersen. Wir ermitteln in einem Mordfall."

„Was für ein Mordfall?"

„Auch darüber muss ich Ihnen keine Auskunft erteilen."

„Aber Sie verdächtigen Frau Liebig? Das ist doch Blödsinn!"

„Darüber steht Ihnen kein Urteil zu. Außerdem muss dieses Haus sehr gründlich auf Spuren untersucht werden, denn es gibt Anhaltspunkte, dass das Verbrechen hier geschah. Frau Liebig ist vorläufig festgenommen. Wenn Sie ihr helfen wollen, dann besorgen Sie ihr einen Anwalt."

„Das mache ich, darauf können Sie sich verlassen. Und du sagst ab sofort kein Wort mehr, Lara." Sie nickte ergeben. Vermutlich hatte sie schon zu viel preisgegeben.

„Ach, eine Frage noch, Herr Södersen. Wo waren Sie eigentlich in der vergangenen Nacht?"

„Zu Hause in meinem Bett."

„Kann das jemand bezeugen?" Er zögerte kurz.

„Ja. Daniela Meinhard." Plötzlich fühlte sich Lara unendlich erschöpft. Völlig willenlos folgte sie der Beamtin in die oberen Räume, wo die sie veranlasste, ein paar Sachen einzupacken.

Als sie mit ihr zusammen das Haus verließ, stand Raul draußen. „Lass dich nicht unterkriegen, Lara, alles wird sich ganz schnell aufklären." Er schien an sie zu glauben, obwohl er keine Ahnung hatte, was eigentlich los war. Nur konnte sie sich in diesem Moment nicht darüber freuen. Alles erschien auf einmal so sinnlos.

24.

Ich bin gefangen in der Zeit, in einer Schleife endloser Wiederholungen. Heute früh wollte ich eigentlich nur schauen, ob Belial den nächtlichen Sturm gut überstanden hat. Doch ich kam überhaupt nicht bis zu der Stelle, ich sah die Polizeiabsperrung und die Männer in den weißen Overalls, die sich am Strand zu schaffen machten. Das Schlimme war, dass ich diese Szene nicht zum ersten Mal erlebte. Unter einer Plane verborgen lag etwas auf dem nassen Sand, von dem ich mit Sicherheit wusste, dass es eine Tote war. War sie so rasch ums Leben gekommen? Und wie? Die Frage nach dem WIE hätte ich nur beim allerersten Mal beantworten können, als es Louisa betraf. An dem Tag, als es geschah, war ich wieder einmal spät abends auf dem Weg zu ihr. Ich wollte sie beobachten, sie und ihren Liebhaber, wollte im Auge behalten, wie sich die Dinge zwischen ihnen entwickelten. Doch es kam ganz anders. Sie hatte Besuch, aber nicht er war es, der da mit ihr im Wohnzimmer zusammen saß. Zu meinem Erstaunen erkannte ich Doreen, die Sekretärin von Leo, die auch seine aktuelle Geliebte war. Das machte sie mir nicht gerade sympathisch, eine wirkliche Bedrohung sah ich in ihr jedoch nicht. Sie war nur eine von seinen zahlreichen Affären, derer er meistens schnell überdrüssig wurde. Was hatte sie hier zu suchen? Wollte sie etwa seiner Ehefrau die Beziehung beichten? Leo damit unter Druck setzen? Wenn das so war, kannte sie ihn schlecht. Es wäre der sicherste Weg, ihn zu verlieren. Leider konnte ich nicht nahe genug an das Haus heran, um in ihrer Mimik zu lesen. Was hätte ich dafür gegeben, das Gespräch belauschen zu können! Schließlich erhoben sie sich. Nein, das ist nicht richtig, nur Doreen erhob sich. Louisa, die dazu offenbar nicht selbständig in der Lage war, wurde von ihr vom Sessel hochgezogen und gestützt. Entweder war sie betrunken, oder das Gespräch hatte sie so mitgenommen, dass sie kurz vor einer Ohnmacht stand. Die beiden verschwanden aus meinem Blickfeld, und ich wartete angespannt, was weiter geschehen würde. Nach einer Weile traten sie aus dem Haus, beide splitternackt. Es war nichts Besonderes dabei, an diesem Strandabschnitt ohne Textilien zu baden, noch dazu nachts. Das taten viele. Louisa schien allerdings noch immer in einer desolaten Verfassung zu sein, sie wurde von Doreen förmlich die Treppe hinuntergeschleppt. Zu diesem Zeitpunkt glaubte ich wirklich noch, sie wollten ihrem alkoholisierten Zustand durch ein erfrischendes Bad begegnen. Erst als sie schon ein ganzes Stück im Wasser waren, dämmerte mir langsam die Wahrheit. Denn bald sah ich nur noch einen Kopf über der Wasseroberfläche. Der zweite tauchte nicht wieder auf, und nach einer Weile kam Doreen allein aus dem Wasser und huschte eilig auf das Haus zu. Wie gelähmt stand ich da, starrte abwechselnd auf die im Mondlicht glitzernde Wasserfläche und auf das Haus, in dem schließlich die Lichter erloschen. Gleich darauf verschwand eine dunkle Gestalt im Wald.

Ich schlief in der darauffolgenden Nacht nicht. Nie habe ich für mich in Anspruch genommen, ein edler Mensch zu sein. Dafür war viel zu viel Bitterkeit in mir. Und so bewegte mich nach dem Erlebten auch nur die Frage, welche Konsequenzen es für mich haben könnte. Ich sah die Chancen, die sich daraus für mich ergaben: Die Ehefrau tot, die Geliebte als Mörderin verurteilt, Leo frei. Auch wenn ich ihn nie für mich allein haben würde, war ich doch eine Konstante in seinem Leben.

Erst drei Tage nach Louisas Tod suchte ich ihn auf. Der Kondolenzbesuch einer Mitarbeiterin, völlig unverfänglich. Unser vertrauliches Gespräch war allerdings nicht unverfänglich, ich erzählte ihm alles, was ich gesehen hatte. Besonders wichtig war mir zu beteuern, dass ich Louisa nicht hätte helfen können. Als ich endlich begriff, was passiert war, war sie schon zu lange unter Wasser gewesen. Zum Glück machte Leo mir keine Vorwürfe. Er schien sich nicht einmal über meine Anwesenheit an diesem Abend zu wundern, weil ihn etwas anderes viel zu sehr in Anspruch nahm. Aufgeregt ergriff er meine Hand.

„Karla, du musst mir versprechen mit niemandem darüber zu reden, was du gesehen hast. Du würdest mich sonst in größte Schwierigkeiten bringen."

„Aber wieso denn dich? Du warst doch überhaupt nicht hier."

„Nein, ich war an dem Abend in Rostock und dafür gibt es einige Zeugen. Aber das ist überhaupt nicht der Grund. Ich würde sofort in den Verdacht geraten, mit Doreen unter einer Decke zu stecken." Er lachte unfroh. „Tolles Bild übrigens. Sie hat wahrhaftig einige Nächte unter meiner Decke verbracht, es hatte allerdings nichts zu bedeuten. Das musst du mir glauben. Die Polizei würde es vermutlich nicht glauben, das ist das Problem."

„Warum sollte sie das nicht tun? Deine Sekretärin hat die Situation falsch eingeschätzt und deine Ehefrau aus Eifersucht ermordet. Kann man dir das anlasten?"

„Ja, das könnte man. Weil auch ich ein starkes Motiv gehabt hätte. Louisa wollte sich von mir scheiden lassen. Das hätte mir wirtschaftlich das Genick gebrochen. Der Zeitpunkt war mehr als ungünstig. Ich habe gerade eine Menge Geld verloren."

Da begriff ich. Leo hatte mal wieder ein paar riskante Spekulationen vorgenommen, vor denen ich ihn ausdrücklich gewarnt hatte. Nur das beträchtliche Vermögen seiner Frau konnte ihn retten. Im Falle einer Scheidung hätte er alles verloren, durch die Erbschaft hingegen war er saniert.

„Versprich mir zu schweigen", beschwor er mich noch einmal. Ich nickte ergeben. Vermutlich hätte ich mich daran gehalten, wenn ich ihn nicht zwei Tage später zusammen mit Doreen gesehen hätte. Sie glaubten sich unbeobachtet an dem einsamen Platz hinter den Dünen. Mit ansehen zu müssen, wie sie sich küssten, versetze mir nicht nur einen Stich ins Herz, sondern veranlasste mich auch, alles Weitere zu unternehmen. Doreen durfte nicht davonkommen! Deshalb schrieb ich ihm dem anonymen Brief, ihm, den ich den Piraten genannt hatte und dessen Namen ich inzwischen kannte: Peter Schwarzer. Er würde den Tod seiner großen Liebe rächen und er würde es gründlich tun, davon war ich überzeugt. Einer wie er ließ sich nicht abspeisen, würde nicht klein beigeben angesichts mangelnder Beweise und lahmer Ausreden. Ich wusste einiges über ihn. Sein ausgeprägter Gerechtigkeitssinn, seine Unbeirrbarkeit und seine direkte Art trugen die Schuld daran, dass er jetzt ohne Arbeit war, trotz seiner unbestrittenen hohen fachlichen Kompetenz. Louisas Leichnam war inzwischen zur Bestattung freigegeben, ihr Tod als Badeunfall eingestuft worden. Geringe Mengen Alkohol habe sie im Blut gehabt, hieß es. Geringe Mengen? Sie war fast nicht mehr bei Bewusstsein gewesen. Da musste noch etwas anderes in ihrem Wein gewesen sein, etwas, das nicht nachgewiesen wurde, weil es scheinbar keinen Grund gegeben hatte, danach zu suchen. Ich konnte nicht direkt gegen Doreen vorgehen, das hätte Leo mir nicht verziehen. Nun hatte ich den schwarzen Peter an Peter Schwarzer weitergegeben, der diese Karte brillant ausspielen würde, davon war ich überzeugt. Er muss es versucht haben, doch der Stich traf nicht die Mörderin, sondern ihn selbst. Tödlich. Was genau geschehen war, habe ich nie in Erfahrung bringen können. Denn über ein Jahr verbrachte ich in einem Dämmerschlaf, zwischen Koma, wahnsinnigen Schmerzen, unzähligen Operationen und Unmengen von Medikamenten. Als ich wieder einigermaßen klar denken konnte, war Peter Schwarzer schon über ein Jahr tot, Leo war fluchtartig nach Amerika aufgebrochen und Doreen hatte der Teufel geholt.

25.

Das Schlimmste waren die Geräusche. Das Türenschlagen, die hallenden Schritte des Wachpersonals auf dem Flur und die hysterischen Schreie, die manchmal völlig unvermittelt aus den anderen Zellen zu hören waren. Lara lag auf dem schmalen Bett und schaute auf das winzige Stück vergitterten Himmels, das bleigrau zum Fenster hineinschien. So grau und hoffnungslos wie ihre augenblickliche Stimmung. Noch immer konnte sie nicht fassen, was in den vergangenen Stunden geschehen war. Die vorläufige Festnahme wegen Verdunklungsgefahr. Gleich darauf die Fahrt zu diesem Gefängnis, das wie eine Festung wirkte. Aus Backsteinen errichtet und mit zwei imposanten Türmen versehen, thronte es gewichtig auf einer Anhöhe nahe der Kleinstadt Bützow. Berüchtigt war es, während der Nazizeit hatten in seinen Kellergewölben Hinrichtungen mit dem Fallbeil stattgefunden. Lara kämpfte gegen die aufsteigende Panik. Sie durfte das nicht zulassen, jetzt, wo sie sich gerade wieder gefangen hatte. Viele Gefangene erlitten einen Haftkoller, ertrugen das Eingesperrtsein nicht. Wie lange durfte man sie eigentlich ohne richterlichen Beschluss hier festhalten? Ihres Wissens nicht länger als vierundzwanzig Stunden. Also musste sich bald etwas tun. Kaum hatte sie den Gedanken zu Ende gedacht, hörte sie auch schon den Schlüssel im Schloss. Eine ältere Vollzugsbeamtin mit Brille und herausgewachsener Dauerwelle schaut zu ihr herein. „Kommen Sie mit. Ihre Anwältin ist da.“

Sie wurde in einen nüchternen Raum geführt, in dem sich nichts weiter als ein Tisch und zwei Stühle befanden. Immerhin war er hell gestrichen und das vergitterte Fenster größer als das in der Zelle. Dadurch wirkte er etwas freundlicher.

Die Anwältin erwies sich als eine gepflegte Frau um die vierzig. Ihr tiefschwarzes Haar, das wie Opal glänzte, war zu einer makellosen Pagenfrisur geschnitten. Sie hatte eine sanft gebräunte Haut und bernsteinfarbene Augen.

„Frau Liebig? Darf ich mich vorstellen? Ich bin Doktor Eva Reuter, meines Zeichens Strafverteidigerin. Ihr Freund, Herr Södersen, hat mich gebeten, mich mit Ihnen in Verbindung zu setzen. Wollen Sie mir das Mandat erteilen?“ Sie hatte eine angenehme Stimme.

„Ja, natürlich, ich hoffe, dass Sie mir helfen können.“

„Das hoffe ich auch. Wir haben gleich morgen früh einen Termin beim Haftrichter. Da wollen wir erst einmal erreichen, dass man Sie wieder auf freien Fuß setzt. Wenn Hauptkommissar Deisböck keine weiteren Argumente vorzubringen hat, wird man Sie hier nicht länger festhalten können. Mein heutiger Besuch hat also zum Ziel, uns auf diesen Termin vorzubereiten.“ Ihre sachliche, konzentrierte Art übte eine beruhigende Wirkung auf Lara aus. Sie kam der Aufforderung nach, genau zu erzählen, was sich zugetragen hatte, und möglichst kein Detail auszulassen. Auch über das nachfolgende Gespräch mit den beiden Kriminalisten berichtete sie. Frau Reuter schien darüber leicht verärgert zu sein.

„Immer dasselbe. Sie hätten nur Ihre Personalien angeben müssen. Zu mehr wären Sie nicht verpflichtet gewesen."

„Aber das wäre doch nicht gegangen. Sabrina war mein Gast."

„Es ist natürlich in Ordnung, dass Sie sie identifiziert haben. Doch Fragen nach Ihrem Verhältnis zu ihr hätten Sie nicht beantworten müssen."

„Ich habe doch nichts zu verbergen." Frau Dr. Reuter runzelte die Stirn.

„So denken alle. Außerdem wollen sie bei der Aufklärung helfen, halten das für ihre Bürgerpflicht. Doch wenn man dann selbst unter Verdacht gerät, hat man sich oft schon unnötig belastet. Ab sofort sagen Sie bitte nichts mehr, was nicht mit mir abgesprochen ist." Lara nickte, so hatte sie das bisher noch nicht gesehen.

„Ich bin zuversichtlich, Sie morgen hier rauszuholen. Was man gegen Sie in der Hand zu haben meint, dürfte als Haftgrund nicht ausreichend sein. Das wird der Haftrichter bestimmt genauso sehen. Ich kenne ihn, er ist sehr kompetent." Dann reichte sie Lara die Hand. „Also bis morgen. Richten Sie sich hier gar nicht erst gemütlich ein." Die hatte inzwischen so viel Zuversicht gefasst, dass sie über diesen Satz sogar lächeln konnte.

Ob der Haftrichter kompetent war, konnte Lara nicht einschätzen. Sie hätte auch nicht genau sagen können, weshalb sie bei seinem Anblick ein ungutes Gefühl überkam. Er wirkte auf sie wie ein Alien: spiegelnde Glatze, weißblonde Brauen und Wimpern, die in seinem Gesicht fast unsichtbar waren, dazu schmale, blutleere Lippen. Sein Alter war schwer zu schätzen, vermutlich lag es zwischen vierzig und fünfzig. Neben ihm wirkte Kriminalhauptkommissar Deisböck wie das blühende Leben. Sein rundes Gesicht war gerötet, seine Augen funkelten angriffslustig. Lara fand, dass er sehr selbstbewusst und siegessicher wirkte. Falls ihre Anwältin das auch so sah, ließ sie sich jedenfalls nicht davon beeindrucken. Ihr wurde als Erster das Wort erteilt.

„Hiermit beantrage ich die sofortige Aufhebung des Haftbefehls gegen meine Mandantin“, begann sie ihren Vortrag. „Es liegen meines Erachtens keine ausreichenden Haftgründe vor. Der Verdacht gegen meine Mandantin ist darüber hinaus nicht begründet. Frau Liebig hatte kein Motiv, ihre Bekannte zu ermorden. Zwar hatte es in der Vergangenheit eine Verstimmung zwischen ihnen gegeben, entsprechende Ressentiments waren allerdings inzwischen ausgeräumt. Meine Mandantin war sogar bereit und willens, Frau Kallweit in einer für sie dringenden Angelegenheit behilflich zu sein. Frau Kallweit war völlig überraschend und unangemeldet erschienen. Eine Planung der Tat ist daher völlig auszuschließen. Das Argument, niemand anders hätte das verschlossene Haus betreten und die Tat ausführen können, kann ich so nicht stehen lassen. Frau Liebig ließ vor etwas über einer Woche das Schloss austauschen. Die Arbeit wurde von einem ortsansässigen Schlüsseldienst durchgeführt. Somit kann nicht sichergestellt werden, ob dabei nicht weitere Schlüssel in Umlauf gebracht wurden. Haben Sie das eigentlich überprüft?“ Die letzte Frage galt dem gegenüber sitzenden Kriminalhauptkommissar, der sie mit einer ironischen Verbeugung erwiderte.

„Aber sicher doch, verehrte Frau Anwältin.“ Er machte den Eindruck eines Pokerspielers, der einen Royal Flush auf der Hand hat.

„Als letzten Punkt möchte ich erwähnen, dass meine Mandantin eine zierliche Person mit einem Körpergewicht von gerade einmal fünfzig Kilo ist. Die Ermordete wog fünfzehn Kilo mehr und war deutlich kräftiger. Wie hätte Frau Liebig sie da gegen ihren Willen mitten in der Nacht aus dem Haus schleifen, ins Meer zerren und unter Wasser drücken sollen? Die Vorstellung ist völlig abwegig. Sie sollten nach einem anderen Täter suchen.“ Sie schaute den Kriminalhauptkommissar an, der bereits ungeduldig auf seinem Stuhl hin und her rutschte. Nun war er endlich an der Reihe.

„Der Haftbefehl ist aufrecht zu erhalten, weil sich neue, erdrückende Beweise gegen Frau Liebig ergeben haben.“ Er genoss die angespannte Stille, die diesem ersten Satz folgte.

„Fangen wir beim Motiv an. Die Anwältin sprach von einer Verstimmung und inzwischen ausgeräumten Ressentiments. Das ist allerdings eine erhebliche Bagatellisierung der tatsächlichen Situation. Der langjährige Verlobte von Frau Liebig verließ sie wegen Frau Kallweit, mit der er aktuell zusammenlebte und die er heiraten wollte. Dieser Umstand nahm Frau Liebig derartig mit, dass sie an einer Depression erkrankte und eine mehrwöchige Therapie in der psychosomatischen Abteilung der Klinik in Heiligendamm absolvieren musste. Nach der Entlassung weigerte sie sich, nach Hause zurückzukehren, um ihrem ehemaligen Verlobten nicht begegnen zu müssen. Sie dürfte auch noch immer einen erheblichen Hass auf ihre Rivalin verspürt haben.“ Lara hielt es nicht mehr aus, sie wollte etwas erwidern, doch ihre Anwältin drückte schmerzhaft ihren Arm.

„Kein Wort“, zischte sie ihr zu. So konnte Herr Deisböck ungehindert sein nächstes Ass aus dem Ärmel zaubern.

„Weiterhin halte ich es durchaus für möglich, dass Frau Liebig ihre Rivalin überwältigt hat. Dabei ist sie sehr raffiniert und planmäßig vorgegangen. Frau Kallweit hatte 1,4 Promille Alkohol im Blut. Doch damit nicht genug. Hinzu kam eine erhebliche Menge des Beruhigungsmittels Diazepam, dessen Wirkung durch Alkohol verstärkt wird. Im Bad fanden wir eine Flasche mit dem Medikament und darauf die Fingerspuren der Verdächtigen. Wir wissen inzwischen auch, dass ihr dieses Mittel zur Bekämpfung ihrer Angstzustände verschrieben wurde. Die Eltern von Frau Kallweit beteuerten hingegen, dass ihre Tochter nie etwas Derartiges eingenommen habe. Wir können also davon ausgehen, dass Frau Liebig ihrer Besucherin das Mittel heimlich in den Wein mischte. Als diese dann tief schlief, schlich sie sich zu ihr ins Schlafzimmer und drückte ihr einen mit Chloroform getränkten Lappen aufs Gesicht. Die verwendete Menge war sehr hoch, dadurch wurde die Spurensicherung schon bei der ersten Sichtung des Schlafzimmers darauf aufmerksam. Ein paar Tropfen ließen sich auf der Bettwäsche nachweisen. Inzwischen haben wir in der Mülltonne von Frau Liebig die Flasche mit dem Chloroform gefunden.“

„Waren Fingerabdrücke darauf nachzuweisen?“ Es war die erste Frage, die der Richter im Verlaufe dieser Anhörung stellte. Der Klang seiner Stimme war genauso farblos wie sein Äußeres.

„Leider nicht. Die Täterin scheint Handschuhe getragen zu haben.“

„Sie scheinen sich Ihrer Sache sehr sicher zu sein“, versetzte Frau Dr. Reuter bissig. „Ich halte es jedenfalls für verfrüht, von einer Täterin zu sprechen.“

„Einigen wir uns auf Tatverdächtige“, bemerkte Deisböck lächelnd. „Jedenfalls war Frau Kallweit komplett handlungsunfähig, als sie aus dem Haus geschleppt wurde. Das hätte auch Frau Liebig bewerkstelligen können. Denn schließlich wurde das bewusstlose Opfer nicht getragen, sondern am Boden entlang geschleift. Frau Liebig hatte zwar bei unserem Eintreffen die Diele bereits aufgewischt, doch eingeklemmt in der Tür konnten wir noch ein Haarbüschel des Opfers sicherstellen. Das muss ihr ausgerissen worden sein, als sie über die Schwelle gezogen wurde.“ Vor Laras geistigem Auge blitzte klar und deutlich eine Szene auf: Sabrina stand in der Tür und schüttelte ihr nasses Haar. Dann entfernte sie ungeschickt eine Spange und riss sich dabei mehrere Haare aus. Beim Wischen mussten ihr die entgangen sein. Nun drohte sie sich in ihnen zu verfangen.

„In einer Kammer fanden wir außerdem feuchte Bekleidungsstücke von Frau Liebig, die sie dort zum Trocknen aufgehängt hatte“, fuhr Deisböck fort. „Wie wir alle wissen, hatte es in der Tatnacht stark geregnet. Die Hinweise auf eine Täterschaft von Frau Liebig sind geradezu erdrückend. Um letzte Klarheit zu erlangen, wollen wir bei einem Ortstermin die Tat nachstellen lassen. Der Haftbefehl ist aufrecht zu erhalten“, drangen die abschließenden Worte wie durch Nebel zu ihr. Sie wusste, dass alles verloren war. Ihre Anwältin schien noch nicht bereit zu sein, völlig aufzugeben.

„Und was ist mit den Verletzungen des Opfers? Welche Erklärung haben Sie dafür?“ Der Hauptkommissar zuckte die Schultern.

„Wut, Hass, Vernichtungswille. Das passt zum Motiv.“

„Haben Sie auch das Tatwerkzeug?“

„Bisher nicht. Wir vermuten es im Wasser. Es wird noch danach gesucht.“

„Weshalb sollte meine Mandantin das Beruhigungsmittel im Bad stehen lassen und das Chloroform dilettantisch in der eigenen Mülltonne entsorgen?“ Jetzt mischte sich der Richter ein.

„Diese Einzelheiten werden sich hier nicht klären lassen. Der Haftbefehl bleibt bestehen, der Termin ist beendet.“ Er nickte allen Anwesenden kurz zu und verließ als Erster den Raum. Lara schwankte, als sie sich erhob. Die Anwältin ergriff ihren Arm.

„Haltung“, flüsterte sie ihr zu. „Wir haben eine Schlacht verloren, aber nicht den Krieg.“

26.

Immer wieder waren Laras Gedanken um den geplanten Ortstermin gekreist. In den düstersten Farben hatte sie ihn sich ausgemalt. Bereits bei dem Gedanken, das Haus, in dem sich Schreckliches ereignet hatte, wieder betreten zu müssen, war ihr der Schweiß ausgebrochen. Mit allem hatte sie gerechnet, jedoch nicht mit der Demütigung, die ihrer harrte. Der Weg von der Haustür bis hinunter zum Strand war zu beiden Seiten mit Flatterband abgesperrt worden. Außerhalb dieser Absperrung herrschte jedoch ein Treiben wie in einer Zirkusarena. Es musste sich herumgesprochen haben, was heute hier stattfinden sollte, und das hatte ein höchst interessiertes Publikum angezogen. Schon beim Aussteigen aus dem Polizeiwagen waren die Rufe zu hören: „Jetzt kommt sie! Da ist sie!", eine Botschaft, die eifrig weitergegeben wurde und sich bis hinunter zum Wasser fortpflanzte. Jetzt war Lara erleichtert darüber, zuerst ins Haus geführt zu werden, weg von der sensationsgierigen Meute. Kriminalhauptkommissar Deisböck gab die Anweisungen, seine Kollegin, die bereits beim ersten Gespräch anwesend gewesen war, protokollierte wieder, diesmal mit einem Tablet in der Hand. Sie schien sich nicht wohlzufühlen, ihre Augen waren rot und verquollen und die Haut noch unreiner als vor drei Tagen. Außerdem waren zwei junge Kriminalbeamte und ein Kameramann vor Ort. Die beiden Beamten schleppten ein in einer Plane verpacktes Bündel herein, unter dem sich eine menschliche Gestalt abzeichnete. Ein heftiger Schreck durchzuckte Lara, für eine Sekunde blitzte in ihr der irrsinnige Gedanke auf, da würde gerade Sabrinas Leichnam hereingetragen.

„Wohin mit dem Dummy?", fragte einer der beiden. Deisböck zeigte auf die Tür zum Schlafzimmer und Lara gelang es, wieder durchzuatmen. Natürlich, das war eine Puppe. Wie dumm von ihr, etwas anderes zu denken. Sie musste sich jetzt zusammenreißen. In den Augen der Kriminalbeamtin war Mitgefühl zu erkennen. „Frau Liebig, es ist freiwillig, Sie müssen das hier nicht machen." Ihr Vorgesetzter warf ihr einen vernichtenden Blick zu.

„Sind Sie bereit, Frau Liebig?" Sein Ton klang autoritär. Lara nickte nur. Sie wollte das jetzt durchstehen, eine Weigerung würde man nur zu ihrem Nachteil auslegen. Mit weichen Knien betrat sie das Schlafzimmer. Die Puppe lag auf dem Bett, zum Glück erinnerte nichts an ihr an Sabrinas jungen, geschmeidigen Körper. Sie war mit einem schwarzen, wattierten Overall bekleidet, der Kopf dick mit Binden umwickelt. Ein Lumpenbündel, nichts weiter. Deisböck war hinter Lara getreten.

„Ihre Aufgabe ist es, diese Puppe hinunter zum Wasser zu schaffen. Sie können beginnen." Entschlossen schob Lara ihre Hände unter die Achseln der Stoffpuppe, hob sie an, und ließ sie gleich darauf auf das Bett zurücksinken. Der Stoffkörper musste mit irgendetwas gefüllt sein, er war so schwer wie ein richtiger Mensch.

„Das schaffe ich nicht, ich kann sie nicht heben."

„Niemand sagt, dass Sie sie heben sollen. Sie können sie ziehen, rollen, was immer Sie wollen. Schaffen Sie sie nur hinunter zum Strand." Erneut packte sie die Puppe unter den Achseln, zog sie vom Bett und dann in Richtung Tür. Als sie nach draußen trat, hörte sie die Menge johlen. Verbissen schleifte sie ihre Last in Richtung Bohlentreppe. „Soll ich mit anfassen?", rief ein Witzbold aus der Menge. Es war schwierig, sich auf der glitschigen Treppe rückwärts zu bewegen. Nachdem sie einmal gestrauchelt war und fast gestürzt wäre, drehte Lara sich um und ließ die Puppe vor sich her die Stufen hinabgleiten. Es war unbequem, weil sie sich dazu tief bücken musste, aber es ging. Sie hörte nicht auf die Kommentare um sie herum, sie hatte eine Aufgabe zu lösen, nichts weiter. Als sie unten angekommen war, trat einer der jüngeren Kriminalbeamten auf sie zu.

„Das reicht schon, wir brechen hier ab." Erleichtert stieg sie nach oben. Die Rückfahrt zum Gefängnis verlief schweigend.

„Sie haben sich richtig verhalten." Ihre Anwältin, der Lara im Sprechzimmer gegenüber saß, zeigte sich zufrieden. „Niemand kann Ihnen mangelnde Kooperationsbereitschaft nachsagen. Die Zeit arbeitet für uns, der Kriminalhauptkommissar Deisböck hat sich zu weit aus dem Fenster gelehnt, wie sich jetzt herausstellt. Seine Beweise sind weniger stichhaltig, als er beim ersten Termin vorgegeben hat. Auf dem Fläschchen mit dem Diazepam waren nämlich nicht nur Ihre Fingerabdrücke, sondern auch die des Opfers. Inzwischen konnte der Hausarzt von Frau

Kallweit befragt werden, wodurch wir nun wissen, dass er ihr das Medikament vor vierzehn Tagen gegen Schlafstörungen und allgemeine Unruhe verschrieben hatte. Ihre Eltern wussten nichts davon. Sie muss es selbst eingenommen haben, weil sie dem Gespräch mit Ihnen mit verständlicher Unruhe entgegengesehen haben dürfte."

Mit einem zufriedenen Lächeln lehnte sich Frau Dr. Reuter zurück.

„Wenn ich nur die Flasche nicht berührt hätte…", ärgerte sich Lara. Die Anwältin winkte ab.

„Eine nachvollziehbare Handlung. Sie suchen nach Ihrer verschwundenen Bekannten, sehen sich unter ihren Sachen nach einem Hinweis auf ihren Verbleib um, fassen dabei einiges an. Dieses Verhalten spricht eher für Ihre Unschuld, als dagegen. Hätten Sie ihr das Beruhigungsmittel verabreicht, dann hätten Sie die Flasche mit Sicherheit abgewischt."

„Schon. Aber diese Argumente reichen vermutlich nicht aus, um mich hier rauszuholen?"

„Schauen wir uns mal an, was offen bleibt. Da wäre einmal die Frage, wie ein anderer Täter in das Haus gelangt sein soll. Darauf haben wir keine Antwort. Und dann ist da natürlich Ihr starkes Motiv."

„Das ist völlig falsch dargestellt worden", erwiderte Lara erregt. „Nicht die Verzweiflung über den Verlust von Francesco hat mich in die Depression gestürzt. Die Depression hatte ich schon lange vorher, nur habe ich sie nicht als solche erkannt. Ich war ständig müde und antriebslos, was sich nicht allein mit dem stressigen Alltag eines Hotelbetriebes erklären ließ. Da war eine Hoffnungslosigkeit in mir, ausgelöst durch den Gedanken, dass nun mein ganzes Leben so verlaufen sollte. Ich war wie mit Ketten an dieses Leben gefesselt, hatte keine andere Ausbildung und fühlte mich meiner Mutter verpflichtet. Auch Francesco war eine dieser Ketten. Wir kannten uns von Kindheit an, waren bereits solange ein Paar, dass ich mich manchmal fühlte, als hätte ich die Silberhochzeit schon hinter mir, und wir hatten gemeinsame Zukunftspläne. Vermutlich hätte ich es nie geschafft, mich von all dem loszureißen. Als Francesco das dann schaffte, da war das wie ein Signal für mich, ein Signal, dass es möglich ist. Aber ich fand den Mut dazu immer noch nicht. Diese innere Zerrissenheit hat schließlich zu meinem Zusammenbruch geführt. Das habe ich erst hier in der Klinik durch die Gespräche richtig begriffen. Wenn ich mein altes Leben nicht verlassen hätte, wäre ich vor die Hunde gegangen. Vielleicht wäre ich dem Alkohol verfallen wie mein Vater. Wieso sollte ich Sabrina also umbringen wollen, gerade jetzt, wo ich endlich mit mir im Reinen war und vor einem Neuanfang stand? Diese Chance hätte ich mir doch niemals kaputtgemacht!“ Frau Dr. Reuter nickte.

„Ich glaube Ihnen.“ Sie zögerte kurz. „Da ist noch etwas, das ich Ihnen zeigen möchte. Unten am Meer, wo Frau Kallweit gefunden wurde, haben Anwohner und Touristen Blumen abgelegt und Kerzen aufgestellt. Ein Gegenstand fiel dabei allerdings besonders ins Auge. Ich habe eine Aufnahme davon und möchte Sie fragen, ob Ihnen dazu etwas einfällt.“ Sie schob ein großformatiges Foto zu Lara hinüber. Darauf war eine Kette aus kleinen weißen Muscheln zu sehen, in deren Mitte sich ein silbernes Medaillon mit einem eingravierten L befand. Links des Medaillons waren drei weiße Federn angeordnet, rechts drei schwarze. Auf den weißen Federn waren rotbraune Punkte zu erkennen. Lara zeigte darauf.

„Was ist das hier?“

„Das ist Blut, menschliches Blut. Es stammt nicht von Frau Kallweit, das wurde bereits überprüft. Fällt Ihnen zu dieser Kette irgendetwas ein? Dieses L in der Mitte, kann sich das auf Sie beziehen?“

Ein leichtes Schwindelgefühl erfasste Lara, die Gedanken wirbelten in ihrem Kopf durcheinander. Sie dachte an das Muschelherz vor ihrer Tür und an das Rosengesteck, das am ersten Tag ihres Aufenthaltes hier angespült worden war.

„Ich glaube nicht“, sagte sie unsicher.

„Haben Sie eine Vermutung, wer die Kette dort hingelegt haben könnte?“

„Nein, leider nicht.“

„Aber irgendetwas beschäftigt Sie doch, das sehe ich Ihnen an. Mir als Ihrer Anwältin sollten Sie schon vertrauen.“

„Das tue ich doch. Was mich beschäftigt, hat nichts mit Sabrina oder mit mir zu tun. Es ist auch viel zu weit hergeholt.“

„Erzählen Sie es mir trotzdem.“

„Das Haus, in dem ich jetzt lebe, gehörte meinem Onkel. Meine Tante ist dort vor zehn Jahren beim Schwimmen ums Leben gekommen.“ Frau Dr. Reuter seufzte.

„Ich weiß. Natürlich habe ich mich über die Vorgeschichte informiert. Sehr mysteriös das Ganze. Aber was hat das mit der Kette zu tun?“

„Meine Tante war unglücklich. Vermutlich deshalb begann sie eine Beziehung mit einem anderen Mann. Ich habe keine Ahnung, wer er war, doch die beiden nannten sich Pit und Leila, nach der Geschichte von Friedrich Wolf, vermute ich mal.“

„Pit Pikus und die Möwe Leila? Das habe ich auch gelesen."

„Ich erinnere mich nicht so genau, aber irgendwie spielen in der Geschichte drei weiße und drei schwarze Federn eine Rolle. Das war so etwas wie ein Zauber, damit die beiden zusammenkommen konnten." Frau Reuter schaute Lara nachdenklich an.

„Also tatsächlich ein Zauber", sagte sie.

„Wieso tatsächlich?" Statt einer Antwort öffnete sie ihre Tasche und holte eine Zeitung heraus.

„Regen Sie sich bloß nicht auf, wenn Sie das hier lesen." Sie schob die Zeitung aufgeschlagen über den Tisch.

Ein Mord als Eintrittspreis in den Kreis einer teuflischen Sekte? stand da in großen Lettern geschrieben. Es folgten Details der Auffindung von Sabrinas Leiche, besonders hervorgehoben wurden die Verletzungen, die man ihr beigebracht hatte. Diese könnten Bestandteil einer rituellen Handlung gewesen sein, wurde gemutmaßt. Die Täterin habe ein Blutopfer gebracht, um in den Kreis der Eingeweihten aufgenommen zu werden.

Doch die Insignien ihres neuen Standes konnte die frisch geweihte Jüngerin Satans nicht mehr in Empfang nehmen, schloss der Artikel. *Sie befindet sich inzwischen in Untersuchungshaft.* Darunter war ein Foto der Kette zu sehen, auf dem die Bluttropfen leuchtend rot hervorgehoben worden waren.

„So ein Blödsinn", seufzte Lara. „Wer denkt sich nur so etwas aus?"

„Jemand, dem es lediglich um die Auflagenstärke seiner Zeitung geht", erwiderte Frau Dr. Reuter achselzuckend. „Trotzdem wäre es für uns nicht uninteressant herauszufinden, was es mit dieser Kette auf sich hat. Wenn wir eine Idee hätten, wer sie dort abgelegt haben könnte, dann würde uns das eventuell sogar zum Täter führen. Es scheint ja einen Bezug zu Ihrem Haus und zur Lebensgeschichte Ihrer verstorbenen Tante zu geben.“ Lara nickte.

„Ich würde gern die Geschichte von Pit Pikus und der Möwe Leila noch einmal lesen. Nur muss man hier ja alles beantragen und wer weiß, ob ich das Buch dann wirklich bekomme.“

„Lassen Sie das meine Sorge sein. Ich werde Buch und Genehmigung besorgen.“

„Dann wäre da noch etwas. Ist mein Haus immer noch versiegelt oder schon freigegeben?“

„Gut dass Sie es erwähnen. Morgen könnte die Freigabe erfolgen, soll ich die Schlüssel in Empfang nehmen?“

„Ja, bitte. Können Sie mir dann etwas aus dem Haus mitbringen?“

„Es kommt darauf an, um was es sich handelt.“

„Meine Tante hat Tagebuch geschrieben. Ich habe es erst zum Teil lesen können, weil die Handschrift nicht ganz leicht zu entziffern ist. Jetzt würde ich mich gern näher damit beschäftigen.“ Frau Dr. Reuter zog ein bedenkliches Gesicht.

„Das könnte schwierig werden. In Handschriftlichem lassen sich Botschaften verstecken. Ich kann es versuchen, doch Sie würden es erst nach eingehender Prüfung ausgehändigt bekommen.“

Lara bat ihre Anwältin, es auf jeden Fall zu versuchen. Sie verriet ihr, wie sich das Geheimfach im Schminktisch öffnen ließ. Auf einmal erschien es ihr ungeheuer wichtig, das Tagebuch zu lesen. Sie wurde das Gefühl nicht los, dass es ein Geheimnis enthielt, dessen Lösung sie aus ihrer misslichen Lage befreien könnte.

27.

Der Tagesablauf in der Haftanstalt war streng reglementiert. Um 6.00 Uhr wurde geweckt. „Lebendkontrolle“ nannte man das, Lara hatte es beim Hofgang zufällig von anderen Mitgefangenen aufgeschnappt. Um 7.00 Uhr gab es Frühstück, um 11.30 Uhr Mittagessen, stets im Blechnapf und mit Plastikbesteck. Obwohl das Essen gar nicht so schlecht war, rührte sie kaum etwas an. Als noch unerträglicher empfand sie den Hofgang, der sich in der Regel unmittelbar anschloss und eine Stunde dauerte. Obwohl es die einzige Möglichkeit war, frische Luft zu schnappen, verstärkte es bei ihr das Gefühl des Eingesperrtseins noch. Der Hof war beengt, die Mauern hoch und wuchtig. Sie mied Gespräche mit den anderen Frauen und bemerkte, dass hinter ihrem Rücken getuschelt wurde. Einige Male war sie schon grob angerempelt worden. Besonders eine Frau mit feuerroten Rastazöpfen schien es auf sie abgesehen zu haben. Es ärgerte sie anscheinend, dass Lara sich nicht provozieren ließ, deshalb wurde sie immer dreister. Sie schlich ihr nach, um ihr schließlich mit voller Wucht und Absicht in die Hacken zu treten. Der Schmerz war so heftig, dass Lara die Tränen in die Augen schossen. Die Rotgelockte lachte hämisch.

„Oh, Prinzessin, habe ich dir auf die Schleppe getreten? Wo sind denn deine Pagen, die sie dir normalerweise hinterher tragen?“ Sie pflanzte sich vor ihr auf und blies ihr ihren fauligen Atem ins Gesicht. Einige Frauen kicherten beifällig. Eine ältere Dame in einem blauen Tweedkostüm mischte sich ein. Sie war Lara wegen ihres gepflegten Äußeren und ihres würdevollen Auftretens, mit dem sie überhaupt nicht hierher zu passen schien, bereits aufgefallen.

„Lass sie gefälligst in Ruhe.“ Sie nahm Lara bei der Hand und zog sie zur Seite. Erstaunlicherweise zog sich die Angreiferin tatsächlich zurück.

„Schon gut, Mutter Theresa. Ich will mich nicht in euren vornehmen Kreis drängen. Ihr Mörderinnen seid natürlich was Besseres.“ Mörderin? So sah die Frau nicht aus. Blondes, zu einem Knoten geschlungenes Haar umrahmte ein etwas herbes, aber freundliches Gesicht mit blaugrauen Augen.

„Danke, dass Sie mir geholfen haben“, sagte Lara schüchtern. Die Frau lächelte.

„Siezen ist hier wirklich unangebracht. Ich bin Theresa.“

„Lara.“ Sie wusste nichts weiter zu sagen, wagte auch nichts zu fragen. Stattdessen schaute sie auf ihren an der Ferse zerrissenen Strumpf und die blutende Wunde.

„Du solltest nachher gleich ein Pflaster draufkleben“, riet ihr Theresa.

„Ach was, es hört schon von allein auf. Ich habe keine Lust, wegen so einer Lappalie einen Antrag zu stellen."

„Willst du gar nicht wissen, ob ich tatsächlich eine Mörderin bin?" Wenn Theresa lächelte, wirkten ihre Züge weicher.

„Ich möchte nicht aufdringlich sein." Lara fühlte sich unbehaglich, am liebsten hätte sie wirklich nichts erfahren.

„Sei beruhigt, ich bin keine, auch wenn mir das hier niemand glaubt. Allerdings habe ich mich so dämlich in mein Unglück hinein manövrieren lassen, dass mir meine Strafe fast gerecht erscheint."

„Wollen Sie... ich meine, willst du es mir erzählen?"

„Zumindest die Kurzfassung, um dich nicht zu langweilen. Ich bin seit zwanzig Jahren Witwe und hatte ein gutes Auskommen mit einer kleinen Boutique und einer privaten Zimmervermietung in Kühlungsborn. Aber dann habe ich mich in einen meiner Gäste verliebt. Er war charmant, gebildet und aufmerksam, der Traum jeder Frau. Anfangs hat er mir jeden Wunsch von den Augen abgelesen. Irgendwann fing er an, mich um kleine Gefälligkeiten zu bitten. Ich habe ein Konto angelegt, auf dem er Geld deponieren konnte. Angeblich musste er es vor seiner rachsüchtigen Frau verstecken, die ihn schon einmal fast in den Ruin getrieben hätte. Sie würden getrennt leben, behauptete er. So zog er schließlich bei mir ein und ich hatte nichts dagegen, dass er ab und zu meinen Computer benutzte. Schließlich bat er mich eines Abends, ihn von einer bestimmten Adresse abzuholen. Als ich dort ankam, gab es von ihm keine Spur, nur eine tote Frau lag in der offenen Wohnung. Blöderweise habe ich nicht sofort die Polizei angerufen, sondern in meiner Panik zuerst ihn. Er riet mir, dort zu bleiben, er würde die Polizei informieren und sofort zum Tatort kommen. So passierte es auch, nur identifizierte er bei der Gelegenheit die Tote als seine Frau und bezichtigte mich des Mordes aus Eifersucht. Auf meinem Computer befanden sich hasserfüllte E-Mails, die ich ihr angeblich geschickt hatte. Zwar waren die gelöscht worden und mir dadurch nicht aufgefallen, doch die Spezialisten der Polizei konnten sie wiederherstellen. Ich saß in der Falle und bis jetzt konnte ich meine Unschuld nicht beweisen."

„Das ist ja furchtbar."

„Nicht furchtbarer als das, was gerade mit dir passiert. Dieses Horrorhaus, in das du arglos eingezogen bist, scheint junge Frauen zu vernichten." Lara war überrascht.

„Du weißt, weshalb ich hier bin? Und du kennst das Haus?"

„Wie sollte ich es als alteingesessene Kühlungsbornerin nicht kennen? Auch seine Geschichte ist mir vertraut."

„Dann kannst du mir sicher einiges darüber erzählen. Ich habe so viele Fragen..." Ein Pfiff ertönte und signalisierte das Ende des Hofgangs. Theresa berührte Lara leicht an der Schulter.

„Das kann ich, aber hier ist nicht der richtige Ort. Versuche Umschluss zu beantragen, dann können wir uns auf zwei Stunden ungestört in einer Zelle zusammensetzen." Bisher hatte Lara einen solchen Antrag nicht gestellt, auch keinen Grund dazu gehabt. Doch nun würde sie es umgehend versuchen. Hoffentlich würde man dem stattgeben.

Dass noch ein anderer Antrag gestellt worden war, erfuhr sie am Abend. „Ihre Mutter wird Sie morgen besuchen", sagte die die Aufseherin bei der Ausgabe des Abendessens kurz angebunden. „Sie dürfen außer der

Reihe duschen." Das war wenigstens schon mal ein erfreulicher Aspekt der Angelegenheit. Lara genoss das unerwartete Vergnügen des warmen Wassers auf ihrer Haut und musste ermahnt werden, es nicht über die erlaubten zehn Minuten hinaus auszudehnen.

Dem Besuch ihrer Mutter, mit der sie seit ihrem Streit keinerlei Kontakt gehabt hatte, sah sie mit gemischten Gefühlen entgegen. Angespannt saß sie am nächsten Tag in dem kargen Besuchsraum, in dem bereits eine Vollzugsbeamtin mit einem Notizblock Platz genommen hatte. Sie würde jedes gesprochene Wort registrieren und weiterleiten. „Keine Berührungen, Zeitbegrenzung dreißig Minuten", instruierte sie Lara. Dann kam Marga Liebig mit weit ausgebreiteten Armen in den Raum geschwebt. Schon ihr erster Anblick sorgte für einen Schock. Sie war wie für eine Beerdigung gekleidet, tiefschwarz vom Haarband über das Kostüm bis zu den Schuhen.

Als wäre ich bereits gestorben, dachte Lara. Ihre Mutter stürzte auf sie zu und wurde von der Beamtin gebremst.

„Keine Berührungen. Das wurde Ihnen doch mitgeteilt." Marga ließ sich in Tränen aufgelöst auf einen Stuhl fallen.

„Eine Grausamkeit ist das, wenn eine Mutter ihr geliebtes Kind nicht in die Arme schließen darf. Reicht es nicht, dass mir schon untersagt wurde, ihr meine Geschenke zu überreichen? Mitbringsel für Gefangene sind nur erlaubt, wenn sie aus den Automaten hier stammen. Wer will das Zeug denn haben? Schokolade, Nüsse und Limonade. Ist das hier ein Kindergarten, oder was? Eine junge Frau hat schließlich andere Bedürfnisse, die man ihr als Mutter erfüllen möchte." Ihr Weinen wurde lauter und heftiger. Lara fand den Auftritt zunehmend peinlich.

„Darüber musst du dir keine Gedanken machen. Hier gibt es einmal in der Woche einen Einkaufstag. Da kann ich einen Zettel abgeben und mir besorgen lassen, was ich brauche."

„Mein armes Kind! Wie hältst du das hier nur aus? Allein diese bedrückenden Mauern und diese Enge hier."

„Es geht schon. Ich habe außerdem eine sehr gute Anwältin und hoffe, alles wird sich bald aufklären."

„Hoffentlich ist sie wirklich die Richtige. Hansi hat vorgeschlagen, dir einen Anwalt zu besorgen, jemanden, den er durch seine Verbindungen sehr gut kennt. Deshalb würde der sich bestimmt mehr Mühe geben. Du solltest überlegen, zu ihm zu wechseln."

„Nein, das werde ich mit Sicherheit nicht tun. Ich bin mit meiner Anwältin sehr zufrieden."

„Wie du meinst, hoffentlich bereust du es nicht." Da war er wieder, der vertraute leicht pikierte Ton, den Lara so gut kannte. Aus alter Gewohnheit versuchte sie ihre Mutter zu besänftigen.

„Es ist wirklich nett von euch, dass ihr mir helfen wollt. Aber es ist alles geregelt. Vor allem bin ich unschuldig, was sich hoffentlich bald herausstellen wird."

„Natürlich bist du das. An deinem ganzen Unglück ist nur dieses Flittchen schuld." Lara glaubte, nicht recht zu hören.

„Mutti, ich bitte dich! Sabrina ist tot."

„Das wäscht sie auch nicht rein von dem, was sie dir angetan hat."

„Sie hat sich nicht in Francesco verliebt, weil sie mir damit schaden wollte. Insofern hat sie mir überhaupt nichts angetan."

„Natürlich hat sie das. Musste dann zu allem Überfluss auch noch unangemeldet bei dir aufkreuzen und dich in ungeahnte Schwierigkeiten bringen. Du wärst nicht hier, wenn sie den Anstand besessen hätte, dich in Ruhe zu lassen."

Hilfe, wonach klang das denn? Wollte sie andeuten, dass Sabrina sich aus purer Bosheit ermorden ließ? Und von wem, bitteschön? Die Vollzugsbeamtin wirkte plötzlich sehr interessiert. Lara räusperte sich.

„Wie geht es Francesco?" Marga richtete sich empört auf.

„Woher soll ich das wissen? Es interessiert mich nicht die Bohne. Er ist schließlich genauso schuldig wie sie." So wurde das nichts, krampfhaft suchte Lara nach einem neutralen Thema. Doch ihre Mutter schien nicht gewillt, den heißen Boden zu verlassen.

„Was hast du jetzt mit dem Unglückshaus vor? Du wirst doch auf keinen Fall dorthin zurückkehren. Hansi wäre bereit, sich in deiner Abwesenheit und auch darüber hinaus darum zu kümmern. Du kommst selbstverständlich nach Hause zurück."

„Es ist zu früh, darüber zu reden. Für den Moment ist alles geregelt, da brauche ich eure Hilfe nicht. Wenn sich das ändern sollte, melde ich mich." Sie war froh, als die Beamtin das Ende der Besuchszeit verkündete und sie sich in ihre Zelle zurückziehen durfte. Noch auf dem Weg dorthin verfolgte sie Margas lautes Schluchzen.

Wenigstens endete der Tag noch mit etwas Erfreulichem. Bei der Ausgabe des Abendessens wurde ihr ein Buch überreicht.

„Von Ihrer Anwältin", fügte die diensthabende Wärterin hinzu. Bevor sie es Lara aushändigte, warf sie einen Blick auf den Titel. In einem spöttischen Tonfall las sie ihn laut vor: „*Märchen für große und für kleine Kinder.* Deine Anwältin hält das wohl für eine gute Vorbereitung auf deinen Prozess? Da wäre ich mir nicht so sicher.“ Lara zog es vor, nicht zu antworten. „Hier ist auch noch ein Brief von deinem Liebsten. Den haben vor dir allerdings schon andere zu lesen gekriegt.“ Erst als sie weitergezogen war, schaute Lara auf den Absender: Raul Södersen. Da war wohl nichts mit Liebster. Aber wenigstens dachte er an sie, das war in ihrer Situation eine Menge wert.

28.

Mit ihrem Wunsch nach Umschluss gab es überraschenderweise keine Probleme. Schon am folgenden Tag konnte sie sich für zwei Stunden mit Theresa in deren Zelle einschließen lassen. Sie glich ihrer eigenen in allen Einzelheiten, allerdings hatte Theresa sie mit ein paar Kleinigkeiten wohnlicher gestaltet. Lara fiel das Bild eines fröhlichen, etwa zehnjährigen Mädchens auf.

„Meine Nichte“, erklärte Theresa, die ihren Blick bemerkt hatte. „Mit meiner einzigen Schwester verstehe ich mich gut. Sie hält zu mir, das hilft mir jetzt ungemein. Und wie ist es bei dir?“

„Meine Mutter war schon hier. Natürlich will sie mir helfen, nur über das Wie sind wir uns oft nicht so ganz einig.“ Theresa lachte leise.

„Mütter und Töchter, die ewige Geschichte. Schade, dass sie mir erspart blieb. Hätte ich eigene Kinder, wäre ich vielleicht nicht auf den Kerl reingefallen. Einsamkeit macht anfällig. Aber darüber wollen wir jetzt nicht reden. Du hast Fragen und ich will versuchen, sie dir zu beantworten. Komm, setz dich." Auf dem Tisch stand eine offene Schachtel mit Gebäck. „Was interessiert dich besonders?"

„Eigentlich alles, was mit der Geschichte des Hauses zusammenhängt."

„Das ist eine Menge. Außerdem ist es nicht ganz einfach, die Spreu vom Weizen zu trennen. Da gibt es wahre Geschichten, frei erfundene und solche, die zumindest ein Körnchen Wahrheit enthalten."

„Ich bin natürlich besonders an den wahren interessiert."

„Dann werde ich dir nur erzählen, was ich mit einiger Sicherheit weiß. Dass sich die erste Besitzerin des Hauses umbrachte, weil ihr Liebhaber und Gönner sie verlassen hatte, dürfte stimmen. Aber das ist gut hundert Jahre her. An Gespenster glaubst du hoffentlich nicht." Lara schüttelte den Kopf.

„Der Tod der Schauspielerin in den vierziger Jahren ist dagegen schon nicht mehr sicher belegt", fuhr Theresa fort. „Es gab eine Menge Gerüchte, darunter das, ihr Liebhaber Goebbels hätte sie ermorden lassen. Vielleicht hatte sie sich aber auch einfach in Sicherheit gebracht, war unerkannt untergetaucht, als das Kriegsende abzusehen war."

„Seit wann heißt es, dass dort der Teufel umgehen würde?"

„Keine Ahnung. Spukgeschichten rund um das Haus soll es schon immer gegeben haben. Als es für lange Zeit leer stand, wollen Leute immer mal wieder flackernden Kerzenschein hinter seinen Fenstern gesehen haben. Ich denke, dass sich dort einfach Penner einquartiert oder Jugendliche ihren Schabernack getrieben haben. Die ganzen Teufelsgeschichten kamen allerdings erst vor zehn Jahren so richtig auf, im Zusammenhang mit dem Tod der beiden Frauen dort. Mit der einen warst du verwandt, nicht wahr?“ Theresa nahm sich einen Keks aus der Schachtel, steckte ihn in den Mund und lehnte sich zurück. Lara verstand das als Aufforderung, nun selbst etwas zu erzählen.

„Louisa Liebig war meine Großcousine. Nachdem sie meinen Onkel geheiratet hatte, wurde sie dadurch auch meine Tante. Allerdings habe ich sie nicht gekannt, so wie mir die ganze Familie meines Vaters völlig fremd ist. Meine Eltern ließen sich scheiden, als ich noch ein kleines Kind war.“

„Ich verstehe. Du siehst ihr auf eine geradezu unheimliche Art ähnlich, weißt du.“

„Hast du sie gekannt?“

„Gekannt wäre zu viel gesagt. Sie fiel natürlich auf, einmal durch ihre Schönheit und Eleganz, zum anderen weil bekannt war, wer ihr Mann ist. Dadurch hatte sie keinen leichten Stand.“

„War mein Onkel so ein Ekel?“ Theresa lachte.

„Keine Ahnung. Er machte unpopuläre Dinge, beriet Firmen, die dann fast immer Personal abbauten, und er soll sich bei Immobiliengeschäften durch Fördergelder unrechtmäßig bereichert haben. Ob das alles wirklich so stimmt, kann ich aber nicht hundertprozentig sagen.“

„Meine Tante war unglücklich hier“, sagte Lara leise.

„Ja, das kann ich mir vorstellen. Ihr Mann war fast immer in Rostock und sie saß allein in dem einsamen Haus. Sie merkte natürlich, dass man sie ablehnte. Die Leute sahen in ihr das Modepüppchen, das weiter nichts zu tun hat, als das Geld ihres Gatten auszugeben. Dabei war sie ganz anders, sie hätte gern gearbeitet. Das weiß ich aus einem Gespräch mit ihr."

„Du hast mit ihr gesprochen?" Lara war überrascht.

„Ja, sie kam öfter mal in meine Boutique. Ich bot Kleidung im mittleren Preissegment an, es gab wesentlich teurere Läden im Ort. Doch sie kaufte gern bei mir, sie hatte Geschmack, und die Sachen sahen an ihr einfach gut aus. Bei so einer Gelegenheit fragte sie mich, ob ich nicht einen Job für sie hätte. Sie war mir sympathisch, doch mein Geschäft brachte nicht so viel ein, dass ich mir eine Angestellte leisten konnte."

„Was weißt du sonst noch über sie?" Theresa schwieg und schien unschlüssig, ob sie mehr preisgeben sollte.

„Meine Tante hat Tagebuch geführt", wagte Lara einen Vorstoß. „Dadurch habe ich einiges über sie erfahren, auch dass sie eine Beziehung mit einem anderen Mann hatte. Wusstest du davon?"

„Ja, ich habe davon erfahren, genauso wie viele andere hier im Ort. Die beiden waren sehr vorsichtig, doch so etwas kann man nicht auf Dauer geheim halten. Vor allem nicht, wenn andere Menschen dadurch verletzt werden."

„Meinst du meinen Onkel?"

„Den weniger. Auch ihm sagte man Untreue nach, und das waren nicht nur Gerüchte."

„Dann ging es also um den Liebhaber meiner Tante. War er verheiratet? Sie nennt ihn in ihrem Tagebuch nie bei seinem richtigen Namen. Ich möchte gern wissen, wer er war. Und wie er war."

„Es gibt keinen Grund, dir das nicht zu erzählen. Er hieß Peter Schwarzer und stammte aus einer alteingesessenen Kühlungsborner Familie. Der Großvater war zur See gefahren, der Vater hatte auf der Werft gearbeitet. Auch Peter war zunächst im Schiffbau tätig, doch er war ein heller Kopf und hat dann nochmal studiert. Schließlich arbeitete er im Werk für Schiffselektronik, hat gutes Geld verdient. Bis zu seiner Entlassung jedenfalls. Danach hat er sich selbständig gemacht. Um deine andere Frage zu beantworten: Verheiratet war er nicht. Aber er hatte lange mit einer anderen Frau zusammengelebt, ebenfalls aus einer ortsansässigen Familie. Die Inga hatte schon eine Menge Pech mit den Männern gehabt. Zuerst war sie mit einem Kubaner zusammen, der hier gearbeitet hatte. Mit dem hat sie einen Jungen. Geheiratet hat sie den Vater aber nicht, der ging dann zurück in seine Heimat. Danach hatte sie einen Geschiedenen, der letztendlich zu seiner Exfrau zurückkehrte. Mit dem Peter schien sie es gut getroffen zu haben, auch mit dem Jungen kam er gut aus. Als er sie verließ, hat sie das schwer getroffen. Sie war es auch, die hinter die Sache mit deiner Tante kam. Und sie hat dafür gesorgt, dass es sich herumsprach.“ Ein unangenehmes Kribbeln sorgte dafür, dass sich Laras Kopfhaut zusammenzog.

„Hieß diese Frau vielleicht Södersen?“

„Ja, genau. Erstaunlich, dass deine Tante es für erwähnenswert hielt. Aber was hast du? Du bist ja plötzlich ganz weiß im Gesicht. Ist dir schlecht?“ Sie sprang auf, um am Waschbecken ein Glas Wasser zu holen. „Hier, trink erst mal.“ Lara schluckte gehorsam.

„Es geht schon wieder. Ab und zu spinnt mein Kreislauf. Es ist die ganze Situation hier, das Eingesperrtsein“, log sie.

„Du musst dagegen ankämpfen. Einige drehen hier richtig durch. Aber glaub mir, reden hilft. Man darf nicht alles in sich rein fressen."

„Das stimmt. Ich bin so froh mit dir reden zu können. Was ist aus Peter Schwarzer geworden?"

„Er hat ein tragisches Ende gefunden, wenige Tage nach dem Tod deiner Tante. Sein Boot ist explodiert, draußen auf See. Wie es genau dazu kam, konnte nie aufgeklärt werden. Es war von einer Propangasflasche als Unglücksursache die Rede, andere behaupteten, es müsste eine Bombe an Bord gewesen sein, so heftig war die Wucht der Explosion. Es war ein Wunder, dass man den Peter zunächst noch lebend aus dem Wasser fischen konnte, doch er war so schwer verletzt, dass er kurz darauf in der Klinik starb. Es war schlimm für seine Mutter. Er war ihr Einziger gewesen und sie hatte kurz zuvor ihren Mann verloren." Ein Schlüssel drehte sich im Schloss, eine Wärterin steckte den Kopf zur Tür herein und verkündete das Ende des Umschlusses. Benommen ließ sich Lara zurück in ihre Zelle führen. Sie hätte nicht sagen können, was sie am tiefsten erschütterte. War es das tragische Ende des Mannes, den ihre Tante geliebt hatte? Oder die Tatsache, dass es eine enge Verbindung zwischen ihm und Raul gab? Warum hatte Raul nie mit ihr darüber gesprochen? Sie wusste nicht mehr, was sie von ihm halten sollte. Über seinen Brief, in dem er ihr jede Form der Unterstützung zusicherte, hatte sie sich gefreut. Sie war auch bereit, sich damit abzufinden, dass ihre Beziehung rein freundschaftlicher Natur bleiben würde. Es gab eine andere Frau in seinem Leben. Trotzdem hatte er bereits viel für sie getan, sie sollte dankbar sein. Zerstreut griff sie nach dem Märchenbuch und vertiefte sich in die Geschichte von der Möwe Leila, die mit gebrochenem Flügel in den Wald stürzte, mitten unter die Spechte, die sie ihrer Fremdartigkeit wegen ablehnten und sogar töten wollten. Nur der junge Specht Pit Pikus half ihr. Doch die enge Bindung der beiden wurde auf eine harte Probe gestellt. Er konnte nicht in ihrer Welt leben und sie nicht in der seinen. Erst ein Zauber machte das möglich. Indem ihr drei schwarze und ihm drei weiße Federn eingesetzt wurden fanden sie endgültig zueinander.

Nachdenklich legte Lara das Buch beiseite. Was für ein schönes Gleichnis. So mussten ihre Tante und Peter Schwarzer ihre Liebe zueinander damals erlebt haben. Nur hatte es für sie keinen erlösenden Zauber und kein gutes Ende gegeben. Aber es musste jemanden geben, der davon wusste. Nur der konnte die Kette mit den Federn am Strand abgelegt haben, als Anspielung auf das, was damals geschehen war. Doch was hatte das mit dem Mord an Sabrina zu tun? Warum waren Bluttropfen auf den Federn gewesen? Derartige Grübeleien, für die sie keine Lösung finden konnte, ließen Lara schließlich in einen unruhigen Schlaf hinübergleiten.

29.

Ihre Anwältin wurde nicht müde, Optimismus zu verbreiten. Dabei waren die Nachrichten, die sie mitbrachte, nicht so berauschend.

„Wie es aussieht, wollte bei dem Mord an Sabrina Kallweit jemand die Tat vor neun Jahren kopieren, nämlich den Mord an Doreen Schultheiß. Damals wies die Leiche Verletzungen auf, deren Herkunft bis heute nicht geklärt werden konnte.“ Lara nickte.

„Ich habe davon gehört, es handelte sich um Spuren, die von Krallen herzurühren schienen.“ Frau Dr. Reuter seufzte.

„Sie haben davon gehört und das leider auch der Polizei erzählt, unmittelbar nachdem Sie im Haus etwas Ungewöhnliches wahrgenommen hatten. Das versucht man Ihnen nun zum Nachteil auszulegen. Die Verletzungen an der Leiche von Frau Kallweit sind anderer Natur. Da hat jemand mit einem Messer kreuz und quer zugeschnitten, offenbar in der Absicht, eine Verbindung zu dem früheren Fall nahezulegen."

„Und das soll ich gewesen sein? Nur weil ich von der Geschichte wusste?" Die Anwältin zuckte resigniert mit den Achseln.

„Es wird sogar gemutmaßt, Sie hätten den Polizeieinsatz in Ihrem Haus nur inszeniert, um so schon zeitig eine falsche Spur zu legen." Lara schlug die Hände vors Gesicht.

„Man will mir einen kaltblütig geplanten Mord unterstellen", schluchzte sie.

„Nun beruhigen Sie sich mal wieder. Hypothesen sind noch lange keine Beweise. Und wir haben auch eine andere Spur, nämlich diese mysteriöse Kette. Die kann schließlich nicht von Ihnen stammen. Wer immer sie dort abgelegt hat, wollte eine Botschaft übermitteln. Wir wissen nur noch nicht welche."

„Es hat schon früher ein paar solcher Botschaften gegeben", erwiderte Lara nachdenklich. „Ich habe dem nur keine Bedeutung beigemessen. Einmal waren es Rosen, wie zu einem Grabgesteck arrangiert. Etwas später waren dann Muscheln in Form eines Herzens vor meiner Tür ausgelegt, mit einem L in der Mitte. Ich habe keine Ahnung, weshalb."

„Vielleicht kommen Sie ja dahinter, wenn Sie das hier lesen." Mit dem Schwung einer Magierin, die ein Kaninchen aus dem Hut zaubert, beförderte sie ein in rotes Leder gebundenes Buch auf den Tisch.

„Das Tagebuch meiner Tante! Wie haben Sie das so rasch geschafft?", rief Lara überrascht aus.

„Ich kenne ein paar vernünftige Leute. Da lassen sich die Dinge manchmal beschleunigen. Erst habe ich nicht daran geglaubt, aber inzwischen bin ich überzeugt, dass es einen Zusammenhang mit den früheren Todesfällen geben muss. Unser Trittbrettfahrer hat zumindest davon gewusst. Nur deshalb muss er dem Opfer die Schnittwunden zugefügt haben. Von dem Tatwerkzeug fehlt übrigens jede Spur. Die Polizei hat natürlich sämtliche Messer aus Ihrem Haushalt untersucht."

„Da konnten sie nichts finden. Weil ich es nicht war. Vermutlich haben sie das ganze Haus auf den Kopf gestellt."

„Das Tagebuch haben sie allerdings nicht gefunden. Das war so gut versteckt, ich wäre nie auf das Geheimfach gekommen", sagte die Anwältin lächelnd. „Ach ja, und da ist noch etwas. Das Haus ist freigegeben worden, mir wurden die Schlüssel ausgehändigt. Es wäre dringend erforderlich, dass sich jemand darum kümmert. Der Schauplatz des neuerlichen Mordes zieht viele Schaulustige an. Einige wollen schon wieder den Teufel in der Nähe gesehen haben. Leider ist nicht auszuschließen, dass besonders skrupellose Zeitgenossen versuchen könnten, in das Haus einzudringen. Die Polizei kann nicht ständig vor Ort sein."

„Wem soll ich das zumuten..." Lara wich dem Blick der Anwältin aus und schaute zum Fenster. Düstere Wolken ballten sich über den Mauern zusammen, so düster, wie ihre Stimmung.

„Nun, Herr Södersen, der den Kontakt zu mir hergestellt hat, hat es jedenfalls angeboten. Darüber entscheiden können natürlich nur Sie selbst."

„Wenn es ihm nichts ausmacht, wäre ich ihm dankbar", stammelte sie. Was sollte sie sonst machen, eine andere

Wahl hatte sie schließlich nicht. Frau Dr. Reuter zwinkerte ihr aufmunternd zu.

„Ich habe das Gefühl, Herr Södersen macht das gern für Sie. Nun lassen Sie mal den Kopf nicht hängen und beschäftigen Sie sich mit Ihrer Hausaufgabe.“ Sie zeigte auf das Tagebuch. „Jeder kleine Hinweis kann uns eventuell weiterhelfen.“

Lara war entschlossen, diese Aufgabe ernst zu nehmen. Sie würde die Seiten nicht überfliegen und lange Passagen auslassen, wie sie es bei der ersten flüchtigen Sichtung getan hatte. Stattdessen bemühte sie sich, die kleine verschnörkelte Handschrift ihrer Tante gründlich zu entziffern. Kein Wort sollte ihr diesmal entgehen. Mit der Zeit gelang es immer besser. Louisa war bei ihrer Ankunft hier zunächst recht zuversichtlich gewesen. Sie hatte sich sofort in die Landschaft verliebt. Zum ersten Mal erfuhr Lara, dass ihre Tante leidenschaftlich gern gemalt hatte und sich diesem Hobby gern wieder verstärkt gewidmet hätte. Darüber hinaus wollte sie sich jedoch auch eine sinnvolle Tätigkeit suchen. Sie hatte Kunstgeschichte studiert, eine Ausbildung, für die es leider kaum Stellenangebote gab. Deshalb war sie bereit, sich auf anderen Gebieten zu versuchen. Ihr Mann war allerdings strikt dagegen, und ihre Repräsentationspflichten als seine Gattin füllten sie nicht aus. Als sie dann noch die allgemeine Ablehnung zu spüren bekam, klangen ihre Tagebucheinträge zunehmend verzagter. Weiter kam Lara an diesem Tag nicht, weil automatisch das Licht erlosch. Noch nie hatte sie sich derartig darüber geärgert. Lange lag sie noch wach. Immerhin gab es einen Lichtblick für den kommenden Tag: Sie würde sich wieder mit Theresa treffen.

„Gab es jemals Zweifel daran, dass der Tod meiner Tante ein Unfall war?“ Theresa nickte. Sie saßen wieder in ihrer Zelle am Tisch, auch die Gebäckschachtel fehlte nicht.

„Die gab es, aber das war wohl nur Gerede. Sie hatte getrunken und ist in der Dunkelheit ins Meer gegangen. Zugegeben, das machen viele, auch unter Touristen ist diese Unsitte verbreitet. Aber die Ostsee ist keine Badewanne, die hat schon so manchen in Lebensgefahr gebracht. Wenn man Glück hat, zieht einen in letzte Minute jemand an Land, doch deine Tante war ganz allein. Es war ein Unfall."

„Trotzdem möchte ich wissen, was so geredet wurde. Glaubte man an einen Mord?"

„Nein, eher an einen Selbstmord. Sie war eine in sich gekehrte, offensichtlich unglückliche Frau."

„Die allerdings eine neue Liebe gefunden hatte. Bringt man sich da um?"

„Wenn diese Liebe aussichtslos zu sein scheint, dann vielleicht. Was wissen wir schon darüber?"

Ich werde hoffentlich bald mehr darüber wissen. Sie muss darüber geschrieben haben.

„Ist es aber nicht merkwürdig, dass Peter Schwarzer nur wenige Tage nach ihr ebenfalls durch einen Unfall ums Leben kam?"

„Sicher. Das hat ebenfalls zu Gerüchten geführt. Er hätte sich aus Verzweiflung über den Tod seiner großen Liebe selbst in die Luft gesprengt, hieß es. Eine Geschichte wie von Shakespeare erdacht. Romeo und Julia an der Ostseeküste." Theresa ergriff Laras Hand und streichelte sie sanft.

„Glaubst du, es könnte dir helfen über die alten Geschichten zu reden? Ich habe das Gefühl, es nimmt dich zu sehr mit. Wollen wir uns nicht lieber über etwas anderes unterhalten?“

„Gern, nur eine Frage habe ich noch. Was war mit der Frau, die ein Jahr später an der gleichen Stelle ermordet wurde? War sie tatsächlich die neue Lebensgefährtin meines Onkels?“ Theresa seufzte.

„So genau hatte niemand Einblick in seine persönlichen Verhältnisse. Aber sie war wohl eher eine von mehreren Affären, die er sich leistete. Dein Onkel war kein Heiliger, weißt du. Die Ermordete war seine Sekretärin, mit ihr soll er schon zu Lebzeiten deiner Tante was gehabt haben. Allerdings war es nie offiziell. Sie hielt sich öfter in seinem Haus an der Steilküste auf, meistens mit ihm gemeinsam, doch in der Nacht ihres Todes eben allein. Es kam nie heraus, weshalb sie sterben musste und wer das getan haben könnte. Und dann noch diese Verletzungen...“ Sie schüttelte sich. „So, nun aber wirklich genug davon. Erzähl mir lieber ein wenig von dir.“

„Da gibt es nicht viel zu erzählen“, erwiderte Lara. Doch schon nach wenigen Sätzen wurde ihr klar, wie gut es tat, der mütterlichen Theresa ihr Herz auszuschütten.

30.

„Hallo, hören Sie mich, machen Sie sofort auf!“ Lara schlug so heftig sie nur konnte gegen die Tür ihrer Zelle. Ihre Handflächen fühlten sich schon ganz taub an. Die Klappe an der Tür wurde aufgerissen.

„Was ist los, drehst du jetzt durch?“ Die junge Vollzugsbeamtin mit den kurzgeschorenen Haaren sah sie empört an.

„Ich will meine Anwältin sprechen, sofort!“

„Sofort gibt es hier Garnichts, das solltest du doch schon begriffen haben.“

„Ich möchte, dass sie umgehend benachrichtigt wird, weil es sehr dringend ist. Vielleicht ist sie ja bei Gericht und nicht erreichbar. Deshalb sollte ihre Kanzlei sofort verständigt werden. Das ist mein Recht“, setzte sie mit Nachdruck hinzu.

„Möchte wissen, weshalb es so eilig ist. Dir ist wohl über Nacht eine Erleuchtung gekommen?"

Und wie mir die gekommen ist! Nun verschwinde endlich und mach, was ich dir gesagt habe. Sie drehte der Beamtin demonstrativ den Rücken zu. Die musste ihren Antrag dann tatsächlich weitergegeben haben, denn am späten Nachmittag, als sie die Hoffnung fast schon aufgegeben hatte, tauchte Frau Dr. Reuter doch noch auf.

„Sie wollten mich ganz dringend sprechen? Gibt es etwas Neues?" Ihr müder Gesichtsausdruck verflog, als Lara aufgeregt drauflosredete.

„Und ob es etwas Neues gibt! Zu meinem Haus existiert ein zweiter, geheimer Eingang. Und der führt direkt in das Schlafzimmer, in dem Sabrina ermordet wurde. Ich hatte keine Ahnung von seiner Existenz. Erst durch das Tagebuch meiner Tante habe ich davon erfahren." Jetzt war auch Frau Dr. Reuter aufgeregt, doch sie bemühte sich trotzdem, Laras Erzählfluss zu stoppen.

„Jetzt bitte mal ganz langsam der Reihe nach. Was genau hat Ihre Tante darüber geschrieben?"

„Entdeckt wurde der Eingang bereits, als sie und mein Onkel das Haus durch einen Architekten von Grund auf sanieren ließen. Erwähnt hat sie ihn aber erst relativ spät in ihrem Tagebuch, als sie sich entschlossen hatte, ihn selbst zu benutzen, bzw. ihn durch jemanden benutzen zu lassen."

„Verstehe. Er wurde demnach bereits bei der Erbauung des Hauses angelegt?"

„So ist es. Das ganze Gebäude wirkt ja wie ein Miniaturschlösschen. Und zu Schlössern gehören nun mal Geheimgänge und Geheimtüren. Wie gesagt, ich habe nicht das Geringste davon bemerkt, nur die Beschreibung meiner Tante gelesen. Vom an der Rückseite des Hauses gelegenen Keller soll man über eine Treppe in das Ankleidezimmer im Erdgeschoss gelangen. Die Tür befindet sich in der Rückwand des Schrankes. Von da aus kommt man leicht in das Schlafzimmer."

„Soweit ich weiß, wurde der Keller durchsucht. Wieso ist den Beamten dabei nichts aufgefallen?"

„Der Durchgang soll sehr raffiniert hinter einem fest eingebauten Regal verborgen sein. Es lässt sich bewegen, indem man einen Schalter betätigt, der wie ein alter, funktionsloser Lichtschalter aussehen soll. Mir ist er nie aufgefallen, ich weiß das nur aus der Beschreibung meiner Tante."

„Verstehe. Und wie ist die Kellertür gesichert?"

„Mit einem einfachen Kastenschloss. Also im Grunde genommen überhaupt nicht. Da kommt jeder rein, der es unbedingt will. Ich hatte mir keine Gedanken darüber gemacht, da sich dort nur der Öltank und ein paar Gartengeräte befinden." Mit einem zufriedenen Lächeln lehnte sich Frau Dr. Reuter zurück.

„Wunderbar, das ändert alles. Wenn sich diese Angaben als zutreffend erweisen, dann gilt das Argument, Sie allein hätten die Möglichkeit gehabt, Frau Kallweit zu ermorden, nicht mehr. Ich werde mich sofort mit der Polizei in Verbindung setzen und eine entsprechende Überprüfung verlangen. Was glauben Sie, weshalb dieser Geheimgang angelegt wurde?"

„Dafür gibt es einen einleuchtenden Grund. Der Haupteingang des Hauses liegt wie auf dem Präsentierteller, er ist vom Strand und vom Wasser aus bestens einsehbar. Der Erbauer wünschte sich wohl Diskretion, wenn er seine Geliebte aufsuchte. Der rückwärtige Eingang ist hinter Bäumen und Hecken verborgen. Niemand konnte ihn dort kommen und gehen sehen."

„Wer könnte von dem Eingang gewusst haben?" Lara zuckte hilflos mit den Schultern.

„Ich habe keine Ahnung. Vielleicht Herr Gollert, der ehemalige Verwalter."

„Dieser Mann hatte doch versucht, sie davon abzuhalten in das Haus zu ziehen? Er und seine Frau verloren dadurch ihre wichtigste Einnahmequelle."

„Ich möchte ihn auf keinen Fall verdächtigen. Er ist ein unangenehmer Mensch, dem ich durchaus zutrauen würde, mich erschrecken zu wollen. Dass er hinter dem Spuk in meinem Haus stecken könnte, halte ich durchaus für möglich. Aber ich will ihn nicht mit dem Mord in Verbindung bringen. Man bringt doch niemanden um, nur weil man weiterhin ein paar Einnahmen erzielen will." Frau Dr. Reuter zog ihre tadellos gezupften Brauen so hoch, dass sie vollständig von ihrem dichten Pony verdeckt wurden.

„Ist das Ihr Ernst? Ich kenne Fälle, in denen Menschen für einen wesentlich geringeren Vorteil gemordet haben. Aber das zu klären ist Sache der Polizei. Ich werde veranlassen, dass sie sich das Haus unverzüglich noch einmal ansehen. Wenn sie alles so wie von Ihnen beschrieben vorfinden, dann werde ich unverzüglich einen neuen Haftprüfungstermin beantragen. Jetzt kommt Bewegung in die Angelegenheit."

In der Nacht schlief Lara unruhig. Immer wieder ließen Alpträume sie hochschrecken. Anfangs drehten sie sich um das Tagebuch, das sie abwechselnd nicht mehr finden konnte oder in Flammen aufgehen sah. Schweißgebadet tastete sie in der dunklen Zelle danach und konnte sich nur langsam wieder beruhigen. Dann sah sie die Polizei im Haus nach dem Geheimgang suchen. Zu Ihrem Erschrecken fanden sie ihn nicht und Hauptkommissar Deisböck fragte sie wütend, wie sie darauf gekommen sei. Plötzlich war auch die junge, schnippische Vollzugsbeamtin da. „Die liest Märchenbücher“, sagte sie, worauf alle in schallendes Gelächter ausbrachen. Verzweifelt sah sich Lara die Wände abklopfen, bis sie auf einmal einen hohlen Klang vernahm. „Hier ist doch etwas“, rief sie. Hände rissen die Mauer ein. Dahinter kam eine Nische zum Vorschein, aus der sie Sabrinas entstellter Leichnam mit glasigen Augen anstarrte. Lara schrie, sie schrie so laut und ausdauernd wie in jener Nacht, in der sie die unheimliche Erscheinung im Spiegel entdeckt hatte.

„Hallo, aufwachen!“ Jemand rüttelte sie an der Schulter. Es war die ältere, freundliche Vollzugsbeamtin. Sie verströmte einen Geruch nach Kaffee und Seife. „Was ist los mit Ihnen? Sie haben geträumt. Geht es Ihnen nicht gut, haben Sie Fieber?“

„Nein, ich glaube nicht“, erwiderte Lara verwirrt.

„Wenn es nicht besser wird, sollten Sie sich beim Arzt vorstellen und sich etwas Leichtes zur Beruhigung verschreiben lassen.“

„Ja, danke für den Rat.“ Sie hoffte, dass sie ihn nicht mehr befolgen musste.

31.

Sie haben sie tatsächlich verhaftet. Es ist verwirrend, ich begreife nicht, was da passierte ist. Die Leute hier sind aufgescheucht und neugierig, sie umlagern das Haus, als könnten seine Mauern verraten, was sich hinter ihnen abgespielt hat. Mich stört daran besonders, dass ich nicht mehr ungestört Belial besuchen kann. Heute war es jedoch anders, denn da tauchte er wieder auf, dieser gutaussehende, dunkelhaarige Mann, der sie in letzter Zeit so oft besucht hatte. Er hatte einen Schlüssel dabei, mit dem er ins Haus konnte. Vorher wies er aber die Leute zurecht, die über die niedrige Einfriedung geklettert waren, um in die Fenster zu spähen. Das sei hier Privatgelände, fuhr er sie an, sie würden mit ihrem Eindringen Hausfriedensbruch begehen. Einem Reporter, der ihn daraufhin bedrängte, bot er sogar Prügel an. Und da erkannte ich ihn plötzlich! Er hatte sich verändert, war von einem schlaksigen Jugendlichen zu einem attraktiven

Mann herangewachsen. Doch die Art, wie er im Zorn die dunklen Brauen zusammenzog, die war die gleiche geblieben.

Ob er mich auch erkannte? Ich hielt das nicht für möglich. Meine eigene Mutter würde mich nicht erkennen, wenn sie noch am Leben wäre. Stattlich war ich gewesen, mit unscheinbaren Zügen, doch einer glatten Haut und einer aufrechten Haltung. Mit Mitte vierzig hätte man mich keinen Tag älter geschätzt. Jetzt bin ich sechsundfünfzig und sehe aus wie Mitte siebzig. Mein Rücken ist gekrümmt, beim Gehen ziehe ich das rechte Bein nach. Über die Stirn und die Wange schlängelt sich bis zum Kinn eine tiefe Narbe, wodurch ich den Mund nicht mehr richtig schließen kann. Wenn ich nicht darauf achte, tropft der Sabber nur so an mir herunter. „Alte Hexe", rufen mir die Kinder manchmal nach. Freundlichere Zeitgenossen nennen mich die Rabenmutter. Meine ursprüngliche Identität habe ich längst verloren. An einem dunklen Abend war es geschehen, als ich allein zu Fuß auf der Landstraße nach Hause gehen wollte, wie ich es schon so oft getan hatte. Der Wagen erwischte mich von hinten und schleuderte mich im hohen Bogen zur Seite. So ähnlich muss es gewesen sein, ich selbst habe nicht die geringste Erinnerung an den Unfall. Der Fahrer, der mich einfach liegen ließ, wurde nie gefunden. Mein Leben hing an einem seidenen Faden und manchmal frage ich mich, weshalb ich es nicht einfach losgelassen habe. Weil Leo mich in dieser Zeit unterstützte? Er zahlte für teure Therapien, die die Krankenkasse nicht übernommen hätte. Dass ihm offensichtlich an mir lag, stärkte meinen Lebenswillen. Hat sich der Kampf gelohnt? Als ich endlich entlassen wurde, war Leo nicht mehr hier. Es war vieles geschehen, was ich nicht begriff, bis heute nicht. Ob der junge Mann, der jetzt im Haus verschwunden war, es mir sagen könnte? Auch er ist mir ein Rätsel.

Damals, nach Leos Hochzeit mit der schönen Louisa, hatte es mich immer wieder hierher gezogen. Ich wollte wissen, wie sie miteinander lebten, obwohl es sich anfühlte, als würde ich in einer offenen Wunde herumstochern. Als dann ihr Verhältnis mit Peter Schwarzer begann, tauchte dieser Junge plötzlich auf. Schnell war mir klar, dass auch er das Paar heimlich beobachtete. Ich hielt ihn für einen gewöhnlichen Spanner, doch ich fühlte mich durch ihn gestört, genauso, wie er sich durch mich. Wieso war er jetzt wieder da? War er damals in Louisa verliebt gewesen und suchte nun die Erfüllung seiner Träume bei ihrem Ebenbild? Nein, diese Erklärung war viel zu einfach. Wenn Belial reden könnte, wüsste er die Antworten auf alle meine Fragen. Leider verstehe ich die Sprache meines einzigen Freundes nicht.

32.

„Frau Liebig, Ihre Anwältin ist da.“ Endlich. Die vergangenen zwei Tage waren die Hölle gewesen. Lara hatte nicht gewusst, was in der Zwischenzeit geschehen war. Die Bilder der Albträume ihrer unruhigen Nächte verließen sie auch tagsüber nicht. Würde die Polizei den geheimen Gang finden? Und wenn ja, würde das zu ihrer Entlastung beitragen? Wie sollte sie beweisen, dass sie ihn zuvor nicht gekannt und nicht selbst benutzt hatte? Kalter Schweiß trat bei diesen Gedanken auf ihre Stirn.

Frau Dr. Reuter, schön und frisch wie immer, begrüßte sie mit einem strahlenden Lächeln. Wie machte es die Frau nur, immer derart perfekt auszusehen?

„Ich hoffe, Sie haben gute Nachrichten?“ Laras Stimme klang wie die eines kleinen, verängstigten Mädchens.

„Das will ich wohl meinen. Für morgen habe ich einen Haftprüfungstermin beantragt. Wenn alles gut geht, sind

Sie abends schon draußen. Aber nun erst mal der Reihe nach. Der Gang zwischen Keller und Ankleidezimmer ist nach Ihrer Beschreibung gefunden worden. Was aber das Entscheidende ist: Es gibt Anzeichen dafür, das er kürzlich benutzt wurde. Und zwar von einer anderen, einer männlichen Person."

„Kann man herausfinden von wem?" Sie zitterte vor Aufregung.

„Leider nicht. Derjenige war sehr vorsichtig, er muss Schutzkleidung und Handschuhe getragen haben, was dafür spricht, dass er mit unlauteren Absichten kam. Doch es war ein großer Mann, das lässt sich anhand der Trittspuren auf der Treppe mit Sicherheit sagen." Die Anwältin legte ihre Hand auf Laras.

„Mein Gott, Sie zittern und Sie sind eiskalt. Ich kann nachvollziehen, wie Ihnen jetzt zumute ist. Bei der Vorstellung, dass ein Mörder ungehinderten Zugang zu meinem Haus hatte, würde mir auch mulmig werden. Womit wir gleich beim nächsten Punkt wären: Wenn Sie morgen entlassen werden, können Sie nicht in Ihr Haus zurück. Einmal, weil dort erneut Spuren gesichert werden müssen. Aber auch aus Sicherheitsgründen. Wer immer Ihre Bekannte umgebracht hat, könnte es eigentlich auf Sie abgesehen haben. Sie müssen anderweitig unterkommen."

„Zu meiner Mutter nach München möchte ich eigentlich nicht."

„Diese Option werden Sie vermutlich auch nicht haben. Zwar entlasten die neuen Erkenntnisse Sie stark, aber nicht vollständig. Sie werden im Ort bleiben und der Polizei weiter zur Verfügung stehen müssen."

„Dann müsste ich in ein Hotel oder in eine Pension ziehen."

„Das wird nicht nötig sein. Herr Södersen hat angeboten, Sie in seinem Haus unterzubringen. Es gibt dort eine leerstehende Ferienwohnung, seine Großmutter hat die früher vermietet. Sie sollten das Angebot annehmen." Ja, das würde sie tun. Aber soweit wagte Lara noch nicht zu denken. Die sich überstürzenden Ereignisse der vergangenen Wochen hatten sie misstrauisch gemacht. Was, wenn man sie doch nicht entlassen würde? Nachdem ihre Anwältin gegangen war, bemühte sie sich um die Erlaubnis, außer der Reihe duschen zu dürfen. So verschwitzt und ungepflegt, wie sie sich im Moment fühlte, wollte sie auf keinen Fall vor den Haftrichter treten. Der Kontrast zu ihrer gepflegten Anwältin wäre allzu groß gewesen.

33.

Dann ging alles ganz schnell. Der Termin, dem Lara mit so viel Hoffen und Bangen entgegengesehen hatte, dauerte gerade mal knapp dreißig Minuten. Ihre Anwältin trug vor, dass nun alles auf einen anderen, unbekannten Täter hinweisen würde. Kommissar Deisböck erschreckte Lara mit dem Hinweis auf ihr immer noch im Raum stehendes Motiv. Er könne nicht ausschließen, dass sie einen Komplizen gehabt habe, der im Einvernehmen mit ihr ein mysteriöses Geschehen vorgetäuscht hätte. Zum Glück schloss sich der Haftrichter dieser Argumentation nicht an. Kurz nach Mittag wurde Lara vor dem Tor der Haftanstalt von Raul in Empfang genommen. Er schien sich ehrlich zu freuen und schloss sie fest in die Arme. Noch nie waren sie einander so nah gekommen. Lara fand, dass es sich sehr gut anfühlte. Wie zwei Wochen hinter diesen Mauern einen Menschen doch verändern konnten! All ihre Sinne schienen geschärft worden zu sein, gierig sog sie sämtliche Eindrücke in sich auf. Die Fahrt nach Kühlungsborn war ein völlig neues Erlebnis, freudig begrüßte sie jedes Haus und jeden Baum. Das Gefühl der Freiheit war überwältigend. Als es auf steilen Serpentinen durch die Kühlung ging, wurde ihr bewusst, wie sehr sie diese Landschaft liebte. Wald und Meer direkt nebeneinander, wo fand man das sonst schon. Und dann öffnete sich der Horizont und gab den Blick auf die Ostsee frei. In einem sanften, dunstigen Blau lag sie in der Mittagssonne. Lara stiegen Tränen in die Augen. Sie merkte, dass Raul zu ihr herüber sah. „Es wird dir sicher gefallen im Haus meiner Oma. Du hast dort auch einen freien Blick direkt aufs Meer. Besser als in vielen Hotels, die zwar mit Meerblick werben, wo du aber doch nur auf Bäume schaust." Sie nickte nur. Nichts lag ihr im Moment ferner, als irgendwelche Ansprüche an Komfort und Aussicht zu stellen. Raul parkte das Auto vor einem reetgedeckten Haus, das einsam am Ende eines unbefestigten Weges direkt hinter den Dünen lag. „So, da wären wir." Er griff nach ihrer Tasche. Sie war überrascht.

„Das ist wunderschön. So habe ich es mir nicht vorgestellt." Das Haus war leuchtend weiß getüncht, es hatte zwei große Gauben und alle Fenster waren kleinflächig mit Sprossen unterteilt.

„Fein, dass es dir gefällt. Komm rein, dann zeige ich dir dein Reich." Er führte sie eine schmale Treppe hinauf ins Obergeschoss. Die Wohnung bestand aus zwei Räumen und einem Bad. Ein heller Holzfußboden und honigfarbene Korbmöbel schufen im Wohnzimmer eine behagliche Atmosphäre. Auf dem Tisch standen zwei Blumensträuße. Den einen hatte Raul für sie hingestellt, an dem zweiten lehnte eine Karte. Sie war von Klaus Jülisch, dem Inhaber der Gaststätte „Seepferdchen". Er wünschte ihr viel Glück und Kraft. Außerdem gab er seiner Hoffnung

Ausdruck, dass sich alles bald aufklären würde. Lara war gerührt von dieser solidarischen Geste. Sie stellte die Karte zurück und sah sich weiter im Zimmer um. In einer Nische befanden sich ein Kühlschrank, ein Toaster und eine Kaffeemaschine.

„Die Küche ist unten“, sagte Raul. „Du kannst sie natürlich benutzen und ich koche gern auch mal für uns beide.“ Er öffnet die Tür zum Schlafzimmer, in dem sich ein großes Messingbett befand. Ein Kleiderschrank und eine Spiegelkommode, beides aus hell lasiertem Holz, vervollständigten die Einrichtung. Das Bett war bereits frisch bezogen, was Lara nicht ohne Rührung zur Kenntnis nahm. Doch am meisten freute sie sich über das Bad. „Was für ein Luxus, wieder duschen zu dürfen, wann man es möchte“, seufzte sie. „Ich danke dir, dass du mich aufnimmst. Sag mir bitte, was du an Miete bekommst.“

„Überhaupt nichts, du bist natürlich mein Gast. Keine Widerrede“, setzte er hinzu, als er merkte, dass sie widersprechen wollte. „Nimm es mir nicht übel, aber du siehst ganz schön fertig aus. Ich lasse dich jetzt in Ruhe, damit du dich erst mal ausruhen kannst. Heute Abend koche ich für uns.“

Sie merkte plötzlich, dass sie tatsächlich todmüde war. Nach einer ausgiebigen Dusche schlüpfte sie erschöpft ins Bett und schlief sofort ein. Als sie wieder aufwachte, warf die untergehende Sonne einen glühenden Schein ins Zimmer. Lara trat ans Fenster und genoss den fantastischen Ausblick auf das Meer. Ein Stück links vom Haus war ein Bootsanlegesteg zu erkennen. Ein Gefühl der Ruhe überkam sie. Jetzt musste einfach alles gut werden.

Das Abendessen, das Raul vorbereitet hatte, war jedenfalls wunderbar. Sie saßen im Wohnzimmer der Erdgeschosswohnung am Fenster und genossen den freien

Blick über die Ostsee. Raul hatte eine Flasche Rotwein entkorkt und stieß mit Lara an. „Ich freue mich, dich hier zu haben", sagte er. In seinen dunklen Augen glaubte sie ein Leuchten zu erkennen. Oder lag das nur an den Kerzen, die auf dem Tisch brannten? Behutsam setzte sie ihr Glas ab.

„Hoffentlich stört sich deine Freundin nicht daran, dass ich bei dir untergekommen bin." Einen Moment lang wirkte er verdutzt, dann lachte er auf. Es klang ein wenig gekünstelt.

„Was für eine Freundin denn? Meinst du etwa Daniela, mein Alibi für die... die verhängnisvolle Nacht?" Sie war ihm dankbar, dass er nicht *Mordnacht* sagte. „Also die ist nicht meine Freundin, sondern meine Exfreundin. Sie hat mich an dem Abend aufgesucht, um eines dieser Beziehungsgespräche zu führen, auf die Frauen so stehen. Ich dachte, wir könnten es kurz machen, aber es zog sich die ganze Nacht hin. Am Morgen waren wir unausgeschlafen, verkatert und kein Stück klüger. Du glaubst nicht, wie oft ich inzwischen bereut habe, überhaupt darauf eingegangen zu sein. Hätte sie mich nicht davon abgehalten, wäre ich an dem Abend noch bei dir vorbeigekommen. Dann wäre das alles vielleicht nicht passiert."

„Oder doch. Wenn du gesehen hättest, dass ich Besuch habe, wärst du vermutlich wieder gegangen. Es hätte nichts geändert." Er ergriff ihre Hand und drückte sie.

„Ich hätte nicht davon anfangen sollen, es tut mir leid. Du hast genug durchgemacht, ich möchte, dass du dich davon erholst. Lass uns einstweilen nicht mehr darüber reden." Sie nickte und schaute zum Fenster hin. Draußen war es inzwischen völlig dunkel geworden. Nur ein einsames Licht tanzte auf den Wellen auf und ab. Es erinnerte sie an etwas, das sie schon länger beschäftigte.

„Du, sag mal, was bedeutet das eigentlich: Da brüst der Teufel?“ Raul, der den Mund gerade voll Wein hatte, prustete los und hätte sich beinahe verschluckt.

„Das heißt nicht *brüst*, du Landratte, sondern *blüst*. Eine Blüse ist ein Feuer, das die Fischer nachts auf ihren Kähnen entfachten, um damit Fische anzulocken. Das mit dem Teufel bezieht sich auf eine Sage, die man sich hier erzählt. Demnach soll ein Mann an einem kirchlichen Feiertag mit einer Blüse zum nächtlichen Fischfang aufgebrochen sein, was sich ganz und gar nicht schickte. Anwohner beobachteten seinen Kahn vom Ufer aus. Plötzlich soll sich ein zweites Feuer mit hoher Geschwindigkeit auf ihn zubewegt haben, und kurz darauf waren beide verschwunden. Am nächsten Morgen wurden die Trümmer des Kahns an Land gespült, von dem Mann fehlte jede Spur. Doch seit jener Zeit soll er keine Ruhe finden. Ab und zu, besonders jedoch bei Sturm, soll ein einsames Licht über die Wellen tanzen. Die Leute sagen, das sei der ewige Blüser.“

„Klingt nach ewigem Büßer.“

„So ist es ja auch gemeint. Manche sagen allerdings auch, es sei der Leibhaftige selbst, der da auf Seelenfang gehe. Daher der Spruch: „Da blüst der Deibel.“

„Jetzt ist mir der Zusammenhang klar. Irgendwie macht es sogar Sinn. Bei Sturm und Dunkelheit sollte man sich besser nicht ins Wasser begeben.“ Sie hätte das nicht sagen sollen. Nun war der Gedanke an ihre ertrunkene Tante wieder da. Würde sie denn nie wieder ein unbefangenes Gespräch führen können? Müde war sie auch schon, trotz oder gerade wegen des ausgiebigen Mittagsschlafes.

„Tut mir leid, ich bin hundemüde. Vermutlich habe ich ein gewaltiges Schlafdefizit. Ich glaube, ich ziehe mich bald zurück. Darf ich mich noch um den Abwasch kümmern?“ Sie erhob sich.

„Nein, auf keinen Fall, das mache ich schon. Angenehme Nachtruhe und schöne Träume.“ Raul war ebenfalls aufgestanden und zog sie an sich. Er hauchte ihr einen sanften Kuss auf den Mund. Sie befreite sich, gerade langsam genug, um ihn nicht zu kränken. Aber diesmal hatte es sich nicht richtig angefühlt.

Bald darauf lag sie zufrieden in dem breiten Bett. Die Vorhänge hatte sie nicht geschlossen, um noch ein wenig den Meeresblick genießen zu können. Viel war da natürlich bei Dunkelheit nicht zu erkennen, nur das einsame Licht war immer noch da. Merkwürdig, es schien näher gekommen zu sein, sich direkt vor ihrem Fenster zu befinden. Auf einmal erlosch es, dafür flammte an gleicher Stelle ein anderes auf, grell wie der Schein einer hundertfach verstärkten Taschenlampe. Es begann in einem festen Rhythmus aufzuleuchten und zu erlöschen. Waren das Morsezeichen? Lara kannte sich damit nicht aus. Doch auf eine merkwürdige Art lösten die Signale Unruhe in ihr aus, sie begann sogar unwillkürlich zu zittern. Entschlossen stand sie auf und schloss die Vorhänge. Nun konnte das Licht sie nicht mehr erreichen, es malte nur noch schwache Reflexe auf die schweren Stoffbahnen vor dem Fenster. Langsam beruhigte Lara sich und schlief ein, während draußen unermüdlich eine Warnung gegen ihr Fenster prallte: *Danger! Danger! Danger!*

34.

Sie deckte den Frühstückstisch in der Küche und brühte Kaffee auf.

„Oh, hier duftet es ja schon lecker." Raul betrat den Raum, das Haar noch feucht vom Duschen. „Wie hast du geschlafen?"

„Danke gut, das Bett ist toll. Allerdings waren da gestern Abend so komische Lichtsignale, hast du die auch gesehen?" Er stutzte, schüttelte dann aber den Kopf und wandte sich ab, um im Kühlschrank nach Milch zu suchen.

„Mir ist nichts aufgefallen. Am besten ziehst du die Vorhänge zu. Was hast du heute vor?"

„Darüber habe ich überhaupt noch nicht nachgedacht. Ich werde mich erst einmal mit meiner Anwältin in Verbindung setzen. Auf jeden Fall brauche ich ein paar

Sachen aus meinem Haus. Und Einkäufe will ich machen. Lass mich die Lebensmittel für die nächsten Tage einkaufen, ich möchte auch meinen Betrag leisten. Wirst du überhaupt hier sein oder fährst du nach Rostock?“

„In den nächsten vierzehn Tagen nicht. Du wirst meine häufige Anwesenheit ertragen müssen.“ Er grinste und Lara versuchte, ihre Erleichterung zu verbergen. Sich nachts allein in einem leeren Haus aufzuhalten, soweit war sie einfach noch nicht. Frau Dr. Reuter hatte nicht ausgeschlossen, dass es der Mörder auf sie abgesehen haben könnte. Zwar konnte sie sich dafür noch immer keinen Grund vorstellen, doch man wusste natürlich nicht, was in einem kranken Hirn vor sich ging.

„Und was machst du heute?“, konzentrierte sie ihre Aufmerksamkeit wieder auf Raul.

„Vormittags werde ich meinen gefiederten Freunden einen Besuch abstatten und nachmittags an meinem Text über sie arbeiten.“

„Wenn es dir recht ist, koche ich heute Abend für uns. Dann kannst du dich ganz auf deine Arbeit konzentrieren.“ Sie waren mit dem Frühstück fertig und Lara wollte schon mit dem Abräumen beginnen, als ihr noch etwas einfiel.

„Raul, du hast mir übrigens nie erzählt, dass es da eine Verbindung zwischen dir und meiner Tante gab. Der Lebensgefährte deiner Mutter, also mehr oder weniger dein Stiefvater, soll euch ihretwegen verlassen haben. Stimmt das?“ Er hatte gerade einen Teller auf den anderen stellen wollen und ließ ihn nun einfach fallen. Es schepperte so laut, dass Lara zusammenzuckte.

„Nein, das stimmt nicht“, erwiderte er ungewohnt schroff. In seinem Gesicht begann ein Muskel nervös zu zucken. Mit einer fahrigen Bewegung wischte er mit einer Hand Krümel vom Tisch, um sie in der anderen aufzufangen. Wortlos entsorgte er sie im Mülleimer unter der Spüle. Als er sich umwandte, schien er sich wieder unter Kontrolle zu haben.

„Es tut mir leid, wenn ich etwas Falsches gesagt habe", murmelte Lara betroffen. „Ich habe nur gehört..."

„Im Grund stimmt es ja, was du gehört hast." Er war jetzt ganz ruhig. „Peter Schwarzer hat fünf Jahre mit meiner Mutter zusammengelebt, von meinem vierzehnten bis zu meinem neunzehnten Lebensjahr. Das ist eine ziemlich prägende Zeit für einen Heranwachsenden. Es war das erste Mal, dass ich einen richtigen Vater hatte, denn als solchen habe ich ihn akzeptiert. Von ihm habe ich eine Menge gelernt und ich habe ihn bewundert. Dass er schließlich ging, war nicht die Schuld deiner Tante. Es hat in erster Linie an meiner Mutter gelegen. Sie mochte starke, selbstbewusste Männer, doch wenn sie sie dann hatte, wollte sie sie zu Duckmäusern umerziehen. So war es auch bei Peter Schwarzer. Der hat mit seiner Meinung nie hinter dem Berg gehalten. Deshalb hat er bei den Umstrukturierungen auch seine Arbeit verloren, obwohl er als Experte galt. Er war zufrieden mit seiner Selbständigkeit und dem, was sie ihm einbrachte, doch meine Mutter wollte mehr. Weil er da mehr verdienen könnte, sollte er vor seinen ehemaligen Chefs zu Kreuze kriechen. Das hat er strikt abgelehnt. Oft habe ich ihre Streitereien darüber mitbekommen. Er hatte so herrlich markige Sprüche auf Lager: *Wer im Hintern seines Vorgesetzten hockt, dem wird selten ein Licht aufgehen.*" Lara musste lachen und Raul stimmte ein.

„Na ja", sagte er wieder ernst, „irgendwann funktionierte es dann nicht mehr zwischen den beiden. Die Trennung war schon hart für mich, denn meine Mutter wollte jeden

Kontakt zu ihm unterbinden. Sie zog nach Schwerin, mich konnte sie nicht sofort mitnehmen, da ich so kurz vor dem Abi nicht die Schule wechseln wollte. Also blieb ich erst mal bei meiner Oma. Im Sommer nach dem Abi bin ich dann auch nach Schwerin gezogen. Wenige Wochen danach kam er bei einem Bootsunfall ums Leben. Ich habe um ihn getrauert, das kannst du mir glauben."

„Warum hast du mir nicht schon früher davon erzählt?" Er zuckte mit den Schultern.

„Ich hätte es unpassend gefunden. Schließlich hatte ich keine Ahnung, ob du das Liebesgeheimnis deiner Tante überhaupt kanntest. Da wollte ich nicht damit herausplatzen." Das klang immerhin einleuchtend.

„Jetzt habe ich dich mit meiner Fragerei aufgehalten", sagte Lara. „Ich will dann mal los."

„Soll ich dich erst noch irgendwo hinfahren?"

„Nein, ich möchte laufen. Gesessen habe ich lange genug." Ihr wurde die Doppeldeutigkeit ihrer Aussage bewusst, sie konnte nicht darüber lachen. Bevor sie sich auf den Weg machte, schlug sie den Kragen ihrer Jacke hoch und stopfte das lange Haar unter eine Strickmütze, die sie tief in die Stirn zog. Ob man sie trotzdem erkennen würde? Sie wählte den Weg über die Strandpromenade und stellte mit Erleichterung fest, dass niemand besonders auf sie achtete. Die meisten Flanierenden, die sie dort traf, waren offensichtlich Urlauber. Auch in der kühleren Jahreszeit war der Ferienort sehr beliebt. Die Friedhofsverwaltung befand sich in der Ostseeallee, der langen Straße, die sich direkt neben der Uferpromenade entlangzog. Dorthin wollte sie zuerst. Lara war aufgeregt, als sie den schlichten Büroraum betrat. Wenn sie jetzt den Namen nannte, war es mit ihrer Tarnung vorbei, dann würde man auf sie aufmerksam werden. „Ich suche das

Grab von Louisa Liebig." Ihre Stimme klang ein wenig heiser. Die junge Mitarbeiterin war entweder ungewöhnlich diskret oder desinteressiert. „Alter Friedhof, Feld 7, Grabstelle 38", erwiderte sie teilnahmslos. „Sie wissen, wo sich der Friedhof befindet?" Ja, das wusste Lara, denn es gab dort eine sehr interessante Feldsteinkirche, die sie schon früher gern besichtigen wollte. Nun hatte dieser Ort für sie eine ganz neue Bedeutung bekommen. Ihr Herz klopfte erwartungsvoll, als sie durch das Tor trat. Der Friedhof, der die Kirche umgab, wirkte äußerst gepflegt und idyllisch. Ganze Gräberfelder waren von niedrigen Buchsbaumhecken eingefasst. Man fühlte sich ein wenig an einen Barockgarten erinnert. Sie fand die Grabstelle schnell und war überrascht. Was hatte sie erwartet? Ein zugewuchertes, eventuell bereits eingeebnetes Grab, weil es hier doch keine Angehörigen mehr gab? Ihr Onkel hatte jedoch offenbar vorgesorgt, ein diskretes Schildchen wies darauf hin, dass das Grab durch eine Gärtnerei gepflegt wurde. Der Hügel war über und über mit kleinblütigen, weißen Winterastern bedeckt, eingerahmt von filigranem, niedrigem Schleierkraut. Er erinnerte sie an das Bett einer jungen Braut. Auf einem schlichten, weißen Stein waren Geburts- und Sterbedatum vermerkt. Siebenundzwanzig war Louisa gewesen als sie starb, so alt, wie Lara jetzt war. Am meisten überraschte sie jedoch die in den Stein eingravierte Möwe mit den weit ausgebreiteten Schwingen. War das nur ein Zufall? Ein ähnliches Motiv war auch auf anderen Grabsteinen zu sehen. Doch zu niemandem hatte es einen so engen Bezug wie zu der jungen Frau, die heimlich Leila genannt worden war. Was hatte ihr Onkel darüber gewusst? Lara vernahm hinter sich ein schleifendes Geräusch. Eine dralle Frau in einem grünen Overall, die einen Gartenschlauch hinter sich herzog, kam direkt auf sie zu. „Entschuldigen Sie", sagte sie atemlos, „Sie sind doch die Frau Liebig?"

„Nein“, erwiderte Lara kurz angebunden und wandte sich abrupt zum Gehen.

„Aber ja, ich habe Sie doch erkannt. Sie waren in der Zeitung abgebildet.“ Ohne sich umzudrehen, beschleunigte Lara ihre Schritte. Die Frau ließ daraufhin den Gartenschlauch fallen und lief ihr nach. „So warten Sie doch. Ich will Ihnen etwas sagen.“ Das klang richtig flehentlich, was Lara veranlasste, sich zu der Frau umzudrehen. Sie konnte nicht älter als dreißig sein und hatte ein rundes, gutmütiges Gesicht.

„Was wollen Sie mir sagen?“, gab sich Lara weiterhin reserviert. Die Frau schaute sich ängstlich nach allen Seiten um. Dann trat sie ganz nah heran und senkte ihre Stimme zu einem Flüstern.

„Ich habe ihn auch gesehen.“

„Wen?“

„Den Teufel. Dieses unheimliche Wesen, das bei Ihnen im Haus war und die junge Frau umgebracht hat. Hier auf dem Friedhof bin ich ihm begegnet. Danach war ich eine Woche krankgeschrieben, so sehr hatte ich mich erschreckt. Ich dachte sogar, ich kann hier nicht mehr arbeiten. Aber was soll ich machen, ich bin froh, dass ich die Stelle in der Gärtnerei habe. Nur sehe ich zu, immer vor Einbruch der Dämmerung fertig zu sein.“

„Wann war das denn?“

„Ein gutes halbes Jahr ist es jetzt her. Ich hatte nach der Arbeit aus Versehen den Schlüssel vom Geräteschuppen eingesteckt. Den musste ich aber unbedingt zurückbringen, denn ich hatte am nächsten Tag frei. Wie gewohnt habe ich die Abkürzung über den Friedhof genommen. Es war zwar schon dunkel, aber ich kenne mich hier aus. Plötzlich tauchte er einfach so aus dem Nichts heraus vor mir auf. Ein riesiger schwarzer Schatten. Völlig lautlos hat er sich bewegt, so als würde er schweben. Allein das war schon unheimlich. Aber dann traf ihn ein schwacher Lichtschein, vielleicht von einem Autoscheinwerfer draußen auf der Straße her, ich weiß es nicht genau. Den Anblick werde ich nie vergessen. Blutrote Augen in einem grässlichen Gesicht. Er bleckte die Zähne wie ein Raubtier. Ich konnte nicht mal schreien, war vor Entsetzen wie gelähmt. Seitdem glaube ich, dass es möglich ist, vor Schreck einfach tot umzufallen. Wäre ich an dem Abend da liegengeblieben, hätte wohl nie jemand erfahren, was mir zugestoßen war."

„Und wie sind Sie nach Hause gekommen? Was ist aus der Erscheinung geworden?" Nun wollte Lara alles genau wissen.

„Der Pfarrer hat mich gefunden. Er wollte zufällig noch mal in die Kirche und hat mein Wimmern gehört. Mir war überhaupt nicht bewusst, irgendwelche Laute von mir gegeben zu haben. Er sagte, ich hätte wie ein verwundetes Tier geklungen. Jedenfalls brachte er mich erst zu einem Arzt und dann nach Hause."

„Sie haben sicher erzählt, was Ihnen widerfahren war. Wie wurde es aufgenommen?" Sie seufzte.

„Alle waren sich einig, dass ich das Opfer eines bösen Streichs geworden wäre. Irgendein Jugendlicher mit einer Halloween-Maske hätte mir da aufgelauert. Aber so war es nicht. Mein Gefühl hat etwas anderes gesagt. Diese Erscheinung, die war echt, das war nicht nur eine Maskerade. Niemand wollte das hören, auch mein Mann nicht. Er sagte, ich sollte mich zusammenreißen und wieder zur Arbeit gehen. Er hatte ja Recht, wir brauchen das Geld. Inzwischen redet er allerdings anders. Jetzt, wo die junge Frau umgebracht wurde, kurz nachdem Sie das unheimliche Wesen in Ihrem Haus gesehen hatten, da hat sogar er Angst. Sie haben es doch auch gesehen, was glauben Sie, was es ist?“ Lara fühlte sich hilflos.

„Ich weiß es nicht“, sagte sie. „Ich habe es nur ganz kurz und nicht deutlich gesehen. Tut mir leid, dass ich nicht mehr dazu sagen kann.“ Am Ende des Weges tauchte eine andere Frau auf, die ebenfalls einen grünen Overall trug.

„Ich muss weitermachen“, sagte ihre Gesprächspartnerin hastig. „Schließlich will ich rechtzeitig fertig werden.“ Lara machte sich nachdenklich auf den Rückweg.

35.

„Wo sind Sie jetzt gerade?“, fragte Frau Dr. Reuter am Telefon. Lara erklärte ihr, dass sie sich auf dem Weg zu ihrem Haus befände.

„Das passt. Ich bin auch gerade unterwegs. Wollen wir uns an der Seebrücke treffen? Ich nehme Sie dann im Auto mit. Sie müssten sonst ja noch ganz schön weit laufen.“ Lara war erleichtert. Nicht nur, weil ihr der Weg abgenommen wurde, sondern vor allem, weil sie nicht allein zum Haus musste. Sie wusste nicht, was sie dort erwartete. In Gegenwart ihrer Anwältin fühlte sie sich sicherer. Die Mütze tief in die Stirn gezogen und den Blick gesenkt lief sie zur Seebrücke. Gerade legte dort die MS Baltica an, um Passagiere für die Fahrt nach Warnemünde aufzunehmen. Auch der Platz vor der Brücke war gut besucht. Zahlreiche Menschen hatten sich um zwei junge Männer versammelt, von denen der eine

Gitarre spielte, während der andere eine romantische Ballade zum Besten gab. Sie waren ziemlich gut, und Lara stellte sich für einen Moment zu der Gruppe. Als sich jedoch ein Mann nach ihr umdrehte und sie aufmerksam zu betrachten schien, suchte sie fluchtartig das Weite. Zum Glück sah sie in diesem Moment den Wagen ihrer Anwältin vorfahren. Erleichtert riss sie die Beifahrertür auf und ließ sich in die Polster fallen. Frau Dr. Reuter musterte sie mit leicht gerunzelter Stirn. „Immer auf der Flucht? Das müssen Sie sich abgewöhnen. Das macht Sie erst recht zum Opfer aufdringlicher Zeitgenossen." Die Frau hatte gut reden. Sie wirkte wieder so makellos wie aus Marmor gemeißelt. Jedes Haar lag an der richtigen Stelle, kein Fussel war auf ihrem dunklen Hosenanzug auszumachen, der dezente Duft eines teuren Parfüms umgab sie wie eine Aura. Schwitzte sie eigentlich nie? Stand sie morgens nie mit geschwollenen Augen und wirrem Haar, das sich jeder Frisur verweigerte, auf? Vielleicht übernachtete sie ja im Sitzen, wie es die Damen des Barock zur Schonung ihrer künstlichen Haarpracht getan hatten?

„Es ist gut, dass Sie zum Haus wollen", erklärte sie jetzt betont munter. „Ich habe mir sagen lassen, dass Kommissar Deisböck auch gerade dort sein soll. Mit ihm wollte ich noch einiges besprechen. Im Moment arbeitet die Spurensicherung noch, sie interessieren sich allerdings vor allem für das Schlaf- und Ankleidezimmer sowie für den Keller. Ich denke, es wird keine Probleme geben, wenn Sie Sachen aus den anderen Räumen holen wollen. Gut, dass Sie erst einmal anderweitig unterkommen konnten." Lara nickte, eine Frage, die sie schon länger unterschwellig beschäftigt hatte, drängte sich ihr plötzlich auf.

„Woher kennen Sie und Herr Södersen sich eigentlich?" Ein verlegenes Lächeln umspielte die Lippen von Frau Dr. Reuter.

„Das fällt unter die anwaltliche Schweigepflicht."

„Er war ihr Mandant?" Lara war überrascht. Ihr war klar, dass sie keine Antwort bekommen würde. Vielleicht war es ja nur um eine Erbschaftsangelegenheit gegangen, nach dem Tod der Oma. Aber das konnte nicht sein. Frau Dr. Reuter war Strafrechtlerin. Um das betretene Schweigen zu durchbrechen, wechselte sie das Thema.

„Ich war heute auf dem alten Friedhof. Eine Frau, die dort arbeitet, hat mir erzählt, dass sie vor einem halben Jahr zwischen den Gräbern dem Teufel begegnet wäre. Ihre Beschreibung stimmte so ziemlich mit dem überein, was ich in meinem Haus gesehen hatte. Die Frau erschien mir glaubwürdig, sie sagte, dass der Schreck sie für einige Zeit arbeitsunfähig gemacht hätte." Frau Dr. Reuter seufzte.

„Immer die gleiche Geschichte. Dieser Teufel hat sich inzwischen zu einer modernen Sagengestalt gemausert, die zwischen Heiligendamm, Kühlungsborn und Rerik ihr Unwesen treibt. Einigen Bürgern scheint daran gelegen zu sein, die Legende am Leben zu erhalten. Aber ich glaube, sie werden jetzt vorsichtiger sein. Niemand will schließlich mit einem Mordfall in Verbindung gebracht werden."

„Sie kennen doch den Stand der Ermittlungen. Gilt es als sicher, dass der Täter vor neun Jahren ein anderer war?"

„Ja, das gilt als sicher. Die ganze Vorgehensweise war eine andere. Das Opfer wurde damals nicht betäubt und bei vollem Bewusstsein ertränkt. Der Ursprung der merkwürdigen Klauenspuren auf ihrem Körper konnte nie geklärt werden. Unser aktueller Mörder hat zwar versucht, das damalige Geschehen nachzuahmen, aber es ist ihm nicht gelungen. Die Schnittspuren am Körper von Frau Kallweit sahen ganz anders aus." Sie blickte kurz zu Lara hinüber.

„Wie sieht es bei Ihnen aus? Hat das Tagebuch Ihrer Tante noch weitere Aufschlüsse gebracht?"

„Bis jetzt nicht, aber ich bin immer noch nicht völlig durch damit."

„Da sind ja auch noch die Briefe. Vielleicht helfen die Ihnen weiter. Ich habe sie ebenfalls aus der Kommode genommen und kann sie Ihnen nachher gleich übergeben."

„Das haben Sie gemacht? Jetzt bin ich aber erleichtert. Ich habe die ganze Zeit gegrübelt, wie ich sie an der Polizei vorbei aus dem Haus schmuggeln soll."

„Es war so eine Ahnung von mir, dass das bereits freigegebene Haus nochmals durchsucht werden könnte. Das passiert nicht selten. Deshalb habe ich die Briefe zusammen mit dem Tagebuch spontan eingesteckt. Natürlich habe ich sie nicht gelesen und bin froh, dass Sie mir meine Eigenmächtigkeit nicht übel nehmen." Sie waren inzwischen angekommen. Auf dem umzäunten Platz hinter dem Haus standen mehrere Fahrzeuge, darunter der weiße Van der Spurensicherung. Frau Dr. Reuter gelang es, ihren BMW in eine Lücke zu manövrieren. Eine junge Streifenpolizistin tauchte neben ihnen auf, deren Aufgabe es offenbar war, Unbefugte fernzuhalten. Lara erkannte Frau Schrader, die bei dem ersten nächtlichen Einsatz in ihrem Haus dabei gewesen war.

„Ach, Sie sind es", begrüßte sie die beiden Frauen. „Kommen Sie mit nach vorn." Lara starrte auf die sperrangelweit offene Kellertür, in der gerade ein Mann im weißen Overall verschwand. Durch diese Tür war ein Phantom ungehindert ein- und ausgegangen, während sie oben arglos in ihrem Bett geschlafen hatte. Es schüttelte sie bei dem Gedanken daran.

Kriminalhauptkommissar Deisböck begrüßte sie am Vordereingang recht ungnädig. „Wir sind hier noch nicht fertig", beschied er knapp.

„Meine Mandantin braucht ihre Sachen. Die befinden sich ausschließlich im Obergeschoss, und dort müssen Sie keine Spuren mehr sichern."

„Wie wollen Sie das einschätzen können? Wir haben hier einen brutalen Mord aufzuklären."

„Was sehr in unserem Interesse ist. Ich hoffe, dass Sie bald Erfolg haben werden." Er warf ihr einen galligen Blick zu. Es schien ihn mächtig zu wurmen, wieder völlig am Anfang der Ermittlungen zu stehen. Sein Triumph darüber, Lara so schnell als Täterin präsentieren zu können, hatte sich schnell in Luft aufgelöst. Frau Dr. Reuter zeigte sich von seiner Unfreundlichkeit völlig unbeeindruckt. „Gibt es neue Erkenntnisse?"

„Das können Sie alles in der Ermittlungsakte nachlesen", brummte er und wandte ihnen den Rücken zu. Immerhin durfte Lara in Begleitung eines Beamten nach oben gehen, wo sie Unterwäsche sowie einige Hosen und Pullover einpackte.

„Was ist eigentlich mit meinem Anorak? Kann ich den wiederhaben?"

„Oh, das tut mir leid. Der ist noch nicht aus dem Labor zurück." Das war natürlich ärgerlich. Noch war es für

Oktober ungewöhnlich warm, die Fleecejacke reichte völlig aus. Doch das konnte sich zu dieser Jahreszeit sehr schnell ändern. Ihr würde also nichts anderes übrig bleiben, als sich einen neuen Anorak zu kaufen. Eigentlich hätte sie sich diese Ausgabe gern erspart. Ihre Anwältin nahm sie mit zurück in die Stadt. Als sie bepackt mit Lebensmitteln und einem nagelneuen roten Anorak wieder im Haus hinter den Dünen ankam, stand Raul gerade in der Küche und war im Begriff, Kaffee aufzubrühen. Einen Moment lang glaubte Lara, einen merkwürdigen Geruch wahrnehmen zu können. Einen Geruch, der Angst bei ihr auslöste. Gleich darauf begann der Kaffee durchzulaufen und mit seinem kräftigen Aroma alles zu überdecken. Raul schaute zu ihr herüber.

„Ist irgendwas nicht in Ordnung?“, fragte er.

„Nein, alles bestens“, erwiderte Lara.

36.

„Es wird dir bestimmt gefallen. Auf jeden Fall bringt es dich auf andere Gedanken."

So verlockend Lara das Angebot von Raul auch fand, hatte sie doch Bedenken.

„Du könntest Ärger bekommen", meinte sie. „Diese Sondergenehmigung gilt ausschließlich für dich und deine Forschung. Da kannst du nicht einfach jemanden mitnehmen. Noch dazu, wo so viele gern die Halbinsel besichtigen würden. Wenn es rauskommt, würden die uns sofort verpfeifen."

„Nun mach dir mal nicht so viele Gedanken. Klar ist es für viele ein Ärgernis, dass man Wustrow im Moment nur vom Boot aus erkunden darf. Der Natur tut das allerdings ganz gut. Es ist ein ziemlich großes Areal, zehn Kilometer lang und zwei Kilometer breit. Bevor es 1935 von der Reichswehr erworben wurde, befand sich darauf ein

Rittergut. Vom alten Gutshaus sind sogar noch die Ruinen zu sehen. Die Nazis haben dann eine Flakschule darauf errichtet, ein richtiges Prestigeobjekt. Der ehemalige Bundeskanzler Helmut Schmidt war als junger Oberleutnant hier stationiert. Um in seiner Nähe zu sein, logierte seine Frau Loki damals in Kühlungsborn."

„Interessant, das wusste ich nicht."

„Nach Kriegsende zog die Sowjetarmee dort ein. Von 1945 bis 1993 war es Sperrgebiet. Nach dem Abzug der Truppen war es dann für eine kurze Zeit möglich, die Halbinsel zu besichtigen. Das musste aus Sicherheitsgründen schnell wieder geändert werden. Eine Zeit lang gab es dann noch geführte Besichtigungen, bis die auch wegfielen."

„Was ist dort so gefährlich? Alte Munition?" Raul nickte.

„Ja, aber nicht nur die. Fünfzig Tonnen Munition hat man dort in einer aufwändigen Räumungsaktion rausgeholt, das musst du dir mal vorstellen. Trotzdem wurde mit Sicherheit nicht alles gefunden. Rund siebenhundert Hektar Naturschutzgebiet wurden nicht untersucht, das war einfach nicht zu leisten. Und wie gesagt, gibt es dort auch noch andere Gefahrenquellen. Fast alle Gebäude sind einsturzgefährdet und es gibt Hohlräume, offene Kanalschächte und Gruben, die man nicht sofort erkennt. Aber du musst dir keine Gedanken machen, wir werden uns an die offiziellen Wege halten. Dort patrouilliert auch ständig ein Wachschutz." Lara verkniff sich die Frage, ob der sie nicht eventuell zurückschicken würde. Rauls Erzählung hatte sie neugierig gemacht, jetzt wollte sie die verbotene Halbinsel gern mit eigenen Augen sehen. Nach dem Frühstück brachen sie nach Rerik auf. Raul parkte das Auto kurz vor einem eisernen Tor, das einen sehr soliden Eindruck machte. Zu Laras Überraschung besaß er einen Schlüssel. „Wie soll das sonst funktionieren?“, erwiderte er auf ihre Frage. „Der Wachschutz kann mir nicht jedes Mal aufschließen, wenn es mir einfällt, meine gefiederten Freunde zu besuchen. Die haben noch anderes zu tun.“ Sie betraten einen Weg, der nicht breiter als hundert Meter war. Links und rechts grenzte er ans Wasser. „Das macht diese Landschaft so einzigartig“, erklärte Raul, „auf der einen Seite die Ostsee und auf der andern das Salzhaff. Im Salzhaff soll übrigens eine gefährliche Bestie leben, ein riesiges Krokodil. Komm also lieber weiter auf diese Seite rüber, sonst könnte es plötzlich auftauchen und nach dir schnappen.“

„Jetzt veralberst du mich aber.“

„Nur ein bisschen. Die Geschichte ist allerdings ziemlich verbreitet. Ein russischer Soldat soll das Reptil aus Kuba mitgebracht und im Salzhaff ausgesetzt haben. Es wäre theoretisch durchaus denkbar, dass so ein Tier hier eine Weile überlebt. Das Salzhaff ist relativ flach und erwärmt sich im Sommer dadurch stärker.“

„Noch eine moderne Sage“, meinte Lara fasziniert, „die Fantasie der Menschen ist wirklich unerschöpflich.“ Trotzdem schwenkte sie unwillkürlich ein Stück auf die andere Seite hinüber. Der schmale Weg zog sich ziemlich hin.

„Dies ist der sogenannte Wustrower Hals, die einzige Verbindung zum Festland. Da vorn fängt dann die eigentliche Halbinsel an.“ Bald tauchten die ersten Gebäude auf, und was Lara nun sah, zog sie vollständig in seinen Bann.

„Das ist ja eine richtige Geisterstadt“, sagte sie atemlos. „So etwas habe ich noch nie gesehen, außer vielleicht im Film. Aber das hier ist echt, keine Kulisse. So würde es also aussehen, wenn die Menschheit aussterben und die Natur sich die Erde zurückerobern würde."

„So wird es aussehen", versetzte Raul grimmig. „Sieh dir doch bloß die fadenscheinigen Ergebnisse der Umweltgipfel an, da kann einem schlecht werden. Politiker denken nur bis zur nächsten Wahl. Die werden auch dann nicht zu vernünftigen Vereinbarungen kommen, wenn sie schon bis zum Hals im Wasser stehen und Atemschutzmasken tragen müssen." Sie nickte zustimmend, konnte jedoch den Blick von den Ruinen nicht abwenden.

„Wie viele Häuser das sind!"

„Hier haben immerhin mal dreitausend Menschen gelebt. Die Gartenstadt war in den dreißiger Jahren eine hochmoderne Anlage, einige Häuser hatten sogar schon Zentralheizung. Es gab ein Kino, ein Kaufhaus, eine Schule, einen Kindergarten und ein Schwimmbad. Aber das können wir jetzt unmöglich alles besichtigen." Raul führte sie zielstrebig weiter zum hinteren Teil der Insel, in Richtung Naturschutzgebiet. Ein Geländewagen hielt plötzlich neben ihnen, Raul schien die aus drei jungen Männern bestehende Besatzung zu kennen, jedenfalls begrüßten sie einander freundlich. „Meine Assistentin", stellte er Lara vor. Einer der Männer pfiff anerkennend durch die Zähne.

„Von der würde ich mir auch gern assistieren lassen." Die beiden anderen lachten, während Lara nur froh war, dass ihre Anwesenheit keinen Ärger verursachte. Raul war jetzt richtig in seinem Element, er erzählte ihr, dass neunzig Vogelarten auf der Halbinsel lebten, darunter viele geschützte. Die Namen von einigen hatte sie noch nie gehört. Dann wies er sie auf ein imposantes Nest in einem großen Baum hin.

„Schau mal, ein Seeadlerhorst. Die haben sich hier in der Region wieder erfreulich vermehrt, nachdem sie schon fast ausgerottet waren."

„Das Nest ist gewaltig."

„Das ist noch gar nichts. Solche Horste können eine Höhe von bis zu fünf Metern erreichen."

„Schade, dass die Bewohner gerade nicht daheim sind. Ich hätte sie gern gesehen."

„Vermutlich sind sie vorn am Küstenstreifen auf Fischfang. Das ist ein interessantes Schauspiel. Wenn sie einen Fisch in ihren Krallen haben, der sich heftig wehrt, halten sie ihn im Wasser solange fest, bis er sich müde gezappelt hat. So ein Seeadler kann minutenlang mit ausgebreiteten Schwingen auf dem Wasser liegen. Da denkst du schon, der wäre ersoffen, aber urplötzlich erhebt er sich mit seiner Beute in die Lüfte." Ein heftiges Frösteln überfiel Lara. Sabrinas Bild stand ihr vor Augen, wie sie da nackt zwischen den Steinen in der Brandung lag. Jemand hatte sie unter Wasser gedrückt, bis sie sich nicht mehr gewehrt hatte. Raul sah sie besorgt an.

„Oh je, es ist zu anstrengend für dich. Weißt du, ich bin es gewohnt, täglich viele Stunden zu Fuß unterwegs zu sein. Ich hätte Rücksicht auf dich nehmen sollen. Komm, lass uns langsam zurückgehen."

Sie widersprach nicht. Wie zum Trost sahen sie auf dem Rückweg noch das Seeadlerpaar, das über ihren Köpfen majestätisch seine Kreise zog.

37.

Lara bemerkte die Frau neben Rauls Auto nicht sofort. Vielleicht lag es ja daran, dass sie so starr dastand, als wäre sie mit der Landschaft verwachsen. Nur aus ihren dunklen Augen blitzte und loderte ein gefährliches Feuer. Als Raul sie bemerkte, blieb er einen Moment regungslos stehen. Sie schienen einander mit Blicken zu messen. Die Frau musste etwa in Laras Alter sein und sie war zweifellos sehr attraktiv mit ihrem langen, dunklen Haar und den braunen Mandelaugen in dem ebenmäßigen Gesicht.

„Daniela...“, sprach Raul sie unsicher an. Da brach es aus ihr heraus: „Wie schön, dass du dich wenigstens noch an meinen Namen erinnerst. Sonst bin ich ja wohl abgeschrieben. Wie oft habe ich dich gebeten, mich mit auf das Gelände zu nehmen. Schließlich habe ich als Biologin ein berechtigtes Interesse. Stattdessen nimmst du die da mit.“ Mit einer verächtlichen Handbewegung wies sie auf

Lara. „Welche Qualifikationen bringt sie denn mit? Ist sie gut zu Vögeln?“

„Daniela, hör bitte auf damit.“ Sie dachte gar nicht daran, sie sprühte vor Zorn.

„Das ist es doch, nicht wahr, das ist doch alles was dich interessiert? Dass eine Frau gut zu vögeln ist. Und wenn du kein Interesse mehr an ihr hast, dann erinnerst du dich auch nicht mehr daran, was sie für dich getan hat.“

„Hör zu Daniela, wir können über alles reden. Morgen...“

„Nein, nicht morgen“, unterbrach sie ihn. „Jetzt sofort, auf der Stelle. Schick die Schnepfe weg oder ich erzähle ihr, wen sie da gerade anhimmelt.“

„Ich werde Lara erst heimfahren.“

„Nicht nötig, ich nehme den Bus.“ Lara war aus ihrer Erstarrung erwacht und wollte weiter nichts, als diese peinliche Situation hinter sich lassen. Nahezu fluchtartig machte sie sich auf den Weg. Sie hörte, dass Raul ihr etwas nachrief, was jedoch in Danielas Wortschwall unterging. Das hatte ihr gerade noch gefehlt! Offenbar war zwischen Raul und seiner Exfreundin noch längst nicht alles geklärt. Nichts konnte sie im Moment weniger gebrauchen, als da zwischen die Fronten zu geraten. Sie hatte wahrhaftig genug andere Probleme. Lara verließ die Straße und lief hinunter zum Strand. Falls Raul inzwischen mit Daniela losgefahren war, sollte er gar nicht erst auf die Idee kommen, sie unterwegs aufzusammeln. Hier unten war es ruhig, nur einige Angler saßen am Wasser. Gerade war sie an einem von ihnen vorbeigelaufen, als sie hinter sich ein Scheppern und eine aufgebrachte Stimme hörte: „He, was soll das, können Sie nicht aufpassen?“ Erschrocken drehte sie sich um. Ein umgekippter Eimer lag im Sand, während der Mann, dem er offenbar gehörte, sie wütend ansah.

„Oh, war ich das? Das tut mir leid", stammelte sie.

„Gut, dass es Ihnen wenigstens leid tut. Ich dachte schon, Sie sind eine von diesen militanten Tierschützern und wollten meine Würmer freilassen."

„Ich sammle sie wieder auf", versicherte Lara. Mutig streckte sie die Hände nach dem unappetitlichen Gewimmel aus. Jetzt lachte er, ergriff ihre Hand und hielt sie davon ab.

„Nein, das müssen Sie wirklich nicht. Die überlassen wir jetzt schön den Möwen. Aber weil ich durch Ihre Schuld nun nicht mehr angeln kann, sind Sie verpflichtet, mir anderweitig die Zeit zu vertreiben. Ich schlage vor, dass ich Sie auf einen Kaffee einladen darf. Nicht weit von hier gibt es ein nettes kleines Café." Das Lächeln, mit dem er das vorbrachte, war sehr charmant. Er war ein gutaussehender Mann, groß, schlank und muskulös. Das halblange, mittelbraune Haar trug er zu einem Pferdeschwanz zusammengebunden, der kleine Kinnbart stand ihm ausgesprochen gut. Eine Narbe, die sich von der Stirn bis hinunter auf die rechte Wange zog, gab seinem Gesicht etwas Verwegenes, ebenso wie die Nase, die aussah, als wäre sie bereits einmal gebrochen worden.

„Nun kommen Sie schon", drängte er, als er Laras Zögern bemerkte. „Sollen die Würmer denn umsonst gestorben sein?"

„Gut", sagte sie, „eigentlich könnte ich jetzt tatsächlich einen Kaffee vertragen." Sie folgte ihm zu einem schweren, dunklen Geländewagen, in dem er seine Angelutensilien verstaute. Nur zehn Minuten später parkten sie vor einem kleinen Café, das sich als erfreulich leer erwies.

Noch immer fürchtete sich Lara davor, in der Öffentlichkeit erkannt zu werden. So hatte sie auch nichts dagegen, dass ihr Begleiter einen Tisch in einer Nische auswählte, die vom Rest des Raumes her nicht einsehbar war. „So“, sagte er, als sie sich schließlich gegenüber saßen, „nun wird es höchste Zeit für eine ordentliche Vorstellung. Markus Tröger ist mein Name.“ Am liebsten hätte Lara diesen Moment noch weiter hinausgezögert und bedauerte schon heftig, die Einladung angenommen zu haben. Spätestens wenn sie ihren Namen nannte, würde er wissen, mit wem er es zu tun hatte. Ob sie sich einfach als jemand anders ausgeben sollte? Die Versuchung war groß, doch irgendwie erschien es ihr albern. „Larissa Liebig“, sagte sie und musste sich kurz räuspern. Er zeigte keinerlei Anzeichen von Überraschung.

„Larissa ist ein schöner Name“, sagte er nur.

„Wohnen Sie hier oder machen Sie Urlaub?“

„Urlaub. Ich bin gestern erst angekommen.“ Das war natürlich ein Glücksfall. Dann wusste er eventuell nicht über den Mord Bescheid und konnte deshalb auch ihren Namen nicht einordnen. Sie entspannte sich etwas, nun fühlte sie sich zu einem unverfänglichen Gespräch in der Lage.

„Und was machen Sie sonst so, wenn Sie gerade nicht im Urlaub sind?“

„Ich bin Beamter, Sachbearbeiter beim Liegenschaftsamt, um genau zu sein.“

„So sehen Sie überhaupt nicht aus.“ Das war ihr einfach herausgerutscht und sie spürte, dass sie rot wurde. Er lachte aus vollem Halse. Sein absolut makelloses Gebiss erinnerte an das eines Hollywood-Schauspielers.

„Das ist mal ein richtig nettes Kompliment, noch dazu von einer so schönen Frau“, brachte er glucksend hervor. „Wie stellt man sich einen Sachbearbeiter vor? Bleich, humorlos und so staubtrocken wie die Akten, die er täglich wälzt?“

„Irgendwie schon“, gab sie zu, „das sind vermutlich alberne Vorurteile, die man da im Kopf hat.“

„Nicht unbedingt, da ist manchmal schon was dran. Es war auch alles andere als mein Traumjob, das können Sie mir glauben.“ Eine sehr junge, freundliche Serviererin kam an ihren Tisch, um die Bestellung aufzunehmen. Sie entschieden sich beide für warmen Apfelstrudel mit Vanilleeis und ein Kännchen Kaffee.

„Nun müssen Sie mir aber erst einmal erzählen, was Sie so machen“, nahm er das unterbrochene Gespräch wieder auf. Lara nickte.

„Ich bin Hotelfachfrau und habe bis vor kurzem in München gelebt und gearbeitet. Im Moment nehme ich eine Auszeit und will mich dann eventuell beruflich neu orientieren.“

„Heißt das, Sie wollen nur anderswo arbeiten oder möchten Sie etwas ganz anders ausprobieren?“

„Letzteres. Ich möchte nochmal studieren. Literaturwissenschaft.“ Er lehnte sich zu ihr hinüber und musterte sie erstaunt.

„Tatsächlich? Dann verfolgen wir die gleichen Interessen. Unsere Begegnung kann kein Zufall sein, die war vom Schicksal gewollt.“

„Sie interessieren sich auch für Literatur? Ich hätte Sie eher in der sportlichen Ecke verortet.“

„Das schließt einander nicht unbedingt aus. Ich boxe in meiner Freizeit. Aber ich schreibe auch. Zugegeben“, er hob in gespielter Abwehr die Hände, „ich stehe da noch ganz am Anfang. Zwei schmale Bändchen habe ich bisher bei einem Kleinverlag veröffentlichen können, eins mit Erzählungen und eins mit Gedichten. Das hat mich weder reich noch berühmt gemacht, doch es befriedigt ungemein.“ Jetzt war Lara fasziniert und neugierig zugleich. Sie hörte Markus Tröger aufmerksam zu, als er ihr erklärte, dass er seine berufliche Laufbahn nur auf Wunsch der Eltern eingeschlagen hätte. Auch sein Vater sei Beamter gewesen und hätte sich für den Sohn ebenfalls eine gesicherte Existenz gewünscht. Die Liebe zum Schreiben habe er jedoch schon immer verspürt und genau wie Lara hoffte er darauf, ihm irgendwann den größten Teil seiner Zeit widmen zu können. Nun berichtete sie ebenfalls ausführlicher von ihren Wünschen und Plänen. Innerhalb kürzester Zeit war eine Vertrautheit zwischen ihnen entstanden, die Lara nicht für möglich gehalten hätte. Draußen war es dunkel geworden, die Serviererin hatte eine Kerze auf ihrem Tisch angezündet und sie waren inzwischen von Kaffee zu Wein übergegangen. „Ich fahre dich selbstverständlich nach Hause“, sagte Markus, als sie schließlich aufbrachen. Auch das Duzen hatte sich zwischen ihnen wie von selbst ergeben.

„Aber du hast getrunken.“

„Nur im erlaubten Maße“, beruhigte er sie. Er ließ sich beschreiben, wo er sie in Kühlungsborn hinfahren sollte.

„Ein Haus direkt am Wasser? Wie schön. Ich habe mein Motorboot im Hafen zu liegen, ich könnte dich abholen und wir fahren mal ein Stück raus.“

„Lieber nicht. Ich fühle mich an Land wohler.“

„Schade, aber Hauptsache wir sehen uns wieder. Morgen um drei an der Seebrücke?“

„Abgemacht“, sagte sie und merkte, dass sie sich darauf freute. Erst hinterher fiel ihr ein, dass sie ihn überhaupt nicht gefragt hatte, wo er eigentlich wohnte.

38.

Einsam und dunkel lag das Haus da. Raul war demnach noch nicht wieder daheim, die Meinungsverschiedenheiten mit Daniela schienen umfangreicherer Natur zu sein. Aber was kümmerte sie das überhaupt, sie hatte immerhin einen angenehmen Nachmittag verbracht. Der Abend war mild für die Jahreszeit, das Meer so ruhig wie ein schwarzer Spiegel, eine schmale Mondsichel stand am nachtdunklen Himmel. Während sie das friedliche Bild in sich aufnahm, fiel ihr plötzlich ein Schatten in den Dünen auf. Was war das? Ein großer Stein? Sie strengte ihr Gedächtnis an, konnte sich jedoch nicht erinnern, dass er ihr bei Tage schon einmal an dieser Stelle aufgefallen wäre. Täuschte sie sich oder bewegte sich da etwas? Der Schatten schien größer zu werden, sich aufzurichten, zu einer Gestalt heranzuwachsen. Lara schrie auf und wusste nicht, wie sie die wenigen Schritte, die sie noch von der Haustür trennten, zurückgelegt hatte. Vermutlich war sie geflogen. Nun leuchtete die Lampe auf, in deren Schein sie mit zitternden Fingern den Schlüssel ins Schloss steckte. Geschafft! Sie stürzte in den Flur, knallte die Tür hinter sich zu und drehte den Schlüssel zweimal im Schloss herum. Zitternd ließ sie sich auf einen Hocker fallen, die Tür fest im Blick. Hatten ihre überreizten Nerven ihr einen Streich gespielt oder war da tatsächlich etwas gewesen? Sie starrte weiter wie gebannt zur Tür hin. War da ein Scharren zu hören? Ihr Schlüsselbund, das noch am Schloss hing, begann sich leise zu bewegen. Da war jemand, kein Zweifel! Lara tastete nach dem Handy in ihrer Tasche. Ihre Finger waren so kalt und steif, dass es ihr entglitt. Zitternd bückte sie sich danach. In dem Moment, als sie es aufheben wollte, sprang die Tür auf und Raul stand vor ihr.

„Hallo Lara, bist du auch gerade erst gekommen?" Sie konnte nicht gleich antworten. Sein Gesicht nahm einen besorgten Ausdruck an.

„Was ist los? Stimmt etwas nicht? Bist du etwa sauer auf mich?"

„Nein, natürlich nicht." Langsam fand sie die Sprache wieder. „Ich hab mich erschreckt. Irgendwie habe ich dein Auto überhaupt nicht gehört und als dann plötzlich jemand an der Tür war, dachte ich, es ist ein Einbrecher." Er sah sie mitfühlend an.

„Es ist verständlich, dass du dich ängstigst. Das war vorhin eine blöde Situation. Ich hätte im Traum nicht damit gerechnet, dass Daniela mir auflauern und eine Szene machen würde. Wenn du nicht gleich weggelaufen wärst, hätte ich ihr schon noch klargemacht, dass ich dich auf jeden Fall erst nach Hause bringen würde."

„Kein Problem, ich habe ja hergefunden." Das Thema Daniela war ihr nach wie vor peinlich, sie mochte es nicht vertiefen. Doch Raul hatte offenbar das Bedürfnis, sich zu rechtfertigen.

„Weißt du, wenn ich mit ihr in Freundschaft auseinandergegangen wäre, dann hätte ich sie auch mit auf die Insel genommen. Sie hat ein fachliches Interesse daran, ich verstehe das. Aber so, wie wir im Moment zueinander stehen, macht das einfach keinen Sinn. Es wäre nur wieder eine Gelegenheit zu sinnlosen Diskussionen. Darauf habe ich keine Lust mehr."

„Nun hast du aber doch wieder mit ihr diskutieren müssen."

„Leider. Gebracht hat es allerdings überhaupt nichts." Er schälte sich aus seiner Jacke und Lara wurde bewusst, dass sie noch immer ihren Anorak trug. Sie zog ihn aus und hängte ihn an die Garderobe neben der Tür.

„Lass uns den Ärger vergessen", sagte Raul. „Hat es dir wenigstens auf der Insel gefallen?"

„Ja, es war sehr beeindruckend." Sie verriet ihm nicht, dass sie danach eine Begegnung gehabt hatte, die sie sogar noch stärker beeindruckt hatte. Abends in ihrem Zimmer durchsuchte sie das Internet nach Markus Tröger. Er hatte ihr verraten, dass er seine Bücher unter dem Pseudonym Tom Marek veröffentlichte. Tatsächlich, da war er. Zwei schmale Bände mit schönem, schlichtem Cover. Kein Autorenfoto, spärliche biografische Angaben. Verständlich, da er Wert auf Anonymität legte. Vermutlich hatte er keine Lust, sich in seiner Behörde dumme Sprüche anzuhören. Sie hatte ja selbst zur Genüge erlebt, wie verständnislos die Umwelt auf schriftstellerische Ambitionen reagierte.

Schließlich nahm sie sich wieder das Tagebuch ihrer Tante vor. Pit und Louisa planten inzwischen eine gemeinsame Zukunft. Louisa war hin - und hergerissen zwischen dem Wunsch, endlich für ihn frei zu sein und einem Rest an Loyalität gegenüber ihrem Mann, der sie zwar betrog, aber nicht freigeben wollte. Immer öfter sprach sie von dunklen Vorahnungen und einem Gefühl der Bedrohung, während Pit in seinen Briefen auf eine schnelle Lösung drängte. Auf den letzten Seiten wurde der Ton plötzlich optimistisch.

D. hat mich angesprochen, schrieb Louisa. *Was habe ich unter dieser Frau gelitten. Sie hat Gerüchte über mich in Umlauf gebracht, hat mir das Leben hier noch schwerer gemacht, als es ohnehin schon ist. Aber auf einmal will sie meine Verbündete sein. Ihr Verhältnis mit Leo hat mich gekränkt, aber nur deshalb, weil er sich mit einer so niveaulosen, berechnenden Person eingelassen hat. Sie träumt vom sozialen Aufstieg, von einer Ehe mit Leo. Dafür würde sie alles tun. So, wie ich alles dafür geben würde, diese Ehe auf anständige Weise beenden zu können. In diesem Sinne sind wir plötzlich tatsächlich Verbündete. Ich werde mich morgen mit ihr treffen, werde mir anhören, was sie zu sagen hat. Niemand soll davon erfahren. Es ist ein Bündnis mit dem leibhaftigen Teufel, das ich da eingehe. Manchmal hat man leider keine andere Wahl.*

Es war die letzte Eintragung im Tagebuch, danach kam nichts mehr. Lara schaute auf das Datum und erschrak: 3. Juli 2005. Am Morgen des 5. Juli hatte man Louisa Liebig tot aus der Brandung geborgen. Am Vorabend hatte sie ihren eigenen Worten nach versucht, ein Bündnis mit dem Teufel einzugehen. Sie hatte es nicht überlebt.

39.

Lara hatte eine unruhige Nacht hinter sich. Der letzte Eintrag im Tagebuch ihrer Tante hatte sie aufgewühlt. Wer war D? Es konnte sich eigentlich nur um die Frau handeln, mit der Onkel Leo nach dem Tod seiner Frau zusammengelebt hatte. Doreen war ihr Name gewesen, das passte. Hatte das vereinbarte Treffen zwischen ihr und Louisa tatsächlich stattgefunden? Was war dabei besprochen worden? Hatte es Louisa in solche Aufregung versetzt, dass sie danach alkoholisiert ins Meer gegangen war, vielleicht sogar in suizidaler Absicht? Nein, das passte nicht zu den vorherigen Eintragungen. Sie wollte leben, sie wollte eine Zukunft mit Peter Schwarzer. Hatte ihr die Rivalin etwas angetan? Wenn es so gewesen war, dann würde das nicht mehr zu beweisen sein. Schließlich war auch sie tot, unter mysteriösen Umständen ermordet. Unruhig wälzte Lara sich hin und her, ihre Gedanken wollten sie einfach nicht zur Ruhe kommen lassen. Unten im Haus waren leise Schritte zu hören, dann wurde die Eingangstür geöffnet und wieder geschlossen. Sie lauschte angespannt, doch es war kein Laut mehr zu hören. War Raul etwa noch einmal weggegangen? Aber wo wollte er mitten in der Nacht hin? Sie spähte vorsichtig aus dem Fenster, konnte jedoch nichts erkennen. Der Schatten, der sie so beunruhigt hatte, fiel ihr wieder ein. Was, wenn ihr dort wirklich jemand aufgelauert hatte? Und wenn derjenige bemerkt hatte, dass sie jetzt allein im Haus sein musste? Nun war an Schlaf überhaupt nicht mehr zu denken. In ihre Bettdecke gewickelt setzte sich auf einen Sessel am Fenster, das Handy in Reichweite. Mehrere Stunden vergingen so, mehrmals musste sie kurz eingenickt sein, um bei jedem noch so leisen Geräusch sofort wieder aufzuschrecken. Dann war das Brummen eines Motors zu hören. Autoscheinwerfer tasteten sich den Weg entlang zum Haus hinauf. Eine Tür klappte, die Haustürbeleuchtung sprang an und sie erkannte Raul, der eine große Tasche bei sich hatte. Er betrat das Haus so leise, wie er es verlassen hatte, vermutlich, weil er sie nicht stören wollte. Lara schaute auf die Anzeige des Handys. Es war 5.30 Uhr. Wo war er so lange gewesen? Ob er sich wieder mit Daniela getroffen hatte, entgegen seinen Beteuerungen, sich auf keine weiteren Diskussionen mit ihr einlassen zu wollen? Im Grunde sollte es ihr gleichgültig sein. Sie spürte, wie müde und erschöpft sie war. Froh darüber, nicht mehr allein im Haus zu sein, legte sie sich ins Bett, um augenblicklich einzuschlafen.

Ein lautes Scheppern von unten weckte sie am nächsten Morgen. Es klang, als wäre Geschirr zu Bruch gegangen. Gleich darauf hörte sie Raul in der Küche laut fluchen. Wie spät war es eigentlich? Oh, schon 9.00 Uhr durch. Sie beeilte sich mit ihrer Morgentoilette und traf Raul noch beim Frühstück an. „Habe ich dich geweckt?“, fragte er. „Das tut mir leid. Mein ursprünglich nur noch dreiteiliges Frühstücksgeschirr besteht jetzt wieder aus zwölf Teilen. Es deutete auf die Scherben, die auf einem Kehrblech unter dem Tisch standen. An seiner rechten Hand trug er einen frischen Verband.

„Autsch, du hast dich geschnitten. Ist es schlimm?“ Er winkte ab.

„Das war schon vorher passiert, nicht weiter der Rede wert. Aber vermutlich habe ich deshalb ungeschickt zugefasst.“

„Warst du heute Nacht noch unterwegs?“

„Nein“, erwiderte er schnell, „wie kommst du darauf?“ Lara ärgerte sich, gefragt zu haben. Wenn er offensichtlich nicht darüber reden wollte, sollte sie das respektieren.

„Ich meinte nur wegen der Verletzung. Die hattest du gestern Abend noch nicht.“

„Ach so.“ Er wirkte erleichtert. „Ich musste ganz spät noch eine Glühbirne auswechseln. Blöderweise ist sie mir in der Hand zersprungen. Den Verband habe ich nur angelegt, weil ich nicht das Bettzeug mit Blut einsauen wollte. Der kann inzwischen sicher schon wieder ab.“ Laras Handy klingelte, es war ihre Mutter. Immerhin hatten die dramatischen Ereignisse der vergangenen Wochen bewirkt, dass sie nun wieder miteinander sprachen. Viel Neues hatte Lara nicht zu berichten, sie erklärte nur, den Ort nicht verlassen zu dürfen, solange sie nicht völlig entlastet wäre. Marga schien das mit einer gewissen Erleichterung hinzunehmen, offenbar wäre ihr eine Rückkehr der Tochter nach Hause im Moment nicht recht. Als sie das Gespräch beendete, war Raul bereits im Begriff aufzubrechen. Sie ließ sich Zeit, erst am Nachmittag verließ sie ebenfalls das Haus. Ihr erster Blick galt der Stelle in den Dünen, an der sie gestern die beunruhigende

Beobachtung gemacht hatte. Dort befand sich definitiv kein Stein und auch sonst nichts, was geeignet war, einen derartigen Schatten zu werfen. Langsam ging sie hinüber. Dann sah sie es: Drei schwarze Federn stecken dort im Sand. Ihr Herz begann heftig zu klopfen, gleichzeitig schalt sie sich hysterisch. Sie musste aufhören, in allen Dingen Zeichen zu sehen. Schließlich konnten Kinder im Sand gespielt und die Federn dorthin gesteckt haben. Das wäre eine naheliegende Erklärung. Sie ging zum Strand hinunter. Der Wind hatte tagsüber aufgefrischt, die Wellen trugen kleine Schaumkronen.

„Guten Tag! Ganz schön frisch heute.“ Lara erschrak, sie hatte niemanden kommen sehen. Wie aus dem Boden gewachsen stand der Mann neben ihr. Aber das war ja nur Arne, der Flaschensammler, vor dem musste sie sich nicht fürchten.

„Guten Tag! Wieder unterwegs?“ Sie wusste nicht, was sie sonst sagen sollte. Er grinste.

„Wer rastet, der rostet. Besonders in meinem Alter. Da sollte man immer in Bewegung bleiben.“ Er schaute sie durchdringend an. „Aber Sie sollten auf sich aufpassen. Wo Sie sich aufhalten, mit wem Sie zusammen sind. Manche Orte sollte man besser meiden, manche Menschen auch. Sie könnten gefährlich sein.“

„Was meinen Sie damit?“ Er zucke die Achseln.

„Ich habe Sie gestern gesehen.“

„Wo?“, fragte sie, obwohl sie die Antwort ahnte. Er musste ihren Ausflug nach Wustrow meinen. Doch er achtete nicht auf sie, sondern starrte aufs Meer hinaus, wo weit draußen ein einsames Boot auf den Wellen tanzte, das er aufmerksam fixierte.

„Blüst da der Deibel?“, fragte Lara scherzhaft. Er schaute sie sehr ernst an.

„Der Deibel ist manchmal näher als man glaubt. Er weiß sich gut zu tarnen. Tut freundlich und auf einmal, wenn du gar nicht daran denkst, dann greift er nach dir.“ Sie zuckte zusammen, als sie unvermittelt seine knochige Hand auf ihrer Schulter spürte. Ihr war unbehaglich zumute.

„Ich muss los, ich bin spät dran.“ Das stimmte zwar nicht, aber sie wollte das seltsame Gespräch um jeden Preis beenden. Arne nickte nur abwesend, ohne sie anzusehen. Mit zusammengekniffenen Augen beobachtete er das Boot, das näher zu kommen schien. Er schien Lara vergessen zu haben, die sich erleichtert entfernte.

Bis zu ihrer Verabredung mit Markus war noch Zeit. Sie beschloss, langsam die Strandpromenade hinunterzulaufen. Auf keinen Fall wollte sie zu früh am Treffpunkt sein. Aber dann sah sie ihn schon von weitem an der Seebrücke stehen und war plötzlich aufgeregt wie vor einem Date. Er schien jedenfalls ebenfalls sehr erfreut sie zu sehen. Das Haar hatte er wieder im Nacken zusammengebunden, seine Aufmachung wirkte sportlich-leger. Zu Jeans und Rollkragenpullover trug er eine gesteppte Weste. Er war zweifellos ein attraktiver Mann. Beim Lächeln entblößte er seine makellosen Zähne.

„Wollen wir zum Yachthafen gehen?“, fragte er. „Wir könnten dort was essen und ich zeige dir anschließend meine Yacht.“ Auf das letzte Wort legte er eine leicht ironische Betonung. Lara hatte nichts dagegen. Sie liebte diesen Platz, konnte dort stundenlang sitzen und zusehen, wie die Segelboote und Yachten ein- und ausliefen. Die Yacht von Markus entpuppte sich als kleines, schnittiges

Motorboot. Es trug ein feuerrotes Logo in Form eines Kraken.

„Wenn du magst, chauffiere ich dich später damit nach Hause. Es gibt schließlich diesen Steg in der Nähe deiner Unterkunft, das ist ideal.“ Sieh an, das hatte er also schon ausgekundschaftet. War das ein Zeichen von Interesse an ihr? Oder das allgemeine Interesse des Wassersportlers, der immer nach günstigen Möglichkeiten suchte, an Land gehen zu können? Vermutlich einfach letzteres, sie wollte sich nicht zu viel einbilden. Ein leichter Nieselregen setzte ein, es wurde ungemütlich. Markus umfasste ihre Schultern. „Gehen wir rein. Da ist es gemütlicher.“ In der Gaststätte am Hafen loderte ein Kaminfeuer. Lara fühlte sich wohl und Markus hatte eine einfühlsame Art, sie zum Reden zu bringen. Obwohl sie das ganz und gar nicht beabsichtigt hatte, erzählte sie ihm, was ihr in den vergangenen Wochen widerfahren war. Irgendwann nahm er beim Reden ihre Hand und hielt sie die ganze Zeit über fest.

„Was für eine Geschichte“, flüsterte er zum Schluss. „Wenn du Hilfe brauchst, ich bin immer für dich da.“ Es wurde spät an diesem Abend, sie verließen die Gaststätte fast als letzte. Leider bestand Markus immer noch auf seinem Plan, sie mit dem Boot heimzubringen, obwohl Lara den Landweg vorgezogen hätte. Ihr war unwohl bei dem Gedanken, auf das dunkle Wasser hinauszufahren. So schlimm wurde es dann allerdings doch nicht. Der fantastische Anblick der Kette hell erleuchteter Hotels an der Strandpromenade ließ sie ihre Angst vergessen.

„Der Anblick lohnt sich, so habe ich das noch nie gesehen“, sagte sie. Markus wirkte jedoch abgelenkt, er schaute zu einem andern Boot hinüber, das ihnen zu folgen schien. In der Dunkelheit waren nur seine Lichter auszumachen. Die Unruhe von Markus übertrug sich auf Lara.

„Stimmt was nicht mit dem?“, fragte sie.

„Allerdings“, murmelte er. „Der verhält sich äußerst seltsam. Er scheint uns zu verfolgen.“ Dann hatten sie den Steg auch schon erreicht, Markus legte an und das andere Boot drehte ab.

„Danke für den schönen Abend“, sagte Lara. „Und dafür, dass du mir zugehört hast.“

„Danke für dein Vertrauen. Und dafür, dass es dich gibt.“ Der Abschiedskuss war so, wie Lara ihn sich erträumt hatte, lang und zärtlich. Kurz darauf betrat sie das Haus mit einem Lächeln. Raul kam ihr schon im Flur entgegen.

„Da bist du ja. Ich habe mir Sorgen gemacht.“

„Keine Ursache, es ist alles in Ordnung.“ Sie sagte ihm nicht, wo sie gewesen war und mit wem sie sich getroffen hatte. Er erzählte ihr schließlich auch nicht, wo er mitten in der Nacht hinging.

40.

Markus hatte ihr erzählt, dass er gerade seinen ersten Roman fertiggestellt und an mehrere Verlage geschickt hatte. Am Donnerstag rief er sie aufgeregt an. „Stell dir vor, ein Verlag interessiert sich für das Manuskript. Ich konnte schon für morgen einen Termin vereinbaren. Du, ich habe keine Ruhe mehr, ich fahre gleich los. Es ist in Stuttgart, also nicht gerade um die Ecke. Spätestens am Samstag fahre ich zurück und bin am Sonntag wieder hier. Dann erzähle ich dir alles ganz genau. Drück mir bitte die Daumen, dass es klappt.“ Natürlich würde sie ihm die Daumen drücken, aber sie spürte einen leisen Anflug von Enttäuschung, weil sie sich nun zwei Tage nicht sehen würden. So weit war es also schon gekommen. Sie staunte über sich selbst. Hatte sie nicht bis vor kurzem in Raul den Mann ihrer Träume gesehen? Aber um ihn gab es zu viele Geheimnisse und dagegen war sie seit Francescos Betrug regelrecht allergisch. Seit dem

Ausflug nach Wustrow hatten sie wenig Kontakt gehabt, was allerdings nicht ausschließlich an ihm lag. Ausgerechnet an diesem Abend fragte er sie, ob sie am Wochenende schon etwas vorhabe. Sie schüttelte den Kopf.

„Dann sollten wir vielleicht gemeinsam etwas unternehmen. Worauf hättest du Lust?“ Er schaute sie erwartungsvoll an.

„Was käme denn infrage?“

„Ganz nach Wunsch. Natur oder Kultur, auch die Kombination von beidem ist möglich. Wir können einen Ausflug machen und danach noch ein Konzert oder eine Ausstellung besuchen. Sieh mal, ich habe hier den aktuellen Veranstaltungsplan.“ Lara studierte ihn aufmerksam und am Ende stand ihr gemeinsames Wochenendprogramm fest. Sie würden am Samstag zum Basdorfer Gutshof wandern und abends eine Party mit brasilianischer Lifemusik besuchen. Am Sonntag könnten sie dann ausschlafen und anschließend den Brunch in einem nahegelegenen Hotel genießen. Bezüglich der Party hatte Lara Bedenken gehabt. Der Mord an Sabrina lag erst knapp vier Wochen zurück, sie selbst war vom Verdacht einer Mitschuld noch nicht freigesprochen. Wie würde es aussehen, wenn sie in einer Hotelbar ausgelassen feierte? Zumindest doch sehr pietätlos. Raul redete heftig gegen ihre Bedenken an.

„Willst du jetzt in Sack und Asche gehen und dich im Haus verkriechen? Es reicht doch wohl, dass du sogar zu Unrecht im Gefängnis warst. Keiner wird dich schief anschauen, das verspreche ich dir.“ Allmählich fand Lara Gefallen an dem Plan, doch es sollte alles anders kommen.

In der Nacht hörte sie Raul wieder das Haus verlassen. Am Freitag brach er früh auf, er hatte einen Termin an der Uni. Sie fragte sich, wie er es schaffte, mit so wenig Schlaf auszukommen. Zwar hatte sie ihn am Morgen nur ganz kurz gesehen, doch ihr waren die dunklen Ringe unter seinen Augen aufgefallen. Wie lange wollte er das noch durchhalten? Und vor allem weshalb? Am Samstagabend würde sie ihn noch einmal danach fragen, auf der Party, wenn sie beide in gelöster Stimmung wären. Diesmal würde sie sich nicht mit einer Lüge abspeisen lassen.

Der Freitag war ein trüber Tag, den Lara zum großen Teil mit Lesen verbrachte. Sie hatte ein Buch über kreatives Schreiben erworben, das sie ausgesprochen fesselte. Schließlich machte sie sich daran, eine Skizze für einen Roman zu entwerfen. Gegen Abend wurde sie früh müde, ihr wurde bewusst, dass sie in den vergangenen Nächten, seit Raul regelmäßig das Haus verließ, immer unruhig geschlafen hatte. In dieser Nacht war es jedoch anders, die Erschöpfung forderte ihren Tribut und sie schlief sehr tief. Ein beängstigender Traum tauchte auf: Sie ging durch ein dunkles Labyrinth und hörte eine Frau in Todesangst schreien. Verwirrt fuhr sie aus dem Schlaf hoch und brauchte eine Weile, bevor sie begriff, dass die Schreie noch immer zu hören waren. Lara knipste die Nachttischlampe an und trat ans Fenster. Zu erkennen war nichts, doch als sie das Fenster vorsichtig ein Stück weiter öffnete, traf sie der nächste Schrei bis ins Mark. Es war ein langgezogenes Nein, das in ein gequältes Schluchzen überging. Kein Zweifel, da schrie ein Mensch in höchster Not! Lara sprang aus dem Bett, sie schaltete auf dem Weg nach unten überall das Licht an und klopfte an Rauls Schlafzimmertür. Keine Reaktion. Natürlich, er war nicht da. Ein Blick auf die Küchenuhr sagte ihr, dass es 1.00 Uhr durch war. Inzwischen war draußen nichts mehr zu hören, die Schreie waren plötzlich verstummt. Leise öffnete Lara das Küchenfenster. Jetzt hörte sie doch wieder etwas, es klang wie das Wimmern eines Kindes.

Sie lief zum Telefon und wählte den Polizeinotruf. „Hier hat erst jemand geschrien und jetzt klingt es, als wäre jemand verletzt. Ich habe mich nicht getraut, nachzuschauen...“

„Das unterlassen Sie bitte auch weiterhin. Bleiben Sie im Haus, die Kollegen sind sofort da.“ Sie mussten ganz in der Nähe gewesen sein, denn sie kamen tatsächlich sehr schnell. Lara sah zuerst die Autoscheinwerfer, dann hörte sie Rufe und schließlich wurde heftig gegen die Tür geklopft. „Polizei, öffnen Sie bitte.“ Ein älterer Beamter, der Lara sofort bekannt vorkam, drängte sich herein.

„Wir haben eine Verletzte“, sagte er. „Können wir sie hier irgendwo hinlegen?“

„Auf das Sofa im Wohnzimmer.“ Lara öffnete den beiden Beamten, die eine Frau zwischen sich trugen, die Tür und wies ihnen den Weg. Das alte Sofa von Rauls Oma war nicht sonderlich bequem, doch für den Notfall mochte es angehen. Und das hier war ganz zweifellos ein Notfall. „Der Rettungswagen wird gleich hier sein“, hörte sie eine Frau im Hintergrund sagen. Dann stand ihr Polizeimeisterin Schrader gegenüber. „Hallo, Frau Liebig“, sagte sie. „Das kann ja schon kein Zufall mehr sein. Würden Sie mir sagen, was passiert ist?“ Ein Mann drängte sich aus dem Wohnzimmer in den Flur. Es war Polizeihauptmeister Hübner, den Lara ebenfalls von dem ersten Einsatz in ihrem Haus her kannte. „Ich habe die Kollegen von der Kripo angerufen“, sagte er. „Die Frau wurde überfallen und verletzt.“ In diesem Moment wurde die Schlafzimmertür aufgerissen und Raul stand auf der Schwelle, geisterhaft blass und mit einem zerknautschten Jogginganzug bekleidet.

„Was ist denn hier los?“, fragte er, den Menschenauflauf in der Wohnung verwirrt musternd. Nach einem kurzen, verblüfften Schweigen redeten alle durcheinander.

„Du warst hier?“, fragte Lara erstaunt.

„Wer sind Sie?“, wollte Polizeihauptmeister Hübner wissen.

„Wo kommen Sie jetzt her?“, mischte sich Polizeimeisterin Schrader ein.

„Aus meinem Bett. Können Sie mir mal erklären, was Sie hier machen?“ Raul bekam keine Antwort, weil gerade zwei Sanitäter und eine Notärztin den engen Flur betraten.

„Wo ist die Verletzte?“, fragte die Ärztin und schob sich resolut an den im Flur Stehenden vorbei ins Wohnzimmer, gefolgt von den beiden Sanitätern. Raul nutzte die Chance ihnen einfach zu folgen. Gleich darauf war sein verblüffter Ausruf zu hören: „Daniela! Wie zum Teufel kommst du hierher?“ Einer der beiden Sanitäter beförderte ihn umgehend in den Flur zurück.

„Wie, Sie kennen die Frau?“ Polizeihauptmeister Hübner war höchst interessiert. Doch er musste sich gedulden, weil jetzt auch noch Kriminalhauptkommissar Deisböck mit Gefolge das Haus betrat. Sein Blick fiel sofort auf Lara.

„Na, Frau Liebig, Sie sorgen ja rührend dafür, dass wir nicht arbeitslos werden.“ Den kühlen Temperaturen zum Trotz glänzten Schweißtropfen auf seiner Glatze. Er sah aus, als hätte er mehrere Nächte nicht geschlafen.

„Lassen Sie Frau Liebig in Ruhe, sie hat nicht das Geringste damit zu tun!“, fuhr ihn der nicht weniger übernächtigt wirkende Raul an.

„Ach, das ist ja interessant. Haben Sie vielleicht damit zu tun? Sie kennen wir doch auch schon.“ Die Sanitäter erschienen in der Wohnzimmertür. „Wir brauchen hier jetzt Platz, damit wir mit der Trage durchkommen.“

„Gehen wir in die Küche.“ Lara forderte alle mit einer Handbewegung auf, ihr zu folgen. Die Tür zum Flur ließ sie offen. Raul sagte überhaupt nichts, er und Deisböck maßen einander mit erbosten Blicken. Die Sanitäter hatten inzwischen die Trage geholt und schoben sie nun durch den Flur nach draußen. Einer hielt dabei einen Beutel mit einer Infusionslösung in die Höhe. Lara erhaschte einen Blick auf das schmerzverzerrte Gesicht der darauf liegenden Frau. Jetzt erkannte sie Daniela auch. Sie hielt die Augen geschlossen und wimmerte noch immer leise vor sich hin. Kriminalhauptkommissar Deisböck wandte sich an die der Trage folgende Ärztin.

„Was können Sie schon sagen?“

„Nicht viel“, erwiderte sie. „Sie weist Stich- und Schnittverletzungen auf, die zum Glück nur oberflächlich sind. Aber sie hat einen ziemlichen Schock erlitten.“

„Kann ich kurz mit ihr reden?“

„Auf gar keinen Fall. Wir bringen sie jetzt ins Krankenhaus. Mit etwas Glück wird sie morgen vernehmungsfähig sein.“ Damit musste er sich begnügen. Die Ärztin strahlte Autorität aus und erweckte nicht den Eindruck, als könnte man mit ihr verhandeln. Für diese Niederlage entschädigte er sich, indem er nun in der Küche Anweisungen erteilte. Er würde jetzt mit allen Anwesenden der Reihe nach reden, legte er fest. Zuerst befragte er die Kollegen von der Polizeistreife danach, wann sie gerufen wurden und wie sie die Situation vorgefunden hätten. Dann waren sie erst einmal entlassen. Zu Laras Überraschung drückte ihr Polizeimeisterin Schrader zum Abschied fest die Hand und zwinkerte ihr aufmunternd zu. Diese kleine Geste tat außerordentlich gut.

Kriminalhauptkommissar Deisböck fasste nun sie ins Auge. „Setzen wir uns doch kurz“, sagte er. Lara nahm am Küchentisch Platz, der Hauptkommissar und ein junger Kollege ihr gegenüber. Er war ihr entweder nicht vorgestellt worden oder sie hatte es in ihrer Aufregung überhört. Raul blieb abwartend im Türrahmen stehen.

„Sie haben also die Polizei gerufen. Ist das richtig?“ Lara nickte.

„Dann schildern Sie uns bitte der Reihe nach, wie es dazu kam.“ Sie räusperte sich.

„Ich hatte schon geschlafen und wurde durch Schreie geweckt.“

„War das Fenster offen oder geschlossen?“

„Angekippt, also ein Stückchen offen. Ich habe rausgeschaut, konnte aber nichts erkennen. Daraufhin bin ich nach unten gegangen und habe überall im Haus das Licht angemacht.“

„Wieso haben Sie Herrn Södersen nicht geweckt?“

„Das wollte ich ja, ich habe an seine Schlafzimmertür geklopft. Als er nicht reagierte, habe ich gedacht, er wäre nicht zu Hause.“

„Haben Sie nicht nachgesehen?“

„Nein.“ Deisböck runzelte die Stirn, als wäre ihm dieses Verhalten unbegreiflich.

„Was haben Sie dann gemacht?“, fragte er weiter.

„Ich habe am Küchenfenster gelauscht. Das Schreien hatte aufgehört, stattdessen war da ein Wimmern zu hören. Da habe ich die Polizei gerufen. Sie kamen sehr schnell."

„Sie kennen das Opfer?" Lara zögerte.

„Kennen ist wohl nicht der richtige Ausdruck, ich bin ihr vorgestern zum ersten Mal kurz begegnet. Ich habe sie vorhin lediglich wiedererkannt."

„Welcher Art war diese erste Begegnung?"

„Ich habe sie gesehen, nichts weiter. Sie sprach Herrn Södersen unterwegs an und wollte etwas mit ihm besprechen. Ich bin weitergegangen, um nicht dabei zu stören. Das war alles."

„Haben Sie eine Vorstellung, was sie heute Nacht hier wollte?"

„Nein, überhaupt nicht." Er verzog den Mund zu einem Lächeln, das seine Augen nicht erreichte.

„Nun, darüber kann uns mit Sicherheit Herr Södersen Auskunft geben. Setzen Sie sich zu uns." Raul leistete der Aufforderung Folge, indem er um den Tisch herum ging und sich neben Lara setzte. Obwohl immer noch übernächtigt, wirkte er jetzt sehr aufmerksam.

„Ich weiß auch nicht, was sie hier wollte."

„Herr Södersen, das wollen Sie uns doch nicht ernsthaft weismachen? Frau Daniela Meinhard ist uns schließlich schon bekannt, sie hat Ihnen für die Mordnacht im Haus von Frau Liebig ein Alibi gegeben. Die Art dieses Alibis ließ auf große Vertrautheit zwischen Ihnen und Frau Meinhard schließen. Und jetzt wollen Sie so gar nichts über ihre Beweggründe, nachts vor Ihrem Haus aufzutauchen, wissen?"

„Ich glaube nicht, dass meine persönlichen Verhältnisse Sie etwas angehen", erwiderte Raul kalt.

„Wir fragen das nicht aus Neugier, sondern weil dieser Fall einige Brisanz hat. Sie könnten uns helfen, die Zusammenhänge zu verstehen. Wir können Sie natürlich auch vorladen.“

„Da gibt es nicht viel zu verstehen. Frau Meinhard ist meine Ex-Freundin. Wir haben uns bereits vor zwei Monaten getrennt. Sie akzeptiert das aber nicht und sucht immer wieder das Gespräch mit mir. Aus diesem Grunde lauert sie mir bei jeder Gelegenheit auf.“

„Demnach gehen Sie also davon aus, sie könnte das auch gestern versucht haben. Sie waren nicht verabredet?“

„Das waren wir definitiv nicht.“

„Eines verstehe ich nicht: Wenn Ihre Trennung schon zwei Monate zurückliegt, wie kam dann das Alibi zustande? Sie hatten angeblich die ganze Nacht miteinander verbracht.“

„Wir haben die ganze Nacht gestritten. Sie war unaufgefordert hier aufgetaucht, ich habe mich blöderweise auf eine Diskussion mit ihr eingelassen und wurde sie nicht wieder los.“

„Glauben Sie, dass sie gestern erneut mit Ihnen reden wollte?“

„Ich kann es mir zumindest vorstellen.“

„Gut, belassen wir es erst einmal dabei. Nun zu einer anderen Frage. Schlafen Sie bei geschlossenem Fenster?“

„Nein, es ist unter dem Fensterladen immer einen Spalt offen. Aber ich habe trotzdem nichts gehört. Darauf wollen Sie doch hinaus, nicht wahr?“

„Ich finde das in der Tat seltsam. Frau Liebig ist schließlich von den Schreien erwacht. Sie aber haben nicht einmal reagiert, als sie an Ihre Tür klopfte. Haben Sie einen derart festen Schlaf?"

„Normalerweise nicht, aber nach mehreren Schmerztabletten schon. Mir macht ein Weisheitszahn Probleme."

„Wann sind Sie wach geworden?"

„Erst als die Polizei an die Eingangstür klopfte."

„Nicht einmal da sind Sie aber sofort aufgetaucht."

„Ich habe mir erst etwas angezogen." Kriminalhauptkommissar Deisböck warf einen skeptischen Blick auf Rauls Jogginganzug, sagte aber nichts weiter.

„Haben Sie eine Vorstellung, wer Frau Meinhard überfallen und so zugerichtet haben könnte?"

„Nicht die geringste."

„Frau Liebig, wollen Sie etwas dazu sagen?" Sie hatte wohl eine unwillkürliche Bewegung gemacht. Ihr war der Schatten in den Dünen eingefallen und einen Wimpernschlag lang war sie versucht, darüber zu reden. Doch dann kam es ihr albern vor. Vermutlich hatte sie sich wirklich getäuscht.

„Nein, nichts. Ich bin nur beunruhigt wegen der Sache."

„Das wäre ich an Ihrer Stelle auch." Seine undurchdringliche Miene verriet nicht, wie er das wohl meinte.

41.

Der Samstag verlief so ganz anders, als sie ihn geplant hatten. Lara und Raul hatten nicht wieder schlafen können, sie waren am Küchentisch sitzengeblieben, hatten Kaffee getrunken und sich die meiste Zeit über angeschwiegen. Was gab es auch noch zu sagen? Jeder hing seinen Gedanken nach. Lara hatte schließlich Kopfschmerzen bekommen. Als es draußen hell wurde, hielt sie es nicht mehr aus. „Ich muss an die frische Luft. Kommst du mit?“ Raul schüttelte den Kopf.

„Ich habe mir die Nummer vom zahnärztlichen Notdienst rausgesucht. In einer halben Stunde will ich da anrufen und dann gleich losfahren.“

„Ist es immer noch nicht besser?“

„Eher schlimmer, würde ich sagen. Fühlt sich an, als würde jemand mit einem Presslufthammer meinen Kiefer bearbeiten.“ Lara nickt mitfühlend.

„Dann gute Besserung.“ Sie glaubte ihm, dass er litt, trotzdem nagte leiser Zweifel an ihr. Konnte es wirklich sein, dass er in der Nacht so überhaupt nichts gehört hatte? Nicht einmal ihr Klopfen an der Tür?“

Ein frischer Wind wehte ihr vor der Haustür ins Gesicht. Das tat richtig gut, vielleicht würde er die düsteren Gedanken vertreiben. Doch schon war da der nächste Schock: Absperrband am Strand, Gestalten in weißen Overalls, erste Schaulustige, die sich versammelten. Alles schien sich zu wiederholen. Erst jetzt wurden ihr die Zusammenhänge richtig bewusst. Normalerweise kam nicht gleich die Mordkommission, wenn eine junge Frau überfallen wurde. Ein leiser Pfiff ertönte hinter ihr. Sie drehte sich um und entdeckte Arne, den Flaschensammler. Hatte den auch die Neugier hierher getrieben? Jetzt machte er ihr geheimnisvolle Zeichen, sie solle ihm folgen. Was wollte er von ihr? Ob er etwas beobachtet hatte? Gemeinsam gingen sie nach links, bis der Weg einen leichten Knick machte und sie außer Sichtweite der Menschen unten am Strand waren. Hier blieb Arne stehen und schaute sie durchdringend an.

„Geh weg von hier, Mädchen“, sagte er. „Geh ganz schnell ganz weit weg und komm nie wieder, bevor noch Schlimmeres geschieht.“ Lara fröstelte. Arne, der ihr sonst immer ein wenig läppisch erschienen war, hatte plötzlich die Ernsthaftigkeit und Ausstrahlung eines Propheten.

„Was soll passieren?“, fragte sie mutig. „Was meinen Sie damit?“ Er schüttelte traurig den Kopf.

„Manche Dinge kann man nicht erklären. Doch eines steht fest: Du bist der Magnet, der das Unheil anzieht. Es wird nicht aufhören, solange du hier bist.“

„Ich kann hier nicht weg, selbst dann nicht, wenn ich wollte. Nicht bevor alles aufgeklärt ist. Wenn Sie etwas wissen, dann helfen Sie mir bitte, indem Sie es mir sagen." Ihre Worte schienen ihn nicht zu erreichen. Er schaute in den Himmel. Lara folgte seinem Blick und sah einen Raben kreisen. „Belial", sagte sie.

„Ja, Belial", murmelte er. „Das Tor zur Hölle hat sich geöffnet." Dann ließ er sie einfach stehen und ging mit großen Schritten hinunter zu Strand. Lara mochte ihm nicht dorthin folgen. Sie ging zum Haus zurück. Das Auto von Raul stand nicht mehr dort, er musste demnach schon aufgebrochen sein. Auf einmal fühlte sie sich unendlich einsam. Sie hatte das dringende Bedürfnis mit jemandem zu reden. Frau Dr. Reuter fiel ihr ein, aber sie hatte Hemmungen, sie am Wochenende zu behelligen. Schließlich hielt sie es jedoch nicht mehr aus. Zu ihrer Überraschung meldete sie sich sofort und reagierte ganz anders als erwartet.

„Frau Liebig, das trifft sich gut, dass Sie anrufen, ich wollte mich auch schon bei Ihnen melden. Ich habe schon gehört, was da in der Nacht vor Ihrem Haus passiert ist."

„So schnell? Das ist doch gerade mal ein paar Stunden her."

„Ein Kollege hat mich angerufen. Er hatte heute früh aus einem anderen Grund Kontakt mit der Kripo und dort ist es im Moment das Thema. Ich habe mich dann gleich mit Kriminalhauptkommissar Deisböck in Verbindung gesetzt."

„Der mag mich nicht. Ich habe das Gefühl, er würde mich am liebsten gleich wieder einbuchten."

„So schlimm ist der gar nicht. Er wird nur knurrig, wenn er in einem Fall nicht weiterkommt. Was jetzt passiert, erinnert ihn an den unaufgeklärten Mordfall vor neun Jahren, einen seiner größten Misserfolge. Deshalb schießt er ein wenig über das Ziel hinaus. Auf jeden Fall werde ich mich noch heute mit ihm in Verbindung setzen. Ich will über alle Ermittlungen auf dem Laufenden gehalten werden. Schließlich tangiert dieser Fall unseren, ich gehe jede Wette ein, dass er eine entscheidende Wende bringen wird."

„Aber heute ist doch Wochenende."

„Die Kripo kennt kein Wochenende. Anwälte schon, aber um ehrlich zu sein, ich hätte nicht die Ruhe, bis Montag abzuwarten. So einen Fall hatte ich noch nie, von dem werde ich sogar noch meinen Enkelkindern erzählen. Oh Verzeihung", setzte sie hinzu, „das klang jetzt vielleicht ein wenig frivol. Also nicht, dass es mir nur um den Nervenkitzel ginge."

„Nein, ich verstehe das schon." Lara verstand es wirklich. Für jemanden, der nicht mittendrin steckte, waren die Geschehnisse ein spannendes Rätsel. Für sie waren sie eine fürchterliche Nervenanspannung und ein nicht enden wollender Albtraum. Nachdem Frau Dr. Reuter ihr versprochen hatte, sie sofort anzurufen, falls sich etwas Neues ergeben sollte, beendeten sie das Gespräch. Lara fühlte sich ein wenig erleichtert. Es gab Menschen, die ihr beistanden.

Raul tauchte erst nachmittags wieder auf und trug einen Karton unter dem Arm.

„Geht es deinem Zahn besser?", fragte Lara.

„Keine Ahnung, wie es dem im Abfallbehälter des Zahnarztes so geht, mir geht es ohne ihn auf jeden Fall entschieden besser."

„Er wurde gezogen? Aber die Wunde tut doch bestimmt noch weh?“ Er winkte großspurig ab.

„Nicht der Rede wert im Vergleich zu dem, was ich vorher erdulden musste. Ich hab mir keine Spritze geben lassen, das macht es angenehmer. Ich kann dieses Taubheitsgefühl im Mund nicht ausstehen.“ Lara starrte ihn fassungslos an.

„Du hast dir ohne Betäubung einen Weisheitszahn ziehen lassen?“

„Ja und? Die Menschen sind viel zu verweichlicht. Dabei kann man eine Menge aushalten. Kennst du die Geschichte des Bergsteigers, der sich mit einem Messer selbst die Hand amputierte, weil er sie anders nicht aus einer Felsspalte befreien konnte?“

„Ich glaube, ich möchte sie nicht hören.“

„Okay, dann zeige ich dir jetzt was.“ Er stellte den Karton auf den Küchentisch. „Das ist alles Sicherheitstechnik, simpel aber wirkungsvoll.“ Er hielt ein handliches weißes Gerät in die Höhe.

„Das wird direkt am Fenster oder an der Tür befestigt und macht einen mörderischen Lärm, wenn jemand eindringen will. Hör mal!“

„Spinnst du?“ Lara zuckte zurück und hielt sich erschrocken beide Ohren zu. Das durchdringende Geräusch war so laut, als hätte jemand direkt neben ihr eine Stereoanlage voll aufgedreht.

„Sag ich doch, sehr wirkungsvoll.“ Raul schien zufrieden. „Ich werde sämtliche Fenster im Erdgeschoss und die Eingangstür damit ausstatten. Man kann sie einzeln ein- und ausschalten, das ist sehr praktisch. Das dürfen wir nur nie vergessen bevor wir ein Fenster öffnen, sonst haben wir bald einen Hörschaden.“ Er machte sich sogleich an die Montage. Nun gut, es würde niemanden am gewaltsamen Eindringen hindern, aber Lara fand den Gedanken, nachts nicht mehr angestrengt auf jedes leise Geräusch lauschen zu müssen, schon ein wenig beruhigend. Außerdem würde der Lärm garantiert abschreckend auf einen potentiellen Eindringling wirken. Draußen war es dunkel geworden. Raul lief nervös auf und ab, etwas schien ihn zu beschäftigen.

„Du Lara“, sagte er plötzlich, „ich muss noch mal weg. Aber spätestens um 22.00 Uhr bin ich wieder hier, versprochen. Schalte bitte den Türalarm hinter mir wieder ein. Ich melde mich dann, wenn ich zurück bin. Es ist dir doch nicht zu spät, oder?“

„Nein, natürlich nicht. So früh gehe ich nun wirklich nicht schlafen.“ Ihr ging etwas ganz anderes durch den Kopf. Es war jetzt 17.00 Uhr, Raul beabsichtigte also fünf Stunden unterwegs zu sein. Das war eine ziemliche Zeitspanne. Sie tröstete sich damit, dass er immerhin nicht vorzuhaben schien, nachts das Haus zu verlassen. Trotzdem beunruhigte sie sein Verhalten zunehmend. Gerade kam er mit einer großen Tasche aus seinem Schlafzimmer.

„Also bis dann. Schalte gleich hinter mir den Alarm wieder an. Beim geringsten Verdacht rufst du die Polizei. Ich bin pünktlich zurück.“ Dann hörte sie auch schon den Motor seines Wagens anspringen. Lara ging nach oben, sie machte kein Licht. In der Dunkelheit saß sie am Fenster und starrte nach draußen. Wer konnte Daniela überfallen haben? Eine junge Frau, die zufällig hier aufgetaucht war, um mit ihrem Exfreund zu reden? Oder auch nur, um in seiner Nähe zu sein. Hatte Raul ihre Schreie wirklich nichts gehört? Stimmte die Geschichte mit seinen Zahnschmerzen überhaupt? Heute war ihm nichts mehr anzumerken gewesen, zumindest war das ungewöhnlich, wenn einem gerade ein Backenzahn gezogen worden war. In der Nacht war er sehr spät aufgetaucht, erst als man die verletzte Daniela schon ins Zimmer gebracht hatte. War es ganz anders abgelaufen? Raul könnte Daniela zuerst bemerkt haben, mit ihr in Streit geraten sein und sie verletzt haben. Als er dann im Haus das Licht angehen sah, hatte er von ihr abgelassen und war durch das Fenster in sein Schlafzimmer zurückgeklettert. Zeitlich war dieser Ablauf durchaus denkbar. Aber nein! Lara schüttelte den Kopf. Schock hin oder her, Daniela hätte ihn auf jeden Fall erkannt und verraten. Selbst wenn sie es gestern nicht getan hatte, musste er dann jeden Moment damit rechnen. Er wäre heute nicht so gelassen gewesen, ganz und gar nicht. Sie fing schon an Gespenster zu sehen und alle und jeden zu verdächtigen. Es war wohl besser, wenn sie sich ablenkte. Entschlossen schaltete sie das Licht an und griff zu ihrem Buch über kreatives Schreiben. Sie musste erst wieder einen Zugang dazu finden, doch allmählich begann der Text sie zu fesseln und die Zeit verging sehr schnell. Es war noch nicht ganz 22.00 Uhr, als sie das Auto von Raul zurückkommen hörte. Sie ging zur Tür, wartete kurz und rief zur Sicherheit: „Raul, bist du es?“, bevor sie öffnete.

„Du siehst, ich bin pünktlich“, lachte er. „War hier alles in Ordnung?“

„Ja, alles in Ordnung.“ Sie stutzte, die feinen Härchen auf ihren Armen richteten sich auf, noch bevor sie begriffen hatte, was sie eigentlich störte. Es war dieser eigenartige Geruch, rauchig und modrig zugleich. Raul musste ihn mit ins Haus gebracht haben.

„Was hast du? Stimmt was nicht?“ Er schaute sie besorgt an.

„Dieser Geruch, wo kommt der her?“ Raul warf mit Schwung seine Tasche ins Schlafzimmer und schloss die Tür. Dann schnüffelte er. „Also ich rieche nichts. Vielleicht sollten wir einfach mal kurz durchlüften.“ Er schaltete den Alarm aus und öffnete das Fenster. Lara trat neben ihn und atmete die frische, salzhaltige Luft tief ein. Jetzt roch sie auch nichts mehr.

„Wie hat es denn gerochen?“, fragte er.

„Irgendwie verbrannt, aber mit einer besonderen Note. Als würde ein Komposthaufen brennen.“

„Oh je, hoffentlich bin ich das nicht. Unten am Strand war Lagerfeuer, da bin ich kurz stehengeblieben. Ich werde gleich gründlich duschen.“

„Dann gute Nacht.“ Lara schickte sich an, nach oben zu gehen.

„Du, es tut mir leid, dass alles so anders gekommen ist.“ Raul schaute sie betrübt an. „Ich hatte mich sehr darauf gefreut, heute gemeinsam mit dir etwas Schönes zu unternehmen. Wollen wir nicht wenigstens noch ein Glas Wein trinken und uns ein wenig unterhalten?“

„Lass uns das verschieben. Heute bin ich einfach zu müde.“ Vor allem aber wollte sie mit ihren bedrückenden Gedanken allein sein.

42.

Das Gefühl der Bedrücktheit war auch am nächsten Morgen noch da. Zu all den aufwühlenden Ereignissen kam noch hinzu, dass Markus nicht angerufen hatte. Ob es mit dem Verlag doch nicht geklappt hatte? Aber das hätte er ihr doch sagen können. Was, wenn er sich überhaupt nicht wieder meldete? Lara war beim Frühstück sehr einsilbig, und da auch Raul mit seinen Gedanken woanders zu sein schien, verlief ihre Unterhaltung schleppend. Das Klingeln des Telefons ließ sie beide aufhorchen. Lara war zuerst am Apparat und vernahm Frau Dr. Reuters aufgeregte Stimme. „Es gibt Neuigkeiten, ich möchte das am liebsten gleich mit Ihnen besprechen. Kann ich vorbeikommen?"

„Ja natürlich, wenn Ihnen das keine Umstände macht. Herr Södersen ist allerdings auch da."

„Das ist gut so, was ich zu sagen habe, betrifft sie beide. Es geht um Ihre Sicherheit.“ Lara fand, dass das ziemlich beunruhigend klang und Raul gab ihr Recht. Sie hatten keinen Appetit mehr, gemeinsam räumten sie den Tisch ab. Dann setzten sie sich ins Wohnzimmer, um auf die Anwältin zu warten. Sie hatten jeder in einem der Sessel Platz genommen und das Sofa in stummer Übereinkunft gemieden. Lara war sich sicher, dass auch Raul jetzt an Daniela denken musste. Ob er sie im Krankenhaus besuchen würde? Sie überlegte, ob sie ihn danach fragen sollte, doch in dem Moment klingelte es schon an der Tür. Raul ging öffnen und kam mit Frau Dr. Reuter zurück.

„Darf ich etwas anbieten? Kaffee oder Tee?“ Lara hatte sich zur Begrüßung erhoben.

„Nein, keine Umstände, ich habe gerade gefrühstückt.“ Sie setzte sich auf das Sofa. „Ich will gleich zur Sache kommen. Frau Meinhard konnte gestern Nachmittag befragt werden. Herr Deisböck hat sich danach mit mir in Verbindung gesetzt. Er war sehr beunruhigt. Nicht nur über ihre Aussage, sondern vor allem darüber, was die Ärzte und der zugezogene Rechtsmediziner über die Art ihrer Verletzungen sagten.“

„Und was haben sie gesagt?“ Raul war auf dem Sessel weit nach vorn gerutscht.

„Frau Meinhard weist die gleichen Verletzungen auf, wie das Mordopfer von vor neun Jahren. Stiche und Kratzer, die von einer Kralle zu stammen scheinen. Damals stand man vor einem Rätsel. Diesmal verhält es sich anders. Das Opfer lebt und hat den Täter gesehen.“ Sie schaute Lara mitfühlend an. „Erschrecken Sie nicht, was ich Ihnen jetzt sagen werde. Es soll sich um einen großen, dunkel gekleideten Mann mit einem schrecklichen Gesicht und leuchtend roten Augen gehandelt haben."

„Ich habe mich also nicht geirrt", flüsterte Lara. „Er war in meinem Haus. Ich habe ihn gesehen."

„Genau das ist das Beunruhigende an der Sache. Es scheint da einen Zusammenhang mit Ihrer Person zu geben. Als hätte er es eigentlich auf Sie abgesehen."

„Glauben Sie, dass er Sabrina getötet hat?"

„Ich nehme es ganz stark an. Auch wenn die Verletzungsmuster nicht passen. Aber dafür gibt es vielleicht eine Erklärung. Fest steht: Sabrina wurde ertränkt. Für Daniela hatte er dieses Schicksal ebenfalls vorgesehen. Sie sagte, er habe sie zum Wasser ziehen wollen. Sein Griff sei unglaublich schmerzhaft gewesen. Wie von einer eisernen Klaue. Als das Licht im Haus anging, hat er von ihr abgelassen und ist geflüchtet. Sie haben ihr das Leben gerettet, Frau Liebig."

„Nein, hab ich nicht. Es ist nur meinetwegen passiert."

„Was redest du da?", sagte Raul aufgebracht. „Meinst du etwa, weil Daniela eifersüchtig auf dich ist? Das ist genauso wenig deine Schuld, wie ihre verrückte Idee, mitten in der Nacht hier einfach aufzukreuzen."

„Das meine ich nicht. Mir hat heute jemand gesagt, ich würde das Unglück anziehen wie ein Magnet. Ich solle von hier verschwinden."

„Wer war das?" Frau Reuter kam Raul mit ihrer Frage zuvor.

„Ich kenne seinen richtigen Namen nicht. Er zieht durch die Gegend und sammelt Flaschen. Alle nennen ihn nur Arne."

„Der alte Suffkopp wollte dir Angst machen?“ Raul verdrehte genervt die Augen. „Was hat er sonst noch gesagt?“

„Irgendwas vom Tor zur Hölle, das jetzt offenstehen würde.“

„Die alte Teufelslegende. Nur müssen wir leider davon ausgehen, dass jemand sie sehr ernst nimmt und den Part des Teufels übernommen hat. Zwei Tote gehen schon auf sein Konto, beinahe wäre Frau Meinhard die dritte geworden. Frau Liebig, einerseits entlasten Sie die aktuellen Ereignisse von jedem Schuldvorwurf, andererseits beunruhigen sie mich im höchsten Maße. Da geht ein Irrer umher, der schwer zu fassen ist. Ich gehe davon aus, dass Sie in höchster Gefahr sind. Er sucht Ihre Nähe. Im Moment scheint er mit Ihnen und Ihrer Angst zu spielen, doch Sie könnten das nächste Opfer sein. Wir müssen für Ihre Sicherheit sorgen.“

„Was schlagen Sie vor?“, meldete sich Raul zu Wort. „Polizeischutz vielleicht?“

„Vermutlich ist das schwer zu realisieren. Die sind chronisch unterbesetzt. Sicher wird jetzt öfter eine Streife vorbeikommen, doch eine Bewachung rund um die Uhr dürfte kaum möglich sein. Vielleicht sollten Sie anderweitig unterkommen, in einem Hotel oder einer Pension.“

„Auf gar keinen Fall!“ Rauls Widerspruch klang sehr entschieden. „Dort wäre Lara noch viel stärker gefährdet. In so einem Haus kann jeder ungehindert ein und aus gehen. Wer soll das kontrollieren? Der Täter würde sie auch dort finden. Nein, hier ist es sicherer. Ich werde sie ab sofort nicht mehr aus den Augen lassen. Wenn jemand hier eindringen will, werde ich das sofort bemerken und die Polizei verständigen.“ Frau Dr. Reuter nickte.

„Das klingt vernünftig. Sie sollten allerdings wirklich extrem vorsichtig sein. Und halten Sie mich bitte auf dem Laufenden.“ Nachdem sie gegangen war, legte Raul Lara den Arm um die Schulter.

„Hab keine Angst, wir bekommen das in den Griff. Jetzt gehen wir erst mal raus und essen nachher irgendwo was. Ich denke, tagsüber haben wir nichts zu befürchten. Der Kerl tritt doch offenbar nur in Kostüm und Maske auf. Da würde er ganz schön auffallen.“

Lara war froh über diesen Vorschlag, sie glaubte inzwischen im Haus ersticken zu müssen. Bevor sie aufbrachen, geschah noch etwas, das ihre Laune beträchtlich hob. Markus rief an. „Ich habe eine Überraschung“, sagte er. „Heute Abend will ich mit dir feiern. Ich hole dich mit dem Boot ab. Sei bitte um 18.00 Uhr am Anleger beim Haus.“ Raul würde das sicher nicht gefallen, aber sie würde ihn einfach vor vollendete Tatsachen stellen. Er hatte sie schließlich auch nicht um Erlaubnis gefragt, sich nächtelang umherzutreiben. Und bei Markus wäre sie schließlich sicher.

43.

Sie waren nach Bad Doberan gefahren, dort zuerst durch den Ort gebummelt und hatten sich dann in einer gemütlichen Gaststätte niedergelassen. Raul war sehr aufmerksam und benahm sich wie ein perfekter Gentleman. Er rückte Laras Stuhl zurecht und trug ihren Anorak zur Garderobe. Ihr fiel auf, dass mehrere Frauen ihn verstohlen musterten. Er war wirklich ein sehr gutaussehender Mann. Auf sie schien niemand zu achten, was sie mit Erleichterung zur Kenntnis nahm. Allmählich entspannte sie sich. Das Essen war richtig gut. „Wo musstest du gestern eigentlich noch hin?“ Es schien der passende Moment für diese Frage zu sein. Raul antwortete nicht gleich, er war mit dem Fisch auf seinem Teller beschäftigt.

„Ich hab einen Kollegen von der Uni getroffen. Da ich in letzter Zeit nicht dort war, hatten wir einiges zu besprechen“, erwiderte er ohne aufzusehen.

„Auch nachts?“ Verdammt, das war ihr einfach so herausgerutscht. Jetzt hatte sie ihn aus der Reserve gelockt, er sah sie aufmerksam an.

„Wie kommst du denn darauf?“

„Ich habe dich gehört, wenn du aus dem Haus gegangen bist.“

„Aber doch nur, um kurz nachzusehen, ob draußen alles in Ordnung ist. Manchmal hatte ich nämlich den Eindruck, dass da jemand umherschleichen würde. Nicht ganz unberechtigt, wie sich nun leider herausgestellt hat.“

Warum lügst du mich an, dachte sie verzweifelt. *Wie soll ich mich sicher fühlen, wenn ich dir nicht vertrauen kann? Hast du eine andere Frau besucht? Vielleicht hast du gute Gründe, das vor Daniela zu verheimlichen, aber doch nicht vor mir.* Sie war versucht, ihm von ihrer Verabredung mit Markus zu erzählen. Doch Raul hatte schon das Thema gewechselt.

„Schau mal, was für eine tolle Eiskarte die hier haben. Ich nehme Banana-Split, darauf war ich schon als Kind ganz wild. Das müssen meine kubanischen Wurzeln sein. Suchst du dir auch etwas aus?“ Lara war der Appetit vergangen, sie schüttelte den Kopf.

„Ich bin ziemlich voll. Einen kleinen Verdauungsspaziergang würde ich gern noch machen und dann bald zurückfahren. Ich habe heute Abend noch etwas vor.“ Nun wirkte er verblüfft.

„Wie jetzt, du hast noch etwas vor?“

„Eine Verabredung mit einem Schriftsteller. Wir wollen über sein neues Buch reden." Das klang unverfänglich. Sie wusste schließlich nicht, wie sich ihre Beziehung zu Markus entwickeln würde und wollte sich keine Blöße geben.

„Kommt er dich besuchen?"

„Nein, wir wollen irgendwo hingehen. Er hat mich eingeladen."

„Hör zu Lara, das ist überhaupt keine gute Idee. Ich habe keine Ahnung, ob er über deine momentane Situation im Bilde ist. Auf jeden Fall sieht die nach der Sache mit Daniela noch gefährlicher aus als bisher. Frau Dr. Reuter hat Recht, jemand könnte es auf dich abgesehen haben. Ich habe versprochen, auf dich aufzupassen. Das nehme ich sehr ernst. Deshalb möchte ich nicht, dass du ohne mich irgendwo hingehst."

„Das glaube ich jetzt nicht! Du kannst mich nicht wie ein Kind behandeln. Und so ernst war es dir mit dem Aufpassen in den vergangenen Tagen auch nicht. Du warst nachts sehr wohl unterwegs, ich habe gehört, wie du weggegangen und erst gegen Morgen zurückgekommen bist. Stell dir vor, ich konnte nämlich nicht besonders gut schlafen. Woran das wohl lag?" Sie hatte ziemlich laut gesprochen, einige der Gäste drehten sich zu ihnen um. Raul ergriff ihre Hand.

„Lara, es tut mir leid. Ich hatte ein schlechtes Gewissen deshalb. Allerdings war ich überzeugt, dass du in meinem Haus sicher wärst. Dass die fatalen Ereignisse sich nur auf das „Möwennest" konzentrieren würden. Ich habe mich geirrt und fühle mich fürchterlich deshalb, das kannst du mir glauben."

„Warum hast du mich angelogen? Du bist mir natürlich keine Rechenschaft schuldig. Ich frage auch nicht, wo du warst. Aber du hättest sagen können, dass du weggehst.“

„Es tut mir leid“, wiederholte er. „Ich bleibe jetzt immer an deiner Seite.“ *Mit Ausnahme von heute Abend,* sagte sie sich. *Da kann ich dich nämlich wirklich nicht gebrauchen.* Aber das würde sie daheim mit ihm klären. Sie hatten bereits für ausreichend Aufsehen gesorgt. Auch auf dem anschließenden Spaziergang griff keiner das Thema wieder auf. Lara war in Gedanken ohnehin schon bei ihrer Verabredung. Was sollte sie anziehen? Er wollte sie mit dem Boot abholen. Wo er wohl mit ihr hinwollte? Nach Warnemünde vielleicht? Sie würde sich nicht übertrieben zurechtmachen. Es sollte nicht so aussehen, als würde sie große Erwartungen an diese Einladung knüpfen.

„Wollen wir zurückfahren?“ Raul schaute sie fragend an. Ja, es wurde Zeit. Als sie wieder vor dem Haus hielten, war es 16.30 Uhr und bereits dämmrig.

„Verdammt, was schleicht der schon wieder hier umher?“, fragte Raul, als er aus dem Auto stieg. Lara schaute sich um.

„Ach, das ist doch nur Arne, der Flaschensammler. Der ist harmlos.“

„Das sehe ich anders.“ Er ging auf den Mann zu und baute sich drohend vor ihm auf. „Was hast du hier zu suchen?“

„Was schon? Flaschen, sonst nichts.“

„Tu bloß nicht so scheinheilig. Ich behalte dich im Auge und komme dir schon noch auf die Schliche. Worauf du dich verlassen kannst.“

„Fühle dich nicht so sicher. Es ist auch nicht alles koscher, was du so treibst. Ich weiß einiges über dich.“ Raul packte Arne an der Jacke und zog ihn zu sich heran.

„Du willst mir drohen, ja? Ausgerechnet du?“ Er packte die Jacke fester und zog den Alten, den er um mehr als einen Kopf überragte, daran in die Höhe. Lara hatte das Geschehen bis zu diesem Punkt erschrocken beobachtet, jetzt trat sie entschlossen dazwischen.

„Lass den Mann los, Raul! Was ist bloß in dich gefahren?“ Er knurrte etwas Unverständliches, kam ihrer Aufforderung jedoch nach. Arne taumelte ein Stück zurück und strich seine Jacke glatt.

„Folge meinem Rat, Mädchen“, sagte er zu Lara. „Befolge ihn, bevor es zu spät ist.“ Dann ging er langsam zum Strand hinunter. Raul schloss die Haustür auf und ließ Lara vorangehen. Er selbst zögerte auf der Schwelle.

„Geh schon mal rein. Ich will bloß schnell gucken, wo der hingeht.“ Dann war er auch schon verschwunden. Lara betrat den Flur. Ihr Blick fiel auf die Schlafzimmertür von Raul und plötzlich fühlte sie sich wie ferngesteuert. Ohne ihren Anorak abzulegen, ging sie darauf zu und betrat mit klopfendem Herzen den dahinterliegenden Raum. Licht anzuschalten wagte sie nicht, sondern begnügte sich mit dem schwachen Schein, der vom Flur in das Zimmer fiel. Das Bett war zerwühlt, daneben stand die Tasche, mit der Raul gestern und in den Nächten zuvor das Haus verlassen hatte. Sie zog den Reißverschluss ein kleines Stück auf und prallte zurück. Da war er wieder, der Geruch, den sie im Zusammenhang mit der schrecklichen Erscheinung wahrgenommen hatte! Sie hatte sich also am Tag zuvor nicht getäuscht. Zitternd zog sie den Reißverschluss weiter auf. Der Geruch verstärkte sich. In der Tasche lag etwas, das aus dickem, schwarzem

Stoff zu bestehen schien. Lara zog daran. Ein Overall entfaltete sich, während zwei schwere Gegenstände, die offenbar darin eingewickelt gewesen waren, zu Boden polterten. Der Höllenlärm, den sie dabei verursachten, erschreckte sie fast zu Tode. Sie ließ den Overall auf das Bett fallen und bückte sich. Gleich darauf hielt sie einen schweren, schwarzen Helm in der Hand, der vorn lediglich mit einem schmalen Sehschlitz versehen war. Sie hob ihn aufs Bett und tastete nach dem zweiten Gegenstand, der ein Stück darunter gerollt war. Es handelte sich um eine große Stabtaschenlampe. Lara schaltete sie ein, gedämpftes rotes Licht erfüllte den Raum. Es fiel auch in den auf der Seite liegenden Helm, und spiegelte sich glühend im Glas des Sehschlitzes. Der Schreck darüber war so heftig, dass Lara in die Knie gehen musste, um nicht zu fallen. Eine eisige Hand schien ihre Brust zusammenzudrücken, sie konnte kaum noch atmen. Ein Geräusch an der Tür brachte sie zur Besinnung. Raul kam zurück! Ihr blieb keine Zeit, die Sachen in die Tasche zurück zu stopfen. Gerade noch rechtzeitig wankte sie aus dem Raum und zog die Tür hinter sich zu. Als Raul den Flur betrat, hielt sie die Klinke noch in der Hand.

„Verdammt, der Kerl war wie vom Erdboden verschluckt. Ich möchte bloß mal wissen...“, begann er zu schimpfen, um sie gleich darauf erschrocken anzuschauen.

„Lara, was hast du?“ Sie fühlte sich wie ein Tier in der Falle. Er brauchte nur einen kurzen Blick ins Schlafzimmer zu werfen, um zu erkennen, dass sie sein Spiel durchschaut hatte. Sie musste eine Möglichkeit zur Flucht finden, so schnell wie möglich. Ihr Körper zog sich vor Angst zusammen, sie krümmte sich nach vorn, die Klinke krampfhaft festhaltend. Raul packte sie bei den Oberarmen und hielt sie fest.

„Was ist los mit dir? Sag doch was!“

„Eine Panikattacke“, stöhnte sie.

„Willst du dich hinlegen?“ Er streckte ebenfalls die Hand nach der Klinke aus.

„Nein!!!“ Sie klammerte sich an ihm fest. „Ich brauche meine Tropfen. Oben im Bad. Eine kleine braune Flasche.“

„Okay, sofort.“ Er rannte los. *Jetzt!* schrie alles in ihr. Sie legte mit drei Sprüngen den Weg zur Tür zurück und stürzte nach draußen. Nun musste sie sich ganz schnell entscheiden. Er würde keine Flasche mit Tropfen finden, weil es keine gab. Einen Moment lang würde er sicher danach suchen, aber nicht ewig. Ihr blieb nicht genügend Zeit, um sich in die Nähe anderer Menschen zu flüchten. Gehetzt sah sie sich um. In welcher Richtung würde er nach ihr suchen? Vermutlich würde er nach rechts gehen, auf den Ort zu. Also lief sie nach links, den unbefestigten Weg entlang.

„Lara! Lara, wo bist du?“ Er rief bereits nach ihr! Sie ließ sich in die Dünen fallen. Inzwischen war es dunkel geworden. *Mach, dass er mich nicht sieht. Mach, dass er in die andere Richtung geht,* betete sie zu einer imaginären Macht. Als sie ihn auf sich zulaufen hörte, glaubte sie, ihr Herz würde stehenbleiben. Wieder rief er laut nach ihr, um kurz darauf kehrt zu machen und die andere Richtung einzuschlagen. Laras Gesicht war nass, sie hatte nicht einmal bemerkt, dass sie weinte. Auf Knien und Ellenbogen schob sie sich langsam vorwärts. Sie musste es bis zur Anlegestelle schaffen. Markus war jetzt ihre einzige Hoffnung. Die Zeit schien sich endlos zu dehnen und sie selbst nicht vom Fleck zu kommen, wie in jenen Albträumen, in denen man einen Verfolger abschütteln will, der beständig näher kommt. Ein Motorengeräusch vom Wasser her ließ sie aufhorchen. Vorsichtig hob sie den Kopf. Sie sah, dass sie sich bereits auf der Höhe des Stegs befand, an dem gerade ein Boot anlegte. Selten zuvor hatte sie ein derartiges Gefühl der Erleichterung verspürt. Jetzt nur noch über den Strand hinweg hinüberlaufen, dann hatte sie es geschafft. Sie flog in die Arme von Markus, der sich gerade anschickte, an Land zu gehen.

„Hoppla, nicht ganz so stürmisch, sonst liegen wir gleich im Wasser", lachte er. Lara war nicht nach Lachen zumute.

„Markus, bitte, wir müssen weg von hier, schnell!"

„Um Himmels willen, was ist denn passiert?"

„Etwas ganz Schreckliches. Ich erzähle dir alles, aber lass uns erst hier weg sein." Sie begann vor Angst wieder zu weinen.

„Schon gut, beruhige dich und steig ein." Er half ihr ins Boot und ließ den Motor an. Lara suchte mit den Augen hektisch das Ufer ab, konnte Raul aber nirgends entdecken. Trotzdem wurde sie erst ruhiger, als sie ein ganzes Stück vom Land entfernt waren.

„Also, vor wem bist du geflohen?", wollte Markus wissen.

„Vor Raul Södersen."

„Vor dem Mann bei dem du wohnst? Ist er dir zu nahe getreten?" Sie lachte bitter auf.

„Er ist derjenige, der hinter allem steckt. Er ist als Teufel verkleidet umhergeschlichen. Mit Sicherheit dürfte er auch den Mord an Sabrina begangen haben. Vielleicht sogar mehrere."

„Woher weißt du das? Und seit wann?"

„Ich habe es eben gerade herausgefunden. Weil ich seine Verkleidung gefunden habe."

„Weiß er, dass du es weißt?"

„Inzwischen weiß er es vermutlich. Ich hatte nicht die Zeit, die Sachen wieder an ihren Platz zu legen. Bevor er es entdeckt hat, bin ich weggelaufen. Er hat nach mir gesucht."

„Dann bist du die Einzige, die Bescheid weiß. Du musst die Polizei informieren."

„Ja, das habe ich vor. Bringst du mich hin? Irgendwer muss doch anzutreffen sein."

„Es ist besser, wenn du gleich anrufst. Wenn du ihm zu viel Zeit lässt, könnte er Beweismittel beiseiteschaffen." Natürlich hatte er damit Recht. Lara fingerte ihr Handy aus der Tasche. Sie zitterte so sehr, dass sie keine Nummer eingeben konnte. Markus nahm es ihr aus der Hand und erledigte das für sie. Er legte beruhigend seinen Arm um ihre Schulter und hielt das Handy für sie fest, während er sie hinein sprechen ließ.

„Hier ist Larissa Liebig."

„Frau Liebig? Ist etwas vorgefallen?" Der Beamte klang alarmiert. Offenbar war hier jeder über ihren Fall im Bilde. Das erleichterte ihr das Sprechen.

„Ja", sagte sie. „Sie müssen Raul Södersen überprüfen. Jetzt sofort. Ich habe etwas entdeckt, eine Verkleidung, in der er nachts unterwegs war."

„Was für eine Verkleidung?"

„Einen schwarzen Anzug und einen schwarzen Helm." Bei dem Gedanken daran zitterte sie stärker, ihre Stimme drohte zu versagen. Markus verstärkte den Druck seines Armes und lächelte ihr aufmunternd zu. „Außerdem eine

Taschenlampe mit rotem Licht. Er muss es gewesen sein, der Daniela Meinhard überfallen hat. Und er muss auch..."

„Schon gut, Frau Liebig, bleiben Sie ganz ruhig. Wo ist Herr Södersen jetzt?"

„Zu Hause, denke ich. Er hat nach mir gesucht, weil ich weggelaufen bin. Aber inzwischen wird er umgekehrt sein. Er wird bemerkt haben, dass ich seine Sachen entdeckt habe."

„Wir kümmern uns sofort darum", beruhigte er sie. „Wo sind Sie jetzt, Frau Liebig?" Bevor sie antworten konnte, hatte Markus die Verbindung schon unterbrochen.

„Das brauchen die nicht zu wissen", sagte er.

44.

Er schrie sich die Seele aus dem Leib. Das gab es doch gar nicht, so weit konnte sie unmöglich gelaufen sein! Raul hatte im Bad vergeblich nach den Tropfen gesucht, sogar in Laras Kosmetiktasche und auf ihrem Nachttisch nachgeschaut. Dann war er wieder nach unten gelaufen, um sie zu fragen, wo das Fläschchen sonst noch sein könnte. Als er sie dort nicht mehr antraf, war er zunächst davon ausgegangen, dass sie nur kurz frische Luft schnappen wollte. Doch weder vor dem Haus noch in dessen unmittelbarer Nähe hatte er sie entdecken können. Wo konnte sie in ihrer Panik hingelaufen sein? Seit fast einer Stunde suchte er nun schon nach ihr. Trotz der herrschenden Kühle war er schweißgebadet. So machte das einfach keinen Sinn mehr. Was, wenn sie das Bewusstsein verloren hatte und irgendwo hilflos lag? Er musste Hilfe herbeirufen, so schnell wie möglich. Sein Handy hatte er im Haus auf dem Tisch zurückgelassen.

Schließlich hatte er ursprünglich nur kurz vor die Tür schauen wollen. Im Eiltempo lief er zurück, beflügelt von der Hoffnung, dass Lara inzwischen vielleicht wieder da wäre. Doch auch im Haus rief er vergeblich nach ihr. Ein Geräusch vor der Tür ließ ihn neue Hoffnung schöpfen. *Na endlich,* wollte er gerade sagen, aber dazu kam er nicht mehr. Zwei dunkle Gestalten stürmten in den Flur, warfen ihn zu Boden und zerrten ihm die Hände auf den Rücken. Er spürte, wie ihm Fesseln angelegt wurden.

„Was soll der Scheiß, lasst mich sofort los", brüllte er.

„Ganz ruhig bleiben, Herr Södersen." Das war doch die Stimme von diesem Kriminalhauptkommissar, wie hieß er doch gleich? Richtig, Deisböck. Jemand klopfe ihn von oben bis unten ab. „Er ist unbewaffnet", sagte eine Stimme.

„Was denn sonst, ihr Hirnis? Denkt ihr, ich laufe in meiner eigenen Wohnung mit einer Knarre herum?"

„In Ordnung", sagte Deisböck, „bringt ihn hier rüber." Raul wurde auf die Beine gezogen und in die Küche geschoben. Der Kommissar hatte bereits am Tisch Platz genommen. „Setzen Sie sich, Herr Södersen." Mit auf den Rücken gefesselten Händen war das gar nicht so einfach, fast hätte er den Stuhl umgestoßen.

„Nett, dass Sie mir das in meinem eigenen Haus zubilligen", zischte er zwischen den Zähnen hindurch. „Ich will jetzt sofort wissen, was hier los ist. He, was soll das? Dazu haben Sie kein Recht!" Raul sah, wie sich mehrere Beamte, deren genaue Anzahl er nicht einschätzen konnte, auf die Räume des Hauses zu verteilen begannen. „Haben Sie einen Durchsuchungsbeschluss?"

„Den brauchen wir nicht. Gefahr im Verzuge", entgegnete Deisböck knapp.

„Und wonach genau suchen Sie? Drogen, Waffen, Schwarzgeld? Bedauerlicherweise kann ich mit nichts davon dienen.“ Ein Polizist kam aus dem Schlafzimmer und hielt mit triumphierender Miene einen schwarzen Helm und eine Taschenlampe in die Höhe. Den Overall hatte er über seinen Arm gelegt.

„So, Herr Södersen, Sie werden uns jetzt ausführlich erklären, was das ist und wozu Sie es brauchen. Die Hände können wir losmachen.“ Den letzten Satz hatte Deisböck an den Polizeibeamten gerichtet. Der legte seinen Fund auf dem Tisch ab und entfernte Rauls Fesseln. Allerdings blieb er hinter seinem Stuhl stehen. Raul rieb sich die Handgelenke und wollte dann nach der Taschenlampe greifen.

„Nicht anfassen!“, wurde er zurechtgewiesen.

„Was soll das denn jetzt? Das ist eine Taschenlampe und keine Bombe! Ja bitte, überzeugen Sie sich ruhig.“

„Rotes Licht?“

„Ja, zur Beleuchtung meiner diversen illegalen Bordelle.“

„Herr Södersen, das ist hier kein Spaß.“

„Mir kommt es auch überhaupt nicht spaßig vor. Rotes Licht benutzt man zur Wildbeobachtung, weil es von den meisten Tieren nicht gut wahrgenommen wird. Das ist so bekannt, dass es sogar die Polizei wissen könnte.“

„Braucht man zur Wildbeobachtung auch so einen Helm?“

„Nein, das ist ein Schweißerhelm.“

„Und wozu brauchen Sie den?“

„Zum Schweißen, Herrgott nochmal. Wozu denn sonst? Soll ich Ihnen meinen Schweißerpass zeigen?“

„Wieso liegt der Helm in Ihrem Schlafzimmer?“

„Irgendwo muss er ja liegen. Gibt es besondere Vorschriften für die Aufbewahrung solcher Helme? Werde ich jetzt verhaftet, weil ich dagegen verstoßen habe?“ An dieser Stelle hieb Kriminalhauptkommissar Deisböck kräftig mit der Hand auf den Tisch.

„Schluss jetzt mit den Spielchen! Dieser Anzug dürfte im Zusammenhang mit dem Helm und dem roten Licht ganz schön gruselig aussehen. Es besteht der dringende Verdacht, dass Sie sich in dieser Aufmachung speziell Frauen genähert haben. Und nicht nur das. Frau Daniela Meinhard haben Sie verletzt. Wir schließen ebenfalls nicht aus, dass Sie den Mord an Sabrina Kallweit begangen haben. Schließlich hatte Frau Liebig in ihrem Haus kurz zuvor ebenfalls einen unheimlichen Eindringling wahrgenommen.“ Raul wirkte wie betäubt. Er öffnete den Mund, ohne zunächst einen Ton herauszubringen.

„Das ist nicht Ihr Ernst“, stammelte er schließlich.

„Mir ist nicht nach Spaßen zumute. Haben Sie eine andere Erklärung dafür, weshalb Sie sich in dieser Maskierung die Nächte um die Ohren schlagen?“

„Okay, okay“, stöhnte er. „Ich schreibe an einer Arbeit über die Vogelwelt hier und habe eine Sondergenehmigung erhalten, auf der Halbinsel Wustrow meine Beobachtungen anzustellen. Meine Recherchen beschränken sich nicht auf den Tag, ich bin auch nachts unterwegs.“

„Da schlafen die Vögel doch wohl.“

„Schon mal was von Eulen gehört?“

„Und deshalb verkleiden Sie sich als Uhu, oder wie soll ich das verstehen?“

„Vögel spazieren nicht nur auf den offiziellen Wegen umher, die sind oft in schwer zugänglichem Gelände zu finden. Leider kann man dort nicht ausschließen, auf alte Munition zu treten, besonders im Dunkeln. Das ist ein Schutzanzug.“ Er wies auf den Overall.

„Aber das ist kein Spezialhelm für die Minensuche.“

„Nein, den Schweißerhelm hatte ich ganz einfach schon. Der schützt zur Not auch. Es ist eine zusätzliche Vorsichtsmaßnahme. Ich bewege mich nur auf Terrain, das ich zuvor bei Tage erkundet habe.“

„Nehmen wir mal an, Ihre Erklärung stimmt und Sie riskieren es wegen ein paar Eulen tatsächlich, in die Luft gesprengt zu werden. Das schließt nicht aus, dass Sie Ihre martialische Verkleidung auch anderweitig eingesetzt haben. Außerdem sind Sie schon einmal mit dem Gesetz in Konflikt geraten. Beleidigung, Körperverletzung und Bedrohung mit einer Schusswaffe.“

„Wenn Sie diese alte Geschichte schon aufwärmen müssen, sollten Sie wenigstens genau wissen, was damals passiert ist.“

„Ich würde es gern von Ihnen hören.“ Raul zuckte gleichmütig mit den Achseln.

„Na schön. So ein Vollidiot hat mitten in der Brutzeit im Naturschutzgebiet herumgeballert. Als ich ihn zur Rede gestellt habe, wurde er noch pampig. Da habe ich ihm links und rechts eine gescheuert und ihm die Flinte abgenommen. Verletzt war er deshalb aber nicht, er hatte anschließend lediglich eine frische Gesichtsfarbe. Und was die Beleidigung und Bedrohung angeht: Ich habe gesagt, wenn er nicht sofort seinen fetten Arsch aus dem

Naturschutzgebiet bewegt, würde ich mit einer Ladung Schrott nachhelfen."

„Sie sind nach seiner Anzeige glimpflich davongekommen."

„Ein paar gemeinnützige Arbeitsstunden. Die habe ich gern geleistet. Das war mir die Sache wert."

Über das Gesicht des Kommissars huschte der leise Anflug eines Lächelns. Doch er wurde sogleich wieder ernst.

„Diesmal geht es um mehr. Wir werden eine Gegenüberstellung mit Frau Meinhard organisieren. Wenn sie die Verkleidung wiedererkennen sollte, sieht es schlecht für Sie aus. Frau Liebig werden wir ebenfalls dazu befragen." Er schaute zu seiner Kollegin hinüber.

„Haben Sie sie inzwischen erreichen können?" Sie schüttelte den Kopf.

„Sie scheint ihr Handy ausgeschaltet zu haben."

„Oder sie braucht dringend Hilfe", mischte sich Raul ein. „Sie hatte eine Panikattacke und ist aus dem Haus gelaufen. Sie müssen nach ihr suchen."

„Sie hat uns immerhin angerufen." Sein Blick wurde misstrauisch. „Sie waren doch auch draußen."

„Weil ich nach ihr gesucht habe."

„Haben Sie sie gefunden?"

„Natürlich nicht", brauste er auf. „Sonst wäre sie entweder hier oder ich bei ihr."

„Haben Sie Frau Liebig dabei ertappt, wie sie Ihre Sachen gefunden hat? Mussten Sie sie zum Schweigen bringen, weil Sie wussten, dass sie Sie sonst verraten würde?"

„Nein, zum Teufel. Aber denken Sie, was Sie wollen, nur suchen Sie endlich nach ihr!“

„Das werden wir mit Sicherheit tun“, erwiderte der Kommissar knapp.

45.

Fassungslos musste Lara zusehen, wie Markus ihr Handy im hohen Bogen in die Wellen warf. Wie hypnotisiert starrte sie auf die Stelle im Wasser, an der es soeben versunken war. Die Lippen von Markus kräuselten sich zu einem boshaften Lächeln. „Oh, wie bedauerlich. Du solltest hinterher springen und es dir zurückholen." Sie konnte noch immer nichts sagen. Erst jetzt fiel ihr auf, wie weit sie inzwischen hinausgefahren waren. Ganz weit weg waren die Lichter der Küste. Ihr Boot dagegen trieb stockdunkel wie ein Schatten dahin.

„Na los, worauf wartest du noch? Raus mit dir!" Seine Stimme klang ungeduldig. Schlagartig begriff sie, dass er es ernst meinte.

„Warum?", flüsterte sie heiser.

„Weil du ein unartiges Mädchen bist. Hättest besser auf deine Mami und auf deinen Stiefpapa hören sollen. Besonders auf letzteren. Der braucht nämlich dringend Geld. Dein Geld. Nun wird er es erben."

„Gar nichts wird er erben. Wir sind schließlich nicht verwandt. Er ist auch nicht mein Stiefvater.

„Aber deine Mami erbt. Die kann ihm keinen Wunsch abschlagen. Sie wird ihn mit der Verwaltung beauftragen und nicht merken, welche Löcher er bereits in die Kasse gerissen hat. Wenn es auffliegen würde, wäre es vorbei mit seinem guten Leben. Damit das nicht passiert, muss es nun mit deinem vorbei sein." Er grinste. Eine Eiseskälte breitete sich in Lara aus und bewirkte, dass sie plötzlich ganz ruhig wurde. Ihr Körper schien bereits abgestorben zu sein, doch ihr Verstand arbeitete klar und präzise: *Er ist ein Sadist. Er genießt die Macht, die er über mich hat, genießt es, mich mit seinem Wissen zu quälen. Ich muss dafür sorgen, dass er nicht aufhört zu reden.*

„Warum tust du das? Du machst also die Drecksarbeit für Hans-Joachim Dobeck! Hat er dich so in der Hand?" Damit hatte sie ihn getroffen. Er gab sich weiterhin lässig, doch seine Sicherheit war erschüttert. Er wollte es sich nur nicht anmerken lassen.

„Wir sind alte Kumpel, haben uns gegenseitig schon so manchen Gefallen erwiesen. Das verbindet."

„So sehr, dass man dafür mordet? Hast du Sabrina umgebracht?"

„Sie war ein Kollateralschaden. Schließlich konnte ich nicht ahnen, dass da noch eine zweite Blondine im Haus war. Kann passieren, wenn der Auftraggeber unpräzise Instruktionen erteilt. Dadurch wird es nun teurer für ihn." Er gab ein zufriedenes Glucksen von sich.

„Für dich wird es auch teuer, wenn das auffliegt."

„Wird es aber nicht. Niemand weiß von mir. Und du bist mir unglaublich entgegengekommen. Hast deinen Vermieter angeschwärzt. Dann bist du auch noch in Panik davongelaufen. Niemand wird sich wundern, wenn deine Leiche angespült wird. War ein bisschen durch den Wind, die Kleine, wird man sagen."

„Warum hast du Daniela überfallen?" Jetzt wirkte er verwirrt.

„Wovon faselst du? Was für eine Daniela? Ich erledige nur die Aufträge, für die ich bezahlt werde."

„Du bist kein Schriftsteller." *Natürlich nicht, es ist auch völlig unwichtig. Aber er soll reden.* Sein Lachen klang wie Bellen.

„Schlau erkannt. Aber es hat funktioniert. Kaum redet man Leuten ein, den gleichen Spleen wie sie selbst zu haben, schon fressen sie einem aus der Hand. Sie tun, was man von ihnen will. Du wirst jetzt auch tun, was ich will. Los raus mit dir! Kannst ja versuchen, an Land zu schwimmen." Er machte Anstalten, sie aus dem Boot zu werfen. Mit aller Kraft klammert sie sich an der Bordwand fest. Einen Moment lang ließ er von ihr ab und fixierte sie mit dem Blick einer Spinne, die die letzten Zuckungen einer Fliege im Netz beobachtet. Dann ergriff er blitzschnell ihre Beine und zog sie nach oben. Lara hörte das Aufklatschen im Wasser und begriff erst dann, was geschehen war. Sie trieb in der schier endlosen dunklen Weite des Meeres. Der Bootsmotor heulte auf und das Boot verschwand aus ihrem Blickfeld. *Aus,* dachte sie, *aus und vorbei.* Manchmal, schon als Kind, hatte sie über den Tod nachgedacht. Wo er sie wohl einmal ereilen würde? Daheim im eigenen Bett liegend, in einem Krankenhaus oder gar auf der Straße? Daran, dass es frei im Meer treibend sein könnte, hatte sie nie gedacht. Merkwürdigerweise empfand sie keine Angst. Ihr Anorak hatte sich aufgeblasen und wirkte wie eine Schwimmweste. Schwerelos trieb sie dahin, wie ein Embryo im Mutterleib. Wie viel Grad konnte das Wasser jetzt noch haben? Zehn oder nur acht? Es machte keinen großen Unterschied, lange würde sie nicht durchhalten. Ihre Kleidung mochte ein wenig isolierend wirken, doch länger als zwanzig Minuten würde sie nicht überleben. Dann würde sie einfach einschlafen und in die Tiefe gleiten.

Das Geräusch eines Motors riss sie aus ihren Gedanken. Kam Markus, oder wie immer er in Wahrheit heißen mochte, etwa zurück? Ein Scheinwerfer blendete sie, das Brummen kam schnell näher. Sollte sie etwa tatsächlich gerettet werden? Sie empfand eher Verwunderung als Euphorie darüber. Etwas klatschte neben ihr auf das Wasser. Es war ein Rettungsring, automatisch griff sie danach, hielt sich daran fest. Langsam wurde sie zu dem Boot herangezogen, das sie wegen des blendenden Lichts nicht erkennen konnte. Zwei Arme streckten sich ihr entgegen. Sie ergriff eine Hand, doch was war das? Da war keine zweite Hand, stattdessen eine riesige Kralle. Lara hob den Blick. Als sie sah, welches Grauen erregende Wesen sie da zu sich heraufziehen wollte, unternahm sie eine verzweifelte Anstrengung, sich ins Wasser zurückfallen zu lassen. Doch der Teufel war stärker.

46.

„Wenn Sie nicht damit aufhören, können wir Sie wegen Beamtenbeleidigung belangen.“

„Jetzt machen Sie mir aber richtig Angst.“ Raul hatte sich in Rage geredet. „Stimmt doch, was ich sage. Sie veranstalten hier Ihren sinnlosen Maskenball mit mir, während Frau Liebig irgendwo da draußen in größter Gefahr ist. Wenn ihr etwas passiert, dann werden Sie für Ihre Untätigkeit belangt werden, das verspreche ich Ihnen.“ Ein junger Kriminalbeamter steckte den Kopf zur Tür herein und nickte seinem Vorgesetzten Deisböck zu.

„Frau Meinhard ist jetzt da.“

„Was ist mit Frau Liebig? Immer noch keine Spur?“

„Leider nicht.“

„Wir fangen mit Frau Meinhard allein an. Dann schlüpfen Sie mal in Ihre Kostümierung, Herr Södersen.“ Widerwillig stieg Raul in den Overall und stülpte sich den Helm über den Kopf.

„Und jetzt noch die Taschenlampe. Unter den Helm stecken und das Gesichtsfeld anleuchten.“

„Ach ja? Und wie soll ich die Lampe unter den Helm bekommen? Sie können mir das gern vormachen. Falls Sie es hinkriegen sollten, rufe ich gern die Feuerwehr, damit die Sie da wieder raus schneidet. Ich kann es natürlich auch selbst machen, das habe ich schließlich mal gelernt.“

„Gut, dann lassen wir das eben. Kommen Sie jetzt mit.“ Raul wurde in einem gut ausgeleuchteten Raum hinter einer Glasscheibe postiert. Er verkniff sich die Frage, wo denn seine Nummer und die anderen Masken wären. Offenbar sollte er allein präsentiert werden. Er wusste, dass Daniela jetzt, für ihn unsichtbar, auf der anderen Seite der Scheibe stand. Wie weit würde sie in ihrer Rachsucht gehen? Plötzlich fühlte er sich unsicher.

Währenddessen war Daniela Meinhard in den Raum geführt worden. „Haben Sie keine Angst, er kann Sie nicht sehen. Sagen Sie einfach, ob Sie ihn erkennen.“ Kommissars Deisböck hatte eine Kollegin hinzugezogen. Er befürchtete, dass die traumatisierte junge Frau kollabieren könnte. Sie war zwar nicht schwer verletzt, sah aber noch sehr bleich und angegriffen aus. Einigermaßen gefasst betrat sie den Raum. Ihre Reaktion auf den Anblick der schwarzen Gestalt überraschte alle. Sie stutzte verblüfft und begann dann zu lachen.

„Wer soll das denn sein? Die Billigversion von Darth Vader? Nein, der hat mich nicht überfallen.“ Während Raul sich wieder aus der Kluft schälen durfte, nahm Daniela im Büro am Schreibtisch Platz. „Hören Sie, der

Täter, der trug keine Maske. Das war ein richtiges Gesicht, ein schreckliches Gesicht."

„Können Sie uns helfen ein Phantombild zu erstellen?"

„Natürlich. Ich kann auch versuchen, ihn zu zeichnen. Ich habe ihn ganz aus der Nähe gesehen. Es war ja ein richtiger Kampf zwischen uns." Mit Papier und Stiften ausgestattet, machte sie sich an die Arbeit. Die Kriminalisten schauten ihr dabei ab und zu über die Schulter.

„Sie können gut zeichnen." Die junge Kollegin war beeindruckt.

„Das gehört zu meiner Arbeit. Als Biologin muss ich gut beobachten und zeichnen können." Sie hatte das Porträt fertiggestellt.

„Oh mein Gott! So sah der aus?" Die Kriminalistin schaute ungläubig.

„Zeigen Sie mal!" Kriminalhauptkommissar Deisböck studierte die Zeichnung. Sie zeigte einen kahlen Schädel mit stark vernarbter Haut, durch die sämtliche Züge verzerrt wurden. Das rechte Auge lag ohne Lid in der Höhle und starrte blicklos. Ebenfalls auf der rechten Seite waren die Lippen zerstört, es sah aus, als würde ein Totenschädel die Zähne blecken."

„Wie ein Zombie aus einem Horrorfilm", merkte jemand an. „Sind Sie sicher, dass das keine Maske war?"

„Ja, ziemlich sicher."

„Es könnte auch ein von einem schweren Unfall entstelltes Gesicht sein. Jedenfalls sind Sie die Erste, die uns eine brauchbare Beschreibung des Phantoms geliefert hat."

„Die Augen waren blutrot", ergänzte Daniela. „Das rechte war mit Sicherheit ein Glasauge. Aus eigenartigem Glas, es reflektierte das Licht wie ein Rückstrahler. Und dann war da noch seine rechte Hand, die war eine eiserne Klaue. Er hat sich damit an mir festgekrallt, daher meine Verletzungen."

„Das passt zu der These von einem versehrten Menschen: Narben, Glasauge und Handprothese, wenn auch in ungewöhnlicher Form." Daniela nickte. „Mit seinem rechten Bein schien ebenfalls etwas nicht in Ordnung zu sein, er schleppte es ein wenig hinterher. Trotzdem war er unglaublich wendig und sehr stark. Er hätte es mit Sicherheit geschafft, mich zum Wasser zu zerren, wenn er nicht vom Haus aus bemerkt worden wäre." An dieser Stelle war es mit ihrer Beherrschung vorbei, sie begann zu zittern.

„Es reicht für heute, Sie haben uns sehr geholfen", sagte Deisböck ungewöhnlich behutsam. „Ein Kollege wird Sie nach Hause fahren."

„Es passt alles zusammen", wandte er sich danach an die anderen im Raum. „Ein schwer entstellter Mann, der keine Chancen bei Frauen hat, lauert ihnen auf und lässt sie seinen Hass und seine Wut spüren. Aber wir wissen nicht, wer er ist. Der Södersen jedenfalls nicht, der kann gehen. Seinen Schutzanzug brauchen wir nicht mehr, er kann ihn wiederhaben. Kümmere dich bitte darum." Der Angesprochene, ein rothaariger Mann in den Dreißigern, setzte sich daraufhin in Bewegung. Als er Raul seinen Anzug übergab, verzog er das Gesicht zu einem süffisanten Grinsen. „Welch verräterischer Duft", sagte er. Raul schaute ihn verständnislos an. „Na komm schon, mir musst du nichts vormachen. Ich bin schließlich nicht von der Drogenfahndung. Aber den Geruch von Gras erkenne ich durch drei eiserne Türen." Wie gelähmt stand Raul da und starrte auf den Overall in seiner Hand. Dann rannte er plötzlich los und riss die Tür zu Deisböcks Büro auf. Der sah ihn konsterniert an.

„Ist noch was? Sie können gehen."

„Ich denke nicht daran. Erst will ich, dass Sie Lara finden. Ich habe eine Idee, wo sie sein könnte. Ihr Kollege hat mich eben darauf gebracht."

„Jetzt hören Sie mir mal gut zu. Sie haben uns keine Vorschriften zu machen. Sagen Sie, was Sie zu wissen glauben. Gestern hatten Sie jedenfalls keine Idee, wo Frau Liebig sein könnte."

„Bis auf diesen Schriftsteller, den sie treffen wollte. Aber der ist nicht von Belang."

„Kennen Sie den nun oder nicht?"

„Überhaupt nicht, ich weiß nicht einmal seinen Namen. Sie hat ihn vermutlich in Rostock an der Uni oder im Literaturhaus kennengelernt. Ich glaube aber nicht, dass dieses Treffen gestern zustande gekommen ist. Sie hätte dann keinen Grund, sich nicht zu melden. Ihr muss etwas zugestoßen sein."

„Wir haben in allen Krankenhäusern im näheren Umkreis nachgefragt. Ohne Ergebnis."

„Das ist nicht die einzige Möglichkeit. Sie könnte verschleppt worden sein. Von demjenigen, der schon lange hinter ihr her ist. Der auch Daniela überfallen hat."

„Und Sie wollen auf einmal wissen, wo er zu finden sein könnte?"

„Ja. Nämlich auf Wustrow."

„Wie kommen Sie darauf?"

„Ihr Kollege hat mich darauf aufmerksam gemacht, dass mein Anzug nach Gras riechen würde, also nach Marihuana. Ich kiffe nicht, aber so ein Geruch kann an den Klamotten haften. Ich weiß, wo ich damit in Berührung gekommen bin. So oft und intensiv, dass ich es selbst schon nicht mehr gerochen habe. Auf Wustrow."

„Wollen Sie damit ausdrücken, dass die Halbinsel zum Drogenanbau genutzt wird?"

„Allerdings. Die Bedingungen sind geradezu ideal. Es gibt dort alte Gruben und Keller in nahezu unzugänglichen Regionen. Die Decken fehlen, im Sommer scheint die Sonne herein, und die Hanfpflanzen stehen wunderbar geschützt. Ich bin auf so eine Plantage gestoßen."

„Wieso haben Sie das nicht sofort gemeldet? Sie wissen, dass Sie damit eine Straftat gedeckt haben."

„Weil ich nicht wollte, dass ein Trupp Polizisten wie eine Elefantenherde über die Insel trampelt und wertvolle Biotope zerstört, nur um ein paar Hanfpflanzen auszureißen. Ich wollte das selbst regeln."

„Haben Ihre heimlichen nächtlichen Ausflüge dazu gedient?"

„Allerdings. Ich wollte den Plantagenbesitzer ausfindig machen. Es gibt Anzeichen dafür, dass er sich ständig dort aufhält. Aber er muss ein verdammt gutes Versteck haben und er bewegt sich wie ein erfahrener Ranger. Der Duft nach frischem Gras hat mich fast benebelt, doch von ihm selbst gab es keine Spur."

„Wieso hat der Wachschutz nichts bemerkt?"

„Weil sich das weit hinten im Naturschutzgebiet abspielt, da kommen die gar nicht hin."

„Und was hat das nun alles mit Frau Liebig zu tun?"

„Als sie zum ersten Mal von dem Eindringling in ihrem Haus überrascht wurde, hat sie von einem merkwürdigen Geruch berichtet. Wie brennende Gartenabfälle. Mir ist erst jetzt aufgegangen, was sie damit gemeint haben könnte. Der Kerl muss sich auf der Insel versteckt halten.“ Krimhauptkommissar Deisböck wirkte jetzt höchst interessiert.

„Sie könnten Recht haben“, sagte er leise. „Die Kollegen haben noch in der Nacht mit Hunden nach ihr gesucht. Die Spur führte vom Haus nach links und verlor sich am Wasser.“ Raul spürte, wie ihm flau wurde. Ein Bild flammte vor seinen Augen auf: Lara tot am Strand, von der Brandung umspült.

„Nein“, flüsterte er rau.

„Nun bleiben Sie ruhig. Sie war auf dem Steg. Es ist also möglich, dass sie dort in ein Boot verbracht wurde.“

„Sie müssen nach ihr suchen, sofort. Ich komme mit, ich kenne mich auf Wustrow aus.“

„Bei einem Polizeieinsatz haben Sie nichts zu suchen.“

„Wollen Sie Ihre Leute auf eine Mine treten lassen? Ich weiß, wo man sich einigermaßen sicher bewegen kann. Und noch etwas: Kennen Sie Arne, den Flaschensammler?“

„Wer kennt den nicht.“

„Sie müssen ihn schnell ausfindig machen. Er hängt da irgendwie mit drin. Ich habe ihn ein paar Mal ertappt, wie er im Naturschutzgebiet umherschlich. Aber ich konnte ihn nicht zum Reden bringen.“

„Das war ja wohl auch nicht Ihre Aufgabe.“ Deisböck warf ihm einen zutiefst missbilligenden Blick zu. Doch dann griff er zum Telefon, um die nächsten Schritte zu veranlassen. Und er schickte Raul nicht fort.

47.

Ihr war warm und sie fühlte sich angenehm geborgen. In Decken eingehüllt lag Lara auf einem breiten, bequemen Diwan. Den süßlichen Geruch, den sie anfangs als unangenehm empfunden hatte, nahm sie kaum noch wahr. Dafür war ihr wunderbar leicht und glücklich zumute, fast als würde sie schweben. Die steinernen Wände um sie her waren mit einer Vielzahl von Fellen, Decken und Zeichnungen bedeckt. Rustikale Möbel, teils aus Baumstämmen gefertigt, bildeten die Einrichtung. Sanftes, rötliches Licht erhellte den fensterlosen Raum. Von so einer Höhle hatte sie als Kind immer geträumt. In den süßlichen Duft mischte sich der von aromatischen Kräutern. Mit einer Tasse in der Hand kam er zu ihr herüber.

„Du musst das trinken, es wird dir guttun." Sie griff nach der Tasse und schaute zu ihm auf. Inzwischen konnte sie sein entstelltes Gesicht ohne Furcht betrachten.

Es war die unendliche Sanftheit in seiner Stimme gewesen, durch die sie Vertrauen zu ihm gefasst hatte. Seit er sie aus dem Wasser gezogen hatte, umgab er sie mit rührender Fürsorge. Lara wusste nicht genau, wo sie eigentlich war, doch es war ihr merkwürdig gleichgültig. Zum ersten Mal seit Wochen fühlte sie sich in Sicherheit.

Er setzte sich zu ihr auf den Diwan und ergriff ihre Hand mit seiner unverletzten Linken.

„Meine Leila“, flüsterte er. „Diesmal bin ich nicht zu spät gekommen, diesmal habe ich dich gerettet. Wir haben eine zweite Chance bekommen, jetzt wird alles gut.“ Aus dem Nebel in Laras Hirn formte sich langsam ein Gedanke.

„Pit“, flüsterte sie.

„Ja, ich bin es“, sagte er. „Du hast mich erkannt. Immer würdest du mich erkennen, ich wusste es.“ Aus seinem unversehrten Auge tropfte eine Träne auf Laras Hand.

„Schlaf jetzt“, sagte er. Sie ließ sich zurücksinken und träumte. Sie war Leila und stand am Strand vor dem „Möwennest“. Ihr Herz war voller Sehnsucht nach Pit. Als er endlich auf sie zukam, sah sie, dass es Raul war. Unendlich traurig schaute er sie an.

„Du hast mich verkannt und verraten“, sagte er.

„Nein“, rief sie verzweifelt, „ich wollte das nicht. Ich habe mich geirrt, bitte verzeih mir. Wir dürfen uns nicht verlieren. Es gibt nämlich nur eine Chance für unsere Liebe, nur eine einzige.“

Sie wusste nicht, wie lange sie geschlafen hatte. Tag und Nacht waren hier unten nicht zu unterscheiden, noch immer herrschte das sanfte, rötliche Licht. Ein leises Klappern drang zu ihr herüber. Er stand in der Ecke vor einem Spind und schien etwas zu sortieren. Als er sich zu ihr umwandte, schloss sie schnell die Augen. Ihr Kopf schmerzte wie nach einer durchfeierten Nacht mit zu viel Alkohol. Trotzdem konnte sie klar denken, und genau das brauchte sie jetzt auch. Langsam fiel ihr alles wieder ein. Sie war in Panik aus dem Haus gelaufen, genau in die Arme von Markus, dem von ihrem Möchtegern-Stiefvater gedungenen Mörder. Wäre es nach ihm gegangen, würde sie jetzt tot im Meer treiben. Stattdessen hatte sich der Mann, den sie für den Teufel gehalten hatte, als ihr Schutzengel erwiesen. Es war alles so verwirrend. War er tatsächlich Pit? Dann war er gar nicht gestorben, sondern hatte sich schwer verletzt und offenbar verwirrt jahrelang versteckt gehalten. Weil er sie für Leila hielt, schützte er sie. Was hatte er sonst noch getan? Mit Sabrinas Tod hatte er jedenfalls nichts zu tun, die hatte Markus auf dem Gewissen. Ihr wurde bewusst, dass sie dringend von hier fort musste, um die Dinge aufzuklären. Hans-Joachim Dobeck und Markus durften nicht davonkommen. Besonders belastete es sie, Raul zu Unrecht beschuldigt zu haben. Ob man ihn verhaftet hatte?

„Leila, komm, du musst etwas essen und trinken." Sie schlug die Augen auf. Er stand mit einem Tablett vor ihr.

„Ich möchte mich waschen. Und ich muss zur Toilette." Sie schob die Decken von sich und richtete sich auf. Was hatte sie da überhaupt an? Es schien sich um ein kariertes, angerautes Herrenhemd zu handeln. Natürlich, ihre Sachen waren ja nass geworden. Als sie die Beine auf den Boden stellte, wurde ihr schwindlig, und ihr Gehirn schien sich durch die Schädeldecke bohren zu wollen. Hastig stellte er das Tablett ab und stützte sie.

„Geht es?" Sie nickte. Das Hemd reichte ihr zum Glück bis zu den Knien. Er führte sie behutsam zu einer Tür. Sie hatte keine Ahnung, was sie dahinter erwartet hatte, vielleicht ein Loch im Boden oder eine Waschschüssel und einen Eimer. Nun stand sie verblüfft in einem zwar altmodischen, doch kompletten Bad mit Toilette, Waschbecken und Wanne. Die Wände waren mit einer grünen Ölfarbe gestrichen, die an vielen Stellen bereits abgeblättert war. Sie drehte den Wasserhahn am Waschbecken auf. Wasser kam heraus, kalt zwar, aber sauber. Auf einem Hocker lag ein Handtuch, das sich so rau und kratzig wie ein alter Sack anfühlte. Aber das war ihr jetzt egal. Das kalte Wasser erfrischte sie, ihr Kopf wurde noch ein Stück klarer. Wo befand sie sich eigentlich? Sie hielt Ausschau nach einem Ausgang, doch die einzige Tür führte zurück in den Raum, aus dem sie gekommen war. Ihr blieb nichts anderes übrig, als dorthin zurückzugehen. Er wartete neben dem Diwan auf sie, das Frühstück stand auf einem niedrigen Tisch bereit. Zögernd setzte sie sich. Das Weißbrot sah aus wie von einem Discounter, die Margarine und die Marmelade ebenfalls. Ging er einkaufen oder erledigte das jemand anders für ihn? Er würde doch zweifellos auffallen. Der Tee hatte einen eigenartigen Geruch, von dem sich ihr Magen hob. Sie würde ihn nicht anrühren.

„Wo sind wir hier eigentlich?“, fragte sie. Er lächelte, was in seinem zerstörten Gesicht wie eine hilflose Grimasse wirkte.

„In Sicherheit, niemand wird uns finden. Auf unserer Insel, in unserem Haus.“

„Pit“, sie zwang sich, ihn so zu nennen, „du musst mich zurückbringen. Ich habe etwas Wichtiges zu erledigen.“ Er fuchtelte aufgeregt mit seiner gesunden Hand.

„Nein, auf keinen Fall. Du bist dort in Gefahr. Sie sind überall, sie wollen dich töten. Diese Frau ist auch wieder da, sie ist zurückgekommen. Sie war auf dem Wege zu dir. Ich konnte sie nur aufhalten, nicht unschädlich machen."

„Wen meinst du? Daniela?"

„Nein, Doreen heißt sie. Sie geht über Leichen, immer wieder." Natürlich, wie dumm von ihr. Er lebte in einer anderen Welt, tief in der Vergangenheit. „Du darfst hier nicht weggehen, niemals mehr. Wir haben alles, was wir brauchen, und wir haben uns. Niemand darf uns mehr trennen."

Lara begriff, dass er sie nicht freiwillig gehen lassen würde. Ein Gefühl der Beklemmung schnürte ihr fast den Atem ab.

48.

„Wenn sie tatsächlich bei ihm ist, kann ihr nichts passieren. Er wird ihr nichts tun.“ Arne zog ein trotziges Gesicht. Mit angezogenen Beinen und verschränkten Armen hockte er auf dem fleckigen Sofa in seinem unordentlichen Wohnzimmer. Kriminalhauptkommissar Deisböck war kurz davor, die Geduld zu verlieren. Er und sein Kollege, der gleiche, der Raul seinen Overall ausgehändigt und den Geruch bemerkt hatte, saßen Arne bereits seit einer halben Stunde gegenüber. Genauso lange drehte sich ihr Gespräch schon im Kreis. Zuerst hatte er abgestritten, den Mann auf dem Phantombild zu kennen, sich allerdings durch seine überraschte Reaktion verraten. Mehr wollte er aber nicht preisgegeben. Deisböck hatte zunächst mit Engelszungen auf ihn eingeredet, ihm von der vermissten jungen Frau erzählt. Als das nichts half, zog er andere Seiten auf.

„Wenn Sie nicht reden, decken Sie einen hochgefährlichen Mann, sogar einen Mörder. Wir wissen inzwischen, dass er vor neun Jahren Doreen Schultheiß ermordet hat. Die an ihrem Körper festgestellten Spuren sind identisch mit den Verletzungen, die er vor zwei Tagen einer anderen jungen Frau zugefügt hat. Sie stammen von seiner krallenartigen Handprothese. Diesmal konnte das Opfer entkommen und ihn beschreiben. Wir werden ihn finden, auch ohne Ihre Hilfe.“

„Wir wissen sogar schon, wo wir suchen werden“, mischte sich der rothaarige Kollege ein. „Auf der Insel, wo das aromatische Kraut gedeiht, nach dem es auch hier so unverwechselbar duftet. Versorgt er sie damit?“

„Es ist nicht verboten, Gras zu rauchen“, erwiderte Arne trotzig.

„Das Rauchen nicht, der Anbau schon. Das macht Ihr Kumpel doch, oder? Und Sie decken das.“

„Es ist Medizin für ihn. Er könnte seine Schmerzen sonst nicht ertragen. Außerdem schwächt es seine epileptischen Anfälle ab. Also baut er das Zeug für den Eigenbedarf an. Aber ein Mörder ist er nicht.“

„Und was war mit Doreen Schultheiß? Das war eindeutig Mord.“ Deisböck stellte erleichtert fest, dass Arne allmählich gesprächig wurde und wollte die Chance nutzen.

„Er hat sie gerichtet! Drei Leben hatte diese Frau auf dem Gewissen, und sie wäre damit davongekommen.“ Er funkelte den Kommissar wütend an. „Sie hat Louisa Liebig ermordet. Dann hat sie die Karla, die Frau, die alle nur die Rabenmutter nennen, mit dem Auto überfahren. Weil die sie beobachtet hatte. Sie ist mit dem Leben davongekommen, wenn man das noch Leben nennen kann. Genau wie Peter Schwarzer, auf dessen Boot sie eine Bombe geschmuggelt hatte."

„Wollen Sie damit andeuten", Deisböck musst erst einmal tief durchatmen, „dass Peter Schwarzer die Explosion damals überlebt hat? Und dass er der Mann auf dem Phantombild ist?"

Arne nickte ergeben.

„Seine Mutter war es, die das Gerücht verbreitet hat, er wäre in der Klinik gestorben. In Wahrheit ist er von dort abgehauen und galt seitdem als verschwunden. Seine Mutter war es auch, die ihn bei sich versteckt gehalten hat. Fürchterliche Angst hat sie um ihn gehabt, glaubte, er hätte sich mit einer mächtigen Organisation angelegt, die ihm weiter nach dem Leben trachten würde. Zuzutrauen wäre es ihm gewesen, doch es war nur diese Doreen, die ihn fürchten musste. Die Karla hatte ihm geschrieben, dass sie den Mord an Louisa beobachtet hatte. Leider anonym. Er wusste, dass das der Polizei nicht ausreichen würde. Also hat er Doreen mit seinem Wissen konfrontiert und ihr ein Ultimatum gestellt. Er hat ihre Skrupellosigkeit unterschätzt. Auch später hätten die Beweise gegen sie niemals ausgereicht. Er hat sie gerichtet. Sie ist auf die gleiche Weise wie ihr erstes Opfer gestorben." Befriedigung klang aus seiner Stimme.

„Und was ist mit der jungen Frau, die er vorgestern überfallen hat? Wollte er die auch richten? Er kannte sie überhaupt nicht!"

Arne seufzte schwer.

„Er ist ein kranker Mann", sagte er. „Anfangs, da war er noch klar im Kopf. Aber mit den Jahren ging es ihm zunehmend schlechter. Er hatte immer häufiger Anfälle und brauchte immer größere Mengen an Gras. Dadurch veränderte er sich. Die Vergangenheit holte ihn ein, er sprach nur noch von Louisa, die er Leila nannte. Ganz schlimm wurde es aber, als die junge Frau im Möwennest auftauchte, die ihr so ähnlich ist. Er war der festen Überzeugung, seine Leila wäre zu ihm zurückgekehrt, es zog ihn ständig zu dem Haus hin. Zwischendurch hatte er dann auch mal wieder klare Momente."

„Hat er Sabrina Kallweit umgebracht?"

„Nein, das war er nicht!" Arne ruderte empört mit beiden Armen.

„Sie müssen nicht versuchen, ihn zu decken, er dürfte auf jeden Fall schuldunfähig sein."

„Ich kann beschwören, dass er es nicht war. Er lag mit Fieber im Bett, als es passierte. Ich war die ganze Zeit über bei ihm. Er war tief erschüttert über den Mord. Für ihn war es seine Leila, die man da erneut umgebracht hatte. Es wurde immer schlimmer mit ihm."

„Und weshalb der Überfall auf Daniela Meinhard?"

„Er fand heraus, wo sich Lara, also für ihn natürlich Leila, aufhielt. Dann sah er die junge Frau da aufkreuzen. Er hielt sie für Doreen. Verstehen Sie, für ihn wiederholt sich die Vergangenheit ständig."

„Ja, ich verstehe. Er wollte sie erneut stoppen. Und wir müssen ihn stoppen, bevor er in seinem Wahn noch mehr Menschen Schaden zufügt. Sagen Sie uns, wo wir ihn finden können."

Arne schien spürbar mit sich zu ringen. Dann begann er zu reden.

49.

„Ein Bunker?“ Raul riss erstaunt die Augen auf. „Natürlich, das macht Sinn. Das war immer ein Militärstützpunkt, da muss es auch Bunkeranlagen gegeben haben. Ihn weit hinten im unbewohnten Teil zu bauen, war ebenfalls zweckmäßig. Eine Bombardierung hätte sich schließlich in erster Linie gegen die sichtbaren Anlagen gerichtet. Trotzdem erstaunlich, dass ein Mensch dort jahrelang unbemerkt gelebt haben soll.“

„Das erstaunt mich nur weniger.“ Kriminalhauptkommissar Deisböck legte die Handflächen aneinander. „Da sind in letzter Zeit wesentlich krassere Fälle bekannt geworden. Eine Frau hat zum Beispiel fast zwanzig Jahre allein im Wald gelebt. Das stelle ich mir nun wirklich schwierig vor. Aber unser Mann hatte einen Helfer. Und Wustrow ist voll erschlossen, Wasser, Abwasser, Strom, alles da. Natürlich wurde nach dem Abzug der Russen alles abgeschaltet, aber der Peter Schwarzer war als Erfinder und Tüftler bekannt, der wusste sich mit Sicherheit zu helfen."

„Wer bitte?" Raul war leichenblass geworden.

„Oh, das ist noch nicht offiziell. Behalten Sie es bitte für sich. Können Sie uns nun sagen, wo sich der Bunker befindet?"

„Ich habe zumindest eine Idee. Es gibt da so einen bewaldeten Hügel, völlig zugewuchert. Ich dachte eigentlich, da wäre Schutt drunter. Aber das müsste er sein."

„Gut, fertigen Sie uns bitte eine ungefähre Skizze an, dann können Sie gehen. Wir nehmen für die Munitionssuche einen Spezialisten mit."

„Ihr Spezialist war noch nie auf der Insel. Ehe der einen sicheren Weg gefunden hat, vergeht viel zu viel Zeit. Mit mir kommen Sie schneller ans Ziel."

„Vielleicht. Aber ich darf bei so einem Einsatz keine Zivilperson gefährden."

„Ich komme mit. Sie müssen mich schon erschießen, wenn Sie mich davon abhalten wollen."

„Es würde ausreichen, Sie in eine Arrestzelle zu stecken", knurrte Deisböck. Doch er machte keine Anstalten, das in die Tat umzusetzen.

Sie machten sich mit drei Fahrzeugen auf den Weg. Raul saß mit Deisböck, der es wohl für besser hielt, ihn ständig unter seiner Kontrolle zu haben, im mittleren. So bekam er auch das Telefonat des Kommissars mit. „Vom Wasser aus konnten sie nichts entdecken", sagte der zu dem ebenfalls im Wagen sitzenden Kollegen. „Dabei muss er mit dem Boot hergekommen sein. Dieser Arne hat bestätigt, dass er ein Boot besitzt. Und die Spur von Frau Liebig endete auf dem Steg."

Der Kollege zuckte mit den Schultern. „Das Ufer ist dicht bewachsen. Da kann man ein Boot schon verstecken. Besonders, wenn man sich gut in der Gegend auskennt."

Sie fuhren durch das Tor und dann bis dicht an das Naturschutzgebiet heran. Der Wachdienst war informiert worden und hatte sich zurückgezogen. Anfangs konnten sie dem alten Panzerweg folgen, der aber schließlich im Nichts endete. Als sie mit den Autos nicht weiterkamen, stiegen sie aus. Raul durfte den Weg weisen, den der Experte für die Kampfmittelsuche zuerst beschritt, während alle anderen zurückbleiben mussten. Sie waren zu zwölft, darunter vier schwer bewaffnete Beamte vom SEK, was Raul besonders beunruhigte. Außerdem fand er, dass sie quälend langsam vorankamen. Der Kampfmittelsucher machte seine Sache gründlich und gab immer nur kurze Streckenabschnitte frei. Das Gelände wurde zunehmend unwegsamer, sie mussten sich durch mannshohes Gras und Sanddornhecken kämpfen. An den dicht an dicht stehende Bäumen warnten immer wieder Schilder vor Explosionsgefahr. Mehrmals stießen sie auf die Reste zurückgelassener, ausgeschlachteter Militärfahrzeuge. Dann kam endlich der Hügel in Sicht, unter dem sie den Bunker vermuteten. Arne hatte eine ungefähre Beschreibung geliefert und auch Raul hatte keine andere Idee, wo er sich sonst befinden könnte. Kriminalhauptkommissar Deisböck ließ den Trupp anhalten.

„Von hier an wird es zu gefährlich. Nur die Männer vom SEK folgen dem Munitionssucher noch, außerdem die Kollegen Röder, Fischer und ich. Die anderen warten hier. Vor allem Sie, Herr Södersen." Raul begehrte auf.

„Sie müssen mich mitnehmen. Ich kenne auch hier den Weg, habe sogar schon mal oben auf dem Hügel gestanden. Vor allem kenne ich Peter Schwarzer. Er wird sich vielleicht an mich erinnern. Ich könnte mit ihm reden."

„Sie bleiben wo Sie sind, das ist mein letztes Wort. Jetzt halten Sie uns gefälligst nicht von der Arbeit ab, sonst bekommen Sie doch noch Ärger mit mir." Verärgert blieb Raul mit vier Beamten zurück, die sehr offensichtlich ein wachsames Auge auf ihn hatten. So konnte er das weitere Geschehen nur aus einiger Entfernung beobachten. Er sah die Männer den Hügel erklimmen und plötzlich aufgeregt auf einen bestimmten Punkt am Boden weisen.

„Die haben was gefunden", sagte der Polizist neben Raul. Er hob ein Fernglas an die Augen. „Sieht aus wie Rohrstücke. Die könnten mit dem Belüftungssystem des Bunkers zusammenhängen. Es scheint so, als wären wir hier richtig."

Deisböck und seine Männer begannen den Hügel nach allen Seiten zu umrunden. Sie schienen nach dem Eingang zu suchen. Und dann ging plötzlich alles furchtbar schnell. Schläge auf Metall ertönten, Kommandos wurden gebrüllt. Auf einmal tauchte ein großer, kahlköpfiger Mann auf, er hielt etwas in seiner erhobenen Linken und schrie zurück. Raul verstand nur: „Verschwindet!" und etwas wie: „Ich gebe sie nie mehr her!" Dann peitschte ein Schuss durch den Wald, der Mann schwankte, krümmte sich und brach zusammen. Im nächsten Moment stürzte eine Frau in einem karierten Hemd und mit wehendem rotblondem Haar zu ihm hin. Sie schrie „Nein!", und machte Anstalten, sich über den am Boden Liegenden zu werfen. Raul erkannte Lara, unendliche Erleichterung durchströmte ihn. Einer der Männer vom SEK ergriff sie, warf sie wie ein leichtes Bündel über seine Schulter und lief los.

„Volle Deckung, alle sofort auf den Boden! Runter, runter, runter!“, schrie jemand. Alle warfen sich hin, bange Minuten vergingen, ohne dass etwas geschah. Nach einer Weile kamen Deisböck und seine Männer, gefolgt von den SEK-Leuten zurück. Einer trug die heftig weinende Lara auf dem Arm.

„Raus aus diesem Bereich, sicher ist sicher“, ordnete der Kommissar an.

„Warum haben Sie gleich geschossen?“, weinte Lara. „Er hat mir das Leben gerettet.“

„Wir konnten nicht anders. Er hatte eine Granate in der Hand. Zum Glück ist sie nicht losgegangen. Wir werden eine Wache aufstellen und sie fachgerecht bergen lassen.“ Raul ging zu Lara hinüber. Sie schien ihn erst jetzt zu sehen.

„Raul“, flüsterte sie. „Bist du mir sehr böse?“

„Nein, natürlich nicht, mach dir keine Gedanken.“

„Wie sollte ich das nicht? Ich mache allen nur Schwierigkeiten oder bringe ihnen sogar den Tod. Erst Sabrina. Und jetzt Pit. Ich hätte verhindern müssen, dass sie auf ihn schießen. Ich habe versagt.“

„Es war nicht deine Schuld. Du bist nur aufgewühlt und traurig. Das verstehe ich. Ich bin es ja auch. Ich hätte alles dafür gegeben, wenigstens noch ein einziges Mal mit ihm reden zu dürfen.“ Jetzt musste Raul auch weinen. Lara nahm ihn in den Arm und sie hielten sich aneinander fest.

50.

Auch bei Arne flossen die Tränen, als er vom Tod Peter Schwarzers erfuhr. Er saß mit Lara und Raul in dessen Küche und wollte alles über die letzten Stunden seines Freundes wissen.

„Er war der beste und anständigste Mensch, den man sich nur vorstellen konnte, das müsst ihr mir glauben. Immer hat er sich für Schwächere eingesetzt und gegen Ungerechtigkeit gekämpft. Als ich meine Arbeit verlor und meine Frau mich daraufhin verließ, da hat er mich aus der Gosse gezogen. Er war stark, er wäre sogar nach dem Anschlag und seiner schweren Verletzung wieder auf die Beine gekommen. Doch er war besessen von dem Gedanken, den Tod seiner Leila zu rächen. Nachdem ihm das geglückt war, musste er sich erst recht versteckt halten. Ich habe ihm geholfen.“

„Auch indem Sie ein bisschen mit Gras gedealt haben, um seinen Lebensunterhalt zu finanzieren."

„Schon möglich", grinste Arne. „Er hatte allerdings zusätzlich noch Geld von seiner Mutter. Die traute keiner Bank und bewahrte es im Haus im Sparstrumpf auf. Nach ihrem Tod hat er es an sich genommen."

„Er hätte sich nicht verstecken müssen", sagte Raul. „Vermutlich hätte man ihn schon damals für schuldunfähig erklärt."

„Und dann?", erwiderte Arne aufgebracht. „Man hätte ihn in eine Anstalt gesperrt und ihn dadurch mit Sicherheit umgebracht. Das hätte er nicht ertragen, er brauchte seine Freiheit."

Als Arne schließlich ging, begleitet Lara ihn zur Tür.

„Vielen Dank, dass Sie sich um ihn gekümmert haben", sagte sie. Er legte ihr eine Hand auf die Wange.

„Bist ein liebes Mädchen. Hast viel durchmachen müssen in den letzten Wochen. Jetzt kann es nur besser werden."

Das hoffte Lara allerdings auch, doch es sollten noch einige aufwühlende Erlebnisse folgen. Nach ihrer Aussage wurde Hans-Joachim Dobeck umgehend verhaftet. Auch seinen Kumpel Markus Tröger, der in Wahrheit Roland Heise hieß und im Rotlichtmilieu zu Hause war, konnte man dingfest machen. Er fühlte sich sehr sicher und hatte das Geld von seinem Auftraggeber bereits kassiert. Sie belasteten sich gegenseitig, was die Ermittlungen sehr erleichterte. Es stellte sich heraus, dass der Verwalter Gollert sehr wohl von dem geheimen Zugang zum Haus gewusst hatte. Hans-Joachim Dobeck hatte ihn aufgesucht, mit ihm getrunken und ihm dabei das Geheimnis entlockt. Seinen Besuch bei Lara hatte er benutzt, um die örtlichen Gegebenheiten in der Nacht heimlich zu erkunden. Durch Gollert hatte er auch von dem ungeklärten Mordfall erfahren und den Plan gefasst, den als Vorlage für die Beseitigung Laras zu verwenden. Das war gleich in zweifacher Hinsicht missglückt. Sabrina war zur falschen Zeit am falschen Ort gewesen und die Ermittler hatten anhand der Spuren erkannt, dass hier ein Trittbrettfahrer am Werk gewesen sein musste. Der neue Plan sah einen vorgetäuschten Suizid vor. Ohne das Eingreifen Peter Schwarzers, der Lara ständig beobachtet und auch mit dem Boot verfolgt hatte, hätte es funktionieren können.

Laras Mutter, die von all dem nicht die geringste Ahnung gehabt hatte, war völlig aufgelöst. Bei den ersten Telefonaten, die sie mit ihrer Tochter geführt hatte, war sie kaum zu verstehen gewesen. Nun hatte sie ihren Besuch angekündigt, dem Lara mit gemischten Gefühlen entgegen sah. Sie fürchtete einen tränenreichen Auftritt und den Versuch, sie ins heimische Nest zurückzuholen. Doch dann trat ihr eine erstaunlich gefasste Marga Liebig entgegen. Schlicht mit einer Hose und einem sportlichen Pullover bekleidet, wirkte sie geradezu verjüngt. Auch die neue Kurzhaarfrisur stand ihr ausgesprochen gut. Lara sagte es ihr.

„Leider fühle ich mich noch nicht so. Aber zumindest arbeite ich daran. Ich habe mir einen Therapeuten gesucht, das war eine gute Entscheidung. Es ist furchtbar sich eingestehen zu müssen, dass man jahrelang derart hintergangen wurde. Ich habe einem Monster vertraut, einem Betrüger und Mörder. Der war in Geschäfte mit illegaler Prostitution verstrickt, genau wie dieser andere Kriminelle, den er angeheuert hatte, dich umzubringen." An dieser Stelle brach sie nun doch in Tränen aus. „Du wirst mir das nie verzeihen können."

„Aber es war doch nicht deine Schuld."

„Natürlich bin ich mitschuldig. Ich hätte nicht so vertrauensselig sein dürfen."

„Es ist manchmal nicht leicht, Menschen zu durchschauen. Soviel Schlechtigkeit traut man einfach niemandem zu. Hast du viel Geld durch ihn verloren?"

„Als ob es mir darauf noch ankäme. Um die zweihunderttausend Euro. Aber das Hotel ist viel mehr wert, schon aufgrund seiner Lage. Ich werde nach dem Verkauf keine arme Frau sein. Es ist alles bereits geregelt."

„Tut es dir nicht leid, es aufzugeben?"

„Merkwürdigerweise überhaupt nicht. Ich bedauere nur, mich so spät dazu entschlossen zu haben. Weißt du eigentlich, dass ich als junges Mädchen ganz andere Träume hatte? Ich wäre gern Archäologin geworden. Aber brav, wie ich war, habe ich sie meinen Eltern zuliebe aufgegeben und habe das Hotel übernommen. Jetzt bedaure ich das. Verrate nie deine Träume, Lara."

Nun musste auch Lara weinen. Wegen dieser Worte und weil ihre Mutter sie zum ersten Mal Lara genannt hatte. Doch sie fasste sich schnell wieder.

„An meinen Plänen halte ich fest. Ich suche mir in Rostock einen Platz in einer WG und schreibe mich an der Uni ein. Aber ich behalte meine kleine Ferienwohnung in Kühlungsborn. Dort möchte ich an den Wochenenden Muße zum Schreiben finden. Mit dem Vermieter bin ich schon einig geworden."

„Was wird nun aus dem Haus? Es ist verständlich, dass du dort nicht mehr wohnen möchtest. Aber mit seiner Geschichte wird es schwer verkäuflich sein."

„Es zeichnet sich zum Glück schon eine andere Lösung ab. Jemand würde es gern pachten und dort ein Café eröffnen. Ich denke, ich werde mit ihm einig werden. In den Semesterferien kann ich dort aushilfsweise arbeiten. Das habe ich ja schließlich gelernt."

„Ich bin stolz auf dich. Du lebst deinen Traum, verlierst aber nie die praktische Seite aus den Augen. Ich wünschte, ich wäre so zielstrebig und entschlossen gewesen wie du."

„Es ist nie zu spät, seine Träume zu verwirklichen", sagte Lara. „Du musst ja nicht gleich studieren und auf Expeditionen gehen. Aber du könntest dich an der Uni als Gasthörerin einschreiben lassen. Du wirst staunen, wie viele das tun, auch wesentlich ältere als du. Und dann kannst du die antiken Stätten, von denen du gehört hast, bereisen. Ich begleite dich gern."

Marga lächelte unter Tränen.

„Na, schauen wir mal", sagte sie.

51.

Da Peter Schwarzer für ihn wie ein Vater gewesen war, sah es Raul als seine Pflicht an, sich um seine Beisetzung zu kümmern, da es sonst keine Verwandten mehr gab.

Lara hatte eine Idee. Die Frau von der Friedhofsverwaltung, bei der sie kurz darauf vorsprach, sah keine Hindernisse für ihr Anliegen.

„Da Sie die rechtmäßige Erbin Ihres Onkels sind, können Sie über die Grabstelle seiner Frau verfügen. Wenn Sie es wünschen, dass die Urne von Peter Schwarzer im Grab Ihrer Tante beigesetzt wird, dann machen wir das so."

Die Beerdigung fand an einem frühlingshaft milden Tag im November statt. Raul und Lara hatten den Termin nur Arne mitgeteilt, aber irgendwie musste er sich herumgesprochen haben. An die fünfzig Besucher waren auf dem Friedhof versammelt, nur einige davon kannte Lara. Der

Gaststättenbesitzer Klaus Jülisch und die Rabenmutter waren gekommen. Ein wenig abseits standen Kriminalhauptkommissar Deisböck und seine Kollegin Kriminalkommissarin Fischer. Auch Frau Schrader, die junge Polizistin war da. Wem sie in ihren Augen wohl die letzte Ehre erwiesen? Dem Mann, der aus Rache zum Mörder geworden war, oder dem, der ein Leben gerettet hatte? Wahrscheinlich war es nur ihre Art, mit dem sicher denkwürdigsten Fall ihrer Laufbahn abzuschließen. Alle hatten Blumen mitgebracht und verhielten sich sehr pietätvoll. Arne, der in einer neuen dunklen Hose und dem dazu passenden Blouson richtig seriös wirkte, hielt eine kleine Rede auf seinen ehemaligen Freund und Kollegen. Er machte das gut. „Peter Schwarzer hat nie jemanden im Stich gelassen“, sagte er. „Den Menschen, die ihm am Herzen lagen, blieb er immer treu. Er hat oft von dir gesprochen Raul. Für ihn bist du immer sein Sohn geblieben.“ Lara drückte leise Rauls Hand. Zum Abschluss sagte sie selbst ein paar Worte über die große Liebe der beiden, die hier nun im Tode vereint waren. Sie las ein Gedicht vor, das Peter für Louisa geschrieben hatte. In einem seiner letzten Briefe hatte er es ihr geschickt.

Hätte ich keine Hände mehr,
würde ich dich doch halten.
Hätte ich keine Augen mehr,
würde ich dich immer vor mir sehen.
Wenn man mir das Herz zerrisse,
würde jedes seiner Teile weiter für dich schlagen.
Und wenn ich keine Stimme mehr habe,
wird der Wind über den Wellen ewig
von meiner Liebe zu dir singen.

Als sie geendet hatte, wischten sich einige still die Augen.

Nachdem alle gegangen waren, begaben sich Raul und Lara im stummen Einverständnis zum Strand hinunter. Langsam machten sie sich auf den Weg in Richtung Heiligendamm.

„Das war eine richtige große Beerdigung“, brach Raul das Schweigen. „Der Jülisch war ja auch da. Hast du dich schon entschieden, ob du das Haus an seinen Bekannten verpachten wirst?“

„Ja, das habe ich. Es ist eine gute Lösung, ich habe ihm bereits mein Einverständnis signalisiert.“

„Was für eine Art von Café soll das denn werden? Eines mit Gruselfaktor?“

„Nein, ganz und gar nicht. Dem hätte ich niemals zugestimmt. Er plant ein Literaturcafé mit Bücherregalen an den Wänden, aus denen sich die Kunden bedienen können. Außerdem werden regelmäßig Lesungen stattfinden. Vor allem junge, unbekannte Autoren sollen eine Chance erhalten, ihre Werke vorzustellen.“

„Das klingt wirklich gut. Ich nehme stark an, dass auch du dort bald lesen wirst. Mir ist nicht entgangen, dass du bereits an etwas arbeitest. Verrätst du mir, was es ist?“

„Eigentlich ist das nicht schwer zu erraten. Ich schreibe die Liebesgeschichte von Peter und Louisa auf. Es liegt so eine ungeheure Tragik darin, dass sie sich Pit und Leila nannten. Als hätten sie ihr Schicksal vorausgeahnt.“

„Wieso denn? Die beiden kommen doch zum Schluss zusammen?“

„Das ist nur die erste Geschichte von Pit und Leila. Friedrich Wolf hat eine Fortsetzung geschrieben, die er

Der weite Weg nannte. Darin erzählt er, wie die beiden gewaltsam getrennt wurden, doch Pit alles daran setzt, seine Leila wiederzufinden. Er findet Helfer, doch jedem muss er etwas von sich opfern: Seine Krallen, sein Herz, schließlich sogar ein Auge, das ihm von der Sonne ausgebrannt wird. Er ist ein hilfloser Krüppel, als ihn seine Leila am Ende in ihre Schwingen schließt.“

„Puh, warum müssen Liebesgeschichten nur immer so tragisch enden?“

„Vielleicht ist das notwendig, wenn die Liebe die Ewigkeit überdauern soll.“

„Also das sehe ich anders.“ Raul wurde richtig lebhaft. „Meine bevorzugte Liebesgeschichte geht jedenfalls gut aus.“

„Ach, und welche ist das?“

„Die von Robin Hood und Lady Marian.“

„Und was gefällt dir daran so?“

„Das liegt doch auf der Hand. Da wären erstens die äußerst sympathischen Protagonisten: Er, der Naturbursche, der durch die Wälder streift und sich nichts gefallen lässt. Und sie, die feinsinnige Lady, die in ihrer Kemenate Gedichte schreibt und trotzdem zu dem rauen Gesellen hält. Vor allem aber gehen sie nicht an ihrer Liebe zugrunde. Sie bestehen gemeinsam alle Kämpfe, zum Schluss heiraten sie und sind ein Leben lang glücklich miteinander.“

„Wieso bist du dir da so sicher? Ich meine, dass sie ein Leben lang glücklich wurden?“

„Weil das Geheimnis einer glücklichen Ehe darin besteht, dass man den richtigen Partner heiraten muss. Die beiden haben eine gute Wahl getroffen. Natur und Poesie gehören einfach zusammen, da stimmt die Chemie.“ Er nahm Laras Hand und rannte mit ihr los. Vor Überraschung stolperte sie kurz, doch schnell fanden sie einen gemeinsamen Rhythmus. Es fühlte sich gut an.

ENDE

Lust auf mehr?

Alles über die Autorin auf http://fiona-limar.de

Weitere Bücher von Fiona Limar sind auf amazon erhältlich.

Die Iris-Forster-Reihe

- Eine tödliche Erinnerung
- Henkersbraut
- Mörderblut

Einzelne Krimis

- Schicksalsmord
- Schattenmord
- Der Teufel von Heiligendamm

Eine tödliche Erinnerung - Eine rätselhafte Patientin stellt die junge Psychologin Iris Forster vor ungeahnte Herausforderungen. Mittels Hypnose will die schöne Melissa verdrängte Kindheitserinnerungen wiedererlangen, da sie darin den Schlüssel zu ihren zahlreichen Beschwerden vermutet. Doch scheint von diesen Erinnerungen eine tödliche Gefahr auszugehen, die jeden bedroht, der daran zu rühren wagt. Auch Iris Forster kann sich bald nicht mehr sicher fühlen. Melissa ist von dunklen Geheimnissen umgeben: Was hat es mit dem Unfalltod ihrer Eltern auf sich? Warum wenden sich immer wieder Menschen angstvoll von ihr ab? Welche Verbindung gibt es zwischen ihr und zwei ungeklärten Mordfällen? Ist Melissa ein verfolgtes Opfer oder eine durchtriebene Täterin?

Henkersbraut - Unheimliche Gerüchte ranken sich um einen rätselhaften Mord, der sich in Bad Salzelmen, dem ältesten Solebad Deutschlands, ereignet. Hatte sich das Opfer mit dunklen Mächten eingelassen, die es schließlich nicht mehr beherrschen konnte? Die Psychologin Iris Forster glaubt nicht an solche Spukgeschichten. Sie ist davon überzeugt, dass durch den Mord ein anderes Verbrechen vertuscht werden sollte, an dessen Aufklärung sie dringend interessiert ist. Doch als sie nachzuforschen beginnt, kommt es in ihrem Umfeld zu merkwürdigen Ereignissen, für die ein 400 Jahre zurückliegender Hexenprozess offenbar die Vorlage bildet. Will sie jemand auf diese mysteriöse Weise davon abhalten, sich weiterhin mit dem Mord zu beschäftigen? Iris Forster lässt sich nicht einschüchtern, was eine Reihe von dramatischen Ereignissen heraufbeschwört.

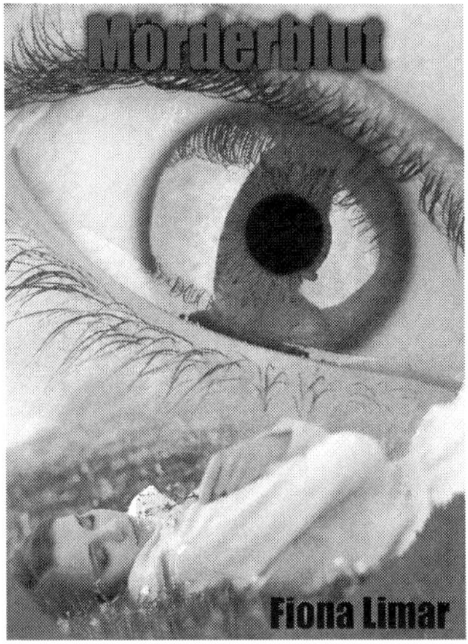

Mörderblut - Nichts erscheint unergründlicher als die Seele eines Serienmörders. Das Unbegreifliche seiner Taten steigert das Grauen, das er verbreitet. So ist es auch im Falle eines Täters, den alle bald nur noch den Dornröschen-Mörder nennen. Seine Opfer sind junge Mädchen, die aufgefunden werden, als würden sie nur schlafen. Es ist unklar, wie sie getötet wurden, und erst recht fehlt jeder Hinweis auf die Motive des Täters. Spekulationen schießen ins Kraut, und bald muss sich die Psychologin Iris Forster die Frage stellen, ob einer ihrer Patienten der Gesuchte sein könnte. Zwar scheint es eine gewisse erbliche Belastung bei ihm zu geben, doch die These vom geborenen Mörder möchte Iris nicht unterstützen. Je tiefer sie jedoch in die dramatische Familiengeschichte ihres Patienten eindringt, umso deutlicher muss sie erkennen, dass es da eine Verbindung zu den aktuellen Morden geben muss. Ein neuer Fall für die Psychologin Iris Forster: düster, dramatisch und überaus spannend.

Schicksalsmord - Die attraktive Lydia hält sich für eine geniale Lenkerin der Geschicke anderer Menschen. Höchst raffiniert und immer auf den eigenen Vorteil bedacht zieht sie die Fäden, an denen die sie umgebenden Personen wie Marionetten tanzen. Ihre Eltern, zwei Ehemänner, einige Liebhaber, Freundinnen und Kolleginnen und nicht zuletzt ihre gutgläubige, sanftmütige Schwester Ulrike werden zu Opfern ihrer Manipulationen. In der Wahl ihrer Mittel ist Lydia dabei durchaus nicht zimperlich: Verleumdung, Rufmord und sogar Mord gehören zu ihrem Repertoire. Doch irgendwann beginnen ihr die Fäden zu entgleiten und sich zu einem Gespinst zu verknüpfen, in dem sie sich immer mehr verfängt. Sie wird des Mordes an ihrem Ehemann bezichtigt, und die Ermittlungen bringen immer neue Indizien und peinliche Enthüllungen ans Licht. In die Enge getrieben sieht Lydia nur noch einen Ausweg: Sie muss Ruf und Leben ihrer Schwester zerstören, um sich selbst zu retten. Doch der teuflische Plan birgt seine Risiken.

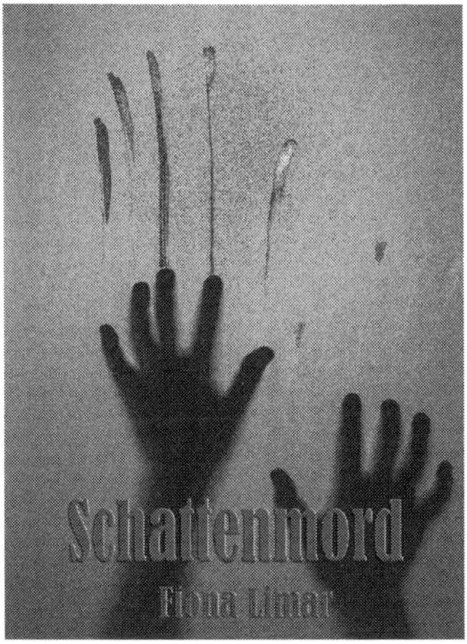

Schattenmord - Wenn dein schönster Traum zum Alptraum wird. Wenn sich Abgründe auftun, die dich zu verschlingen drohen...

Nach einem mysteriösen Überfall gerät Julias Leben aus den Fugen. Sie hat Gedächtnislücken, fühlt sich verfolgt und leidet unter düsteren Visionen von toten Frauen. Auch ihr Mann Alexander, mit dem sie zuvor sehr glücklich war, scheint ihr einiges zu verschweigen. Doch im Hintergrund zieht ein Anderer die Fäden, an denen Julias Leben hängt.

Printed in Poland
by Amazon Fulfillment
Poland Sp. z o.o., Wrocław

33303156R00188